憂鬱

望 月 諒 子 著

新 潮 社 版

11899

フェルメールの憂鬱

主要登場人物

イアン・ノースウィッグ……………………………美術愛好家。英国貴族
トマス・キャンベル………………………ベルギーのワトウ村の教会神父
マリア………………………………………………………イアンの恋人
メクレンブルク…………貴族の血を引くロシア人投資家。スイス在住
グリムウェード……………………美術競売会社ルービーズの絵画部長
マクベイン……………………………………………………ＣＩＡの捜査官
日野　智則…………………………………………………日野画廊の店主
斉藤　真央……………………………大学院生。日野画廊のアルバイト
梅乃…………………………………………………宗教団体隆明会の開祖
大岩　竹子……………………………………梅乃の姪。隆明会の現会長
中地………………………………………………………隆明会専属の画商
前薗…………………………………………………………隆明会の弁護士
忠国………………梅乃の孫。隆明会から分派し、天命平和会教祖となる
向井　章太郎……………………………………………天命平和会の元信者
向井　凡太…章太郎の父。隆明会元幹部で、のちに天命平和会幹部となる

人間は、完全な存在である自然に対立する。自然は偉大であり、すべてが有機的に移行する。四季のあの絶え間なき変転においても、自然は偉大ではないか。だが、人間は自然ではない。人間は悪そのものではないが、やはりあらゆる悪徳の源泉であり、愚かしく、怠惰で臆病(おくびょう)だし、どん欲にして粗野、うぬぼれ屋で大食漢なのである。

ハンス・ゼードルマイヤー『中心の喪失』より抜粋

長い長い呼び出し音が鳴った。

出ないと思った相手が電話に出た。

「何時だと思っているんだ？」

「朝の六時だ。助けてほしい」

「おれにできることなのか？」ふあぁと眠たげなあくび。

「絵が盗まれた」

相手は「あああぁ？」と不思議そうな声を上げた。「なんでおれなんだ」

「お前にはいろいろ貸しがある」

「あるな。おれはいつも人に借りを作りながら生きているから。それが主義なんだ。

神父さんに化けたトマス・キャンベルだよな、いまおれが話している相手は。ちょっと懐かしいよ」

「助けてくれなかったら、お前のこと洗いざらいどこかに暴露してやる。イアン・ノースウィッグを名乗る金持ちは本当はフィリアス・フォッグという泥棒で、人の金をちょろまかすことにかけては天才的な詐欺師だって」

「それは困るな。いまでは貴族の称号も持っているんだぞ、乱暴だな。わかった。三時間後にかけ直す」

そう言うと彼は、もうちょっと寝かせてくれと電話を切った。

四月二日の朝だった。

一

一四九八年、ポルトガルのバスコ・ダ・ガマがサン・ガブリエル号で喜望峰を回る東インド航路を発見した。

西側を海で封じられているヨーロッパでは長い間、トルコやイランなどの内陸部を経由しなければ、他の地域から物が買えなかった。トルコ商人に膨大な利益を落とし、アラブに莫大な関税を払い、すなわち異教徒に巨万の富をもたらしながら高い胡椒を買い続けていたのである。

海路を得たヨーロッパは、一斉に海へ、アフリカ大陸を回ってインドへと船をこぎだした。

貿易の拠点は、地中海都市のヴェネチアからポルトガルのリスボンに移った。そして世界中からポルトガルに集められた荷は、リスボンから海路をさらに北上し、イギリス海峡を抜けた先にある開港都市アントウェルペン（現在のベルギー北部）に運ばれた。

　リスボンからアントウェルペンの港に初めて香料を積んだ船が入港したのは一五〇三年のことだ。その日以来、アントウェルペンは南ヨーロッパ、インド、南北アメリカ、イギリス、ヨーロッパの東北地域から内陸通商路への要（かなめ）になったのである。

　十六世紀半ばのアントウェルペンの世界貿易における地位は、史上類を見ない。北ヴェネチアでは他国人はヴェネチア人から商品を買うことを強制されていたし、北海の玄関口として栄えたブリュッヘでは商売は市民権を持っている取引仲買人を通さなければならなかった。アントウェルペンにはそういう制約がなかった。価格は自由競争により自然に定まった。ドイツ人、フランス人、ポルトガル人、イタリア人――あらゆるところから集まってきた外国の商人たちは毎日莫大な金を儲（もう）けた。一か月で最盛期のヴェネチアの二年分以上の商取引を収め、「世界の環（わ）のなかのダイヤモンド」と讃（たた）えられたのである。

　船の出入りは一日に五百隻（せき）を超えた。毎日二百台の客馬車が出入りし、毎週二千台の荷馬車がドイツ、フランス、ロートリンゲンからやってきた。農村から来る手押し車や大型馬車も一万台をくだらなかった。市の中には三千五百の家が建ち、さらに五百戸が敷地を探していた。街の中には大小さまざまな運河があり、橋は四十六本、通りの数は二百十二本あった。

人口十五万人。その世界的貿易都市アントウェルペンを領有したのが、当時スペイン領だったネーデルラントである。

栄華を誇るネーデルラントは北方ルネサンスともフランドル絵画とも呼ばれる、絵画芸術の一時代を築いていく。自然主義にもとづき写実性が高いのが特徴で、一六七二年、フランスがオランダを侵略するまで、ヴァン・エイク、ブリューゲル、ルーベンス、レンブラントなどの画家が誕生した。「巨匠」を意味するオールド・マスターは、これらオランダ黄金時代の芸術家を指して十八世紀に作られた言葉だ。

神聖ローマ帝国の流れを汲むネーデルラントは、ヨーロッパ文化の根幹を成した地ともいえる。

中世ヨーロッパの成り立ちのころから国名を変え領主を変え、栄華と闘争の立てる土埃にまみれたネーデルラント地域はいま、ベルギー、オランダ、ルクセンブルクの三国に分かれて一時の安穏を得ている。

そのベルギーの西、フランスとの国境付近の西フランドル州にワトウという村がある。フランドルはフランドル伯爵の領地であったことからついた、九世紀から伝わる地名であり、かつてのネーデルラントを含む領域であるが、現在の「西フランドル州」は、ベルギーにあるフランドル地方の中の、西の端の地区を指している。

村は、ひろびろとした農地にポツン、またポツンと大きな農家が建つ。家の近くにはジャガイモや野菜を、少し離れたところには大麦小麦、トウモロコシなどの穀物を、そしてその周りには牧草を栽培した。牛も飼われているし、馬もいる。農地や牧草地になっていないところは木々の密集した手つかずの森で、村人たちは「魔女の森」と呼んでいる。中世のころには魔女でも住んでいそうだと気味悪がられたのだろう。本来なら宅地や遊興施設が建ち並び、開発を競うだろう場所には森が陣取っている。線を引いたような一本道と空が広がる集落の姿は、二千年前から変わっていない。

特産品はチーズとホップだ。フランス革命のときに逃げてきた修道士たちが廃屋に住み着いてチーズを作り始めた。修道士への弾圧が収まると彼らはフランスに帰っていったが、村人たちがそれを引き継ぎ、チーズは村の特産品に成長した。ホップのほうは、領地を統治した領主が代々独占栽培したもので、歴史は十一世紀まで遡る。チーズ工房もビール醸造所も、第二次世界大戦のときに破壊されてしまったが、あれやこれやと画策して、なんとか建て直して今に至る。

そんなことが村のホームページには書かれている。

古くからあることだけが取り柄のような村だ。

最近ではサイクリングロードとして有名になった。平坦で車の交通量も少なくただただ農村の景色が続くというこのあたりは、サイクリングにもってこいなのだ。泊まりがけの観光客もいないわけではない。でも彼らのほとんどは、もう少し東にある、このあたりではいちばん大きな街のホテルに泊まる。村に一軒あるホテルは、泊まると名物のビールとチーズが飲み放題食べ放題だ。村のレストランは、日帰りのサイクリング客に休憩してもらうためにある。名物料理はウサギ肉の煮込み。店名の「ヘット・ホメルホフ」はフランドル語で「ホップの園」という意味だ。

村の中心には広場があり、広場には教会がある。

高い塔のある教会で、その高さと並ぶのは、遥か遠く魔女の森のまだ向こうにある背の高い糸杉ぐらいだ。

村の教会は少なくとも築七百年を超える。田舎の古い教会で、六角錐の尖った塔を持つ。頑強なレンガ積みでできていて、正面には等身大のマリア像が立っているが、それはつい二百年ほど前に作り足されたものだ。教会の前には墓が並んでいて、村人たちはみな、死んだらここに葬られる。

村は百年前に比べて人口が半分になった。宿泊客たちにビールやチーズを無料で振る舞うのは、たぶん人が訪ねてきてくれることが嬉しいからだろう。神父のトマス・キャンベルはフランドルとは無縁のアメリカ人だが、そういう人懐っこい地域だから温かく迎え入れられた。

彼がこの村の神父になったのは、前任者、ルクー神父から頼まれたからだ。なんにもない村で、給料は安くて、パブは一軒しかなく、映画館もボウリング場も、娯楽施設はなに一つない。ただビールとチーズは飲み放題食べ放題で、住居もただみたいな値段で貸してもらえる。村人は野菜を差し入れてくれるし、ことあるごとに料理やパンを持ってきてくれる。贅沢をしなければ副業を持たなくても暮らしていけるぞと言われて、オランダ語も少しできることだし、それでルクー神父の後任を引き受けた。

村からバンを一台買ってもらい、一人で教会に来ることができない年寄りを送迎する。あとは朝早く起きて教会の内外を掃除する。バザーの手伝いをして、寄り合いには必ず顔を出す。村の持ち物であるバンは、できるだけ私用では使わない。自転車で回れるところは自転車で行く。草木の手入れをよくし、色とりどりに花を咲かせて村人たちに喜んでもらう。煙草を吸う未成年には強く注意をし、色気づいた高校生には距離を持って接し、不倫をしている主婦にはうるさくつきまとって聖書を読み聞かせる。

この村の神父になって八年になる。

実はこの教会には秘密がある。

それは村人も知らないことだ。

前任のルクー神父は、本当のことを知っている村人はもうとっくの昔に死んでしまって、なんの文書も残っていないと言った。

「だからね、ここの神父になるにはそれなりの覚悟がいるんだ」

ルクー神父は、ビールを片手に酢キャベツをつまみながら、鼻を真っ赤にしてそう言った。神父は酒が弱かったのである。

キャンベル神父は当時、神父の仕事がもらえるならどんな僻地にでも行こうと考えていたので「覚悟」だけはあると思っていた。そこでしっかりと頷いてみせた。

「あの教会は古い」

古いのはわかっていた。しかし戦火を逃れた田舎の教会は珍しくない。

「さっき見せた通り、なにもかもが古い」

教会の中には、古いものと新しい安物しかなかった。黒光りした樫の木の机と、イケアの特売のアルミの机が並んで、古い型のデルのパソコンが載っていた。

「絵も古い」

「なんにも買い換えてないんでしょう、教会は祈るためにあるところです」

古い、人の来ない、面倒の起こりそうにない場所。それこそキャンベル神父の望んだ場所だ。

「教会に来る人間はだいたい、生まれたときから来ているやつばかりで、なにもかも生まれたときから見慣れているというわけさ。おふくろの腹の中と同じ。村人はなんでも見慣れていて、なんにも不思議に思わない。なんでもそんなものだと思っている」

そのうえ代々、村人がいろんなものを寄付してくれるものだから、手入れや片づけが間に合わず、いいものも大したものでないものも同じようにあちこちにあるのだ。犬の食事用の皿も、古い銀杯も、寄付されたものはなんでもいっしょに並んでいるという感じだった。

「いつ建ったのかわからないから、なんでも、いつからあるのかわからない。だろ？」

「そうですね」

　そこでルクー神父はキャンベル神父の目をじっと見つめたのだ。

「一番目立たない壁、あっただろ」

「日が当たらない北の壁ですか？」

「違うよ。東の壁だよ」

「なるほど」

「あそこに古い絵が掛かっていただろ。縦一メートル、横一・六メートルぐらいの。黒ずんだ、古い板絵だ」

　板絵というのは文字通り板に描かれた絵のことだ。そういうのは四百年は前のものだ。

「あの絵はな、明るいところに出しちゃいけない。それから、洗っても、埃を払ってもいけない。人前で光を当ててはいけないんだ。拭いたりしたらいけない。カーテンの位置も、触らないほうがいい」

　キャンベル神父は聞いた。

「なぜですか？」——誰だってそう聞くだろうよ。

　ルクー神父は言った。

「あれは——あれはな。ちょっと曰くがあるんだ」

キャンベル神父は笑った。

「怪現象でも起きますか？」

「とにかく噂があるんだよ、遠い昔から。あくまで噂なんだ。でもそのために、あの絵は人目につかないところにおいて、話題にしちゃいけないんだ。もうほとんど、誰も知らないことだけどな」

「拭いて日に当てたらばけものでも出るんですか」

するとルクー神父はキャンベル神父を見つめた。

「限りなくそれに近い」

本気だろうかとキャンベル神父は思ったが、ルクー神父は、酔ってはいたが極めて真面目な顔をしている。

「あんなものがいままであの教会にあったことが不思議さ。あんたを信用しているんだ。それが信心ってもんなんだ」

「それってなんですか」

「あれがあそこにあり続ける。それこそが、今日と同じ明日がくるという確約なんだ。護られているということだよ。神のご加護なんだ。だから年寄りは、十字架よりもあの絵を拝む」

「それは教会としては……」

「そういう問題じゃないんだよ。あの絵がずっとあそこに掛けられていて、いまもある。村の連中はみな、生まれたときからあの絵を見て育ち、子供が生まれれば子供と、孫が生まれれば子供、孫の三代連れだって、日曜ごとにあの絵を見るんだ。墓に入っているのも、みんなあれを見て生きて、死んで墓に入った。自分もまた、そうやって入るってことさ。こんな安心はないだろ？　それこそが信心なんだよ。

　ある朝教会に、見知らぬ男が座っていたのさ。声をかけたら、昨日の夜、泥棒に入ったって言うんだ。それが、あの絵を見ると、なんだか薄気味悪くなった。だからここに泥棒に入ったことを謝って帰ろうと、待っていたそうだ。あの絵が、過去からおれを見てるって、男はそう言ったんだ。腹が減ってるみたいだったから、飯を食わせて、そこらにあるがらくたをやって、価値のあるものもあると思うから古道具屋で売って金にしろって言って、帰した。あれはなんなんだって聞くから、古くからこの教会にある絵だって答えた。名のある人の絵ですかって聞くから、こんな古ぼけた田舎の教会に、名のある画家の絵なんかあるわけがないだろって答えた。なにが描いてあるんですかって聞くから、あんたが見たままだって言ったら、おれには四人の人間が墓の前で休憩しているとしか見えないってさ。それで、『わたしにもそう見える』と言ったさ。森があって丘があって、風景のおまけみたいに男女が四人、端にいるだけ。家を建てたらカーテンを買うだろ。この教会が建ったころには、そんな感じで絵を掛けたんだろうって言ったのさ。男はぼけーっとその話を聞いていた。あいつ、真面目に働いていたらいいんだけどな」

キャンベル神父は少々じれた。酒を飲むと話が長くなる人間はよくいる。

「いいか。こういうことだ。村人以外の人の出入りが多そうな日には、ねずみ色の布を掛けるんだ。なにかを修復していますって体で」

キャンベル神父は、行儀のいい犬のように話の続きを待った。そしてルクー神父は唐突に言った。

「ブリューゲルの絵だからだ。そして、誰もそのことに気がついていないからだ」

じらしにじらして、ビリヤードの玉をついと突くみたいに突然だった。

だがキャンベル神父は、ルクー神父の話の真偽についてあまり考えなかった。お日様のよく照る、畑に囲まれた村だ。見渡す限りの牧草地では牛が長いしっぽを振りながら草を食(は)む。村には信号もない。夜間歩く人もほとんどいない。チーズ工房とビール醸造所と牧場がある。みな顔見知りで、話題は小麦とホップの出来と天気、競馬だ。みな働き者で、しかしそういう場所がよくそうであるように、疑り深く注意深く排他的なところもある。だからキャンベル神父は村人の顔と名前、それぞれの家庭状況や性格を覚えるのに忙しかったのだ。いかに打ち解けるかに。親しみがあり、かつ思慮深く。

そうやって、すっかり村に溶け込んだ八年目の四月二日の朝。

いつものように聖堂のドアを開けたキャンベル神父は、いつものように床の掃除をしようと箒(ほうき)を取りに奥までいき、ろうそく立てがなくなっていることに気がついた。そして戻ってくるときにはっとした。

色の違う壁があったのだ。

一メートル、一・六メートル角の、生白い壁。

キャンベル神父は、この壁はどこから教会に入り込んだのだろうと、箒を握ったまま考えた。次の瞬間、神父の手から箒が滑り出て、柄は弧を描いて回転し、カタンと床に落ちた。

神父は壁を見つめて「ああ、なんてことだ」と呟(つぶや)いた。

壁から、絵が消えていた。

キャンベル神父は、自分が、前任のルクー神父の言いつけをいかにしっかりと守ってきたかを思い返していた。絵の近くにはなるべく灯りを置かない。日の当たるところにいろんなものを並べて、絵に注意が向かないように心がけていたのだ。

絵は確かに古くて、見方によればこの世のものではないようだった。夜中に泥棒するつもりで教会に入ったなら「誰かに見とがめられている」ような気がしただろう。ひどく厳粛な面持ちがあった。しかし村の顔役も年寄りも一言だって、絵のことを話題に出したりしなかった。彼らといえば――キャンベル神父はゆっくりと回想した――彼らといえば、絵にただ視線を投げ、満足そうに視線を外すだけだ。孫と並んで絵を見る老人が、しげしげと絵に見入る孫に、なにかを講釈しているのを見たことがない。確かに娘のお産が無事済んだ婦人がその絵の前で十字を切るのを見たこともある。しかしその婦人は、その日は目に入ったものすべてに感謝したんだと思っていた。

――いや、たぶん、思おうとしていたのだ。

ときどき、夢の中の話を思い出すように、ルクー神父の話を思い出した。

そういうとき、少し心はざわついた。

古い絵がオークションでいくらで売れたというニュースが流れると、その日一日落ち着かなかった。誰かが、「バザーで三〇ユーロで買った絵がゴッホの作品だとわかって、一〇〇〇万ユーロで売られたそうだ。三〇センチ四方の、いかつい農婦の顔の絵だったそうだ。そういうのって、屋根裏部屋にあったり、台所の壁に掛けてあったりするんだよね。うちにもないかな」そう言うのを聞いて引きつった笑いを返したこともある。

それでも絵のことを心配したことはなかった。

なぜならあの絵は、絵画ではなく、盗むとか盗まれるという対象ではなく。

いま、ルクー神父の言葉を鮮明に思い出す。

――あれがあそこにあり続ける。それこそが、今日と同じ明日がくるという確約なんだ。護られているということだよ。神のご加護なんだ。

キャンベル神父は生白い壁をしばらく見つめていたが、やがて携帯電話を取り出した。

いまでもその電話番号が使われているかどうか確信はなかった。

フィリアス・フォッグことイアン・ノースウィッグは猫のような身体能力と天才的な頭の回転と、人の頼みごとが断れないという性質を兼ね備えている類まれな人物だ。巧みに嘘をつき、自分がついた嘘の海に溺れながらちゃっかり欲しいものを欲しいだけ手に入れる。そんなイアンは、ちょっと気の利いたヨタ者で終わっていたはずだったが、組んだ相棒がよかった。相棒であるマリアは合理的で、不合理な詐欺や泥棒という面倒なことが性に合わない。イアンを嘘の海から引き上げて、おかげで彼はいっぱしの英国貴族になってしまった。合理的に詐欺と泥棒を行なう者が富豪になるということを、いみじくも実践したわけだ。

だからといってイアン・ノースウィッグのなにかが変わったわけではない。いまでもあのころと同じ。遊び盛りのガキみたいにベッドでぐっすり寝てやがるに違いない。トマス・キャンベルは携帯電話を握りしめると、深く決心した。

彼に泣きつくのだ。

トマス・キャンベルは着古したズボンとジャケットのままの姿で、その日のうちにパリにあるイアンの別宅にやってきた。管理人は驚いて警備員を呼ぼうとしたほどだ。ベルギーの田舎でブリューゲルの絵が盗まれた――イアンはまったく、その意味するところがわからなかった。

ブリューゲルは十六世紀に活躍した、北方ルネサンスを代表する画家――いや、最も偉大な画家だ。『バベルの塔』がもっとも有名な作品だろうが、細密画を画風とし、その筆でもって農民の生活という、当時なんの価値も感じられなかっただろう人々の日常を描いた。「農民画家」との異名を持つほどだ。それがベルギーの田舎にあるだけで驚きなのに、そのうえ盗まれたというのか？　まるで「失われた聖櫃の伝説」みたいにドラマチックで嘘くさい話だ。

　しかし聞けば聞くほど、ことは面倒だった。

　キャンベルはイアンとマリアに切々と訴えたあと、出されたサンドウィッチをたいらげ、ミルクティーをティーポット一杯分飲みほした。

「こっそりと取り返してほしいんだ。警察に届けてことが公になれば、発見されてもあの教会には置けなくなる。ワトウの鍵のかかっていない教会の聖堂に二億ドルが掛けてあるんだ。それこそ三日で盗まれちまう。でもうちの教会には防犯に金をかける余裕はないんだ。ということは、寄贈という名目で美術館に持っていかれる」

「だいたい、それがブリューゲルの真作という証拠はあるのか」

「ない」

　イアンは問題を持て余した。

「前の神父がそう言ったから。それだけ？」

「問題は、そういうことじゃないんだ」とキャンベルは言った。「あれがブリューゲルであるかないかはいいんだ。あれを取り戻してほしいだけだ。あの絵はずっと教会の壁にあった。四百五十年の間あの壁に貼りついてきたんだ」

「でもブリューゲルの真作だと公表しないと誰も本気で探してくれないし、そうなると、仮に戻ってきたとしても、さっきお前が言ったとおり、もう教会には置けない」

キャンベルは頷いた。

「加えて、ブリューゲルの作品であるという確証もない」

キャンベルはもう一度頷いた。

「なんで八年間、一度も確認しなかったんだ」

「サインはなかった。でもわずかに、上塗りした形跡があった」

「あとで誰かがサインを隠したって?」

「深く考えなかった。あれは教会の絵で、それ以上じゃない。そう思うことに決めた」

キャンベルは古い携帯電話を取り出すと、絵を写した写真を見せた。それを見たイアンは「これはこれは」と呟いた。

「らしいだろ」

「らしいな」

「本物を見れば、おれの気持がわかる」

「前任の、そのルクーって神父さんじゃないのか。この世の中で、西フランドルの西の端、まともな道路もないようなところに二億ドルが置いてあるのを知っているのは、あんたとそのルクーさんだけだろ?」

キャンベルは頑固な顔をしてイアンを見つめたが、それは悲愴な哀しみを――そんなことを考えるのはまともな人間じゃないと言わんばかりの哀しみを――湛えていた。

「盗むつもりなら、おれに絵の秘密を言わなかったと思うぞ」

「まぁ、」とイアンは言った。「人間は気が変わる生き物だが、そうまで言うならそうかもしれん。でもそのルクーって神父が、娘にしゃべったとか、孫にしゃべったとか、そういうことは考えられるんじゃ――」キャンベル神父は即座に遮った。

「鍵のない場所に、誰にも知られずにブリューゲルの絵が置いてあるんだ。一人でその秘密を抱えることがどんなに大変なことか、わかるか? 魔が差したらおわりなんだ。ルクー神父はあの絵の秘密から逃れられてせいせいしていた。やっと人間に戻れたって言わんばかりさ。あの神父も昔、悪さをしていたんだ。それで麻薬中毒患者の世話やなんかいろいろ社会奉仕をしたんだ。そういう骨のあるやつしかあの絵の秘密を守れない。だからおれに後任を頼んだ。おれもルクー神父が関わっているんじゃないかと考えたんだ。でもルクー神父に、いまさらあの絵をさばくルートはないと思う」

「仮にただの古い絵じゃないとして、でももしただの古い絵として盗まれたんなら」とイアンは一息置いた――「ことは面倒だぞ」

「おれもそこを考えているんだ」

「やっぱり正直にブリューゲルが盗まれましたと届けたほうがいいんじゃないかしら。薪にされちゃわないうちに」

相棒のマリアがイアンにそう言うと、キャンベルの額にぐっと皺(しわ)が寄った。

「その絵がトムの教会にあったってことを伏せておけばいいじゃない。それで返ってきたら、またこっそり教会に置けばいい」

マリアの提案に、キャンベルの顔が明るくなった。彼はイアンを見やった。

「そうだ。例えば、うちじゃない、もっともっと由緒(ゆいしょ)正しい教会から盗まれたことにするっていうのはどうだ」

「だったら泥棒は、自分たちが盗んだ絵のことだとは思わないからやっぱり薪にするかバザーで売っ払うさ。似ているけど、おれたちが盗んだのはベルギーの端っこの、マッチ箱みたいな教会からだから、関係ないさって」

それからキャンベルを見つめたまま、マリアに説明を続けた。

「ブリューゲルの真作となれば間違いなく美術界が蜂(はち)の巣を突いたみたいな騒ぎにな

る。もうマッチ箱の教会に戻りようはないよ。仮に見つかったとしても、たちの悪い画商が入れ知恵して、誰かが『自分の家から盗まれたものだ』と名乗りを上げたら、トムの教会にあったものだと証明する手段がない。するとそいつらは泥棒に金を掴ませて、その誰かの家から盗んだことにしてもらうのさ。二億ドルの商売だもの。そういうことをするのに良心の呵責を覚えない画商ならごまんと知っている」

「だからお前に連絡したんだ、イアン・ノースウィッグ」

キャンベル神父に見据えられて、イアンはため息をついた。

「でもどうしてそんな片田舎に、そんな絵があるんだ」

マリアが「まぁ、考えられない話じゃないわ」と言った。

「あの時代は、今みたいに画家が好き勝手に描いた絵が画廊に並ぶことはなかった。画廊に並んだ絵は商品として売り買いされ、持ち主を転々として、値が上がったり下がったりするわけだけど、市場に出回らなかった絵は紙幣価値に換算されることなく所有者の元に置かれ続ける」

キャンベルが難しそうな顔で続きを待った。マリアは解説を試みた。

「貴族が貧乏になると美術品が放出される。そういう絵はだいたいは画商か競売会社にいった。それを資金のある人間が購入するわけだけど、そうやって購入された絵はあくまで一代限りの個人コレクションで、代が変わるたびに売りに出るの。価値のあるものは最後は美術館に納まったりするんだけど、でもそれは商品化した絵に起こること。ブリューゲルの時代、画家は職人で、注文を受けて描いていた。描きあがった絵は画商や画廊ではなく、注文した人に直接渡されたの。そういう絵は持ち主が愛着を持っているから簡単には売らない。特にその絵がすばらしければその家から動かないのよ。そういう名画を手放すときは、売るんじゃなくて公共の場所に寄贈する。そのほうが絵にとって安全だから。そういう絵がなんらかの事情で仕舞われるのはその領主の屋敷で、またそこで受け継がれて、最後は国立美術館に寄贈される。本物の名画は下世話なところには流れないのよ。古い時代の名画はどれも売り買いなんかされないで国立美術館に寄贈されている」

キャンベルは得心した。

「紙幣価値に換算されないというのは、売り買いされていないってことか」

マリアは頷いた。

「売り買いされなくても移動することはある。略奪された場合よ。戦争のたびに勝った国の軍隊は土足で金持ちの家に踏み込んで、昔は荷車で、もうちょっとあとならトラックと貨車で、自分の国までごっそり美術品を持ち帰った。ドイツは上層部の指示により計画的に持ち出したし、ソ連は、金目の物を摑む火事場泥棒のように、手当たり次第かつ根こそぎ持ち出した。でもその場合は獲物がありそうなところから狙うから」

そこでイアンが話を引き取った。

「ブリューゲルがその教会にあったとすれば、その絵はたぶん、当時ブリューゲルの工房に依頼した人物――豪商か貴族から寄贈されたんだろうな。貴族や金持ちの屋敷でなく、田舎の小さな教会にあったから戦時の略奪も免れたんだろう。そのうち絵の価値に気づいた誰か――たぶん歴代の神父の誰かが、サインを消したんだ」

サインを消した瞬間から、絵は教会の秘密になったということだ。

ブリューゲルの人気が上がったのは一九〇〇年代に入ってからだ。それまでの三百五十年ほどは、そのあと出てきたルーベンスやレンブラントの陰に隠れていたし、いまでも派手なところのないブリューゲルの絵は、ドラマチックに演出された後出絵画に比べて人気が高いとはいえない。でもブリューゲルを所有する者は彼の絵を絶対に手放さない。

「泥棒稼業から足を洗ってやっと得た神父としての赴任地に、誰も見たことのない、幻の『ブリューゲルの宗教画』があったわけだ。神に試されたのか？　それとも無垢なる心で奉仕せよっていう思し召しかな」

キャンベルは真面目にイアンを見つめた。

「ルクーもおれも、神さまに足許を見られたのさ」

神は人を試し、足許を見る。たちが悪いけど、人のほうがそれを崇めるんだから仕方がない。それにしても真作のブリューゲルを、それと悟られずに取り返せとは――。

「難しいことを言ってくれるなぁ」とイアンは呟いた。

「おれには借りがあるんだったよな」

イアン・ノースウィッグは実際のところ、彼にどんな借りを作ったか覚えていない。でもたぶんキャンベル神父も、イアンがどんな借りだと聞いたら困ることだろう。

「とりあえず、前任のルクーという神父の様子を探っておいてくれ。いまのところそこが一番濃厚なんだ。それから、なんにしろ経費がかかる」

「数日待ってくれ。教会のものをバザーで売って、金は作るから」

「教会のガラクタを、バザーで売るのか……」

イアンは、経費のことをキャンベル神父に相談するのはとりあえずやめることにした。

三日後の四月五日、一本のニュースが配信された。

当初、それほど大きな扱いではなく、ネットニュースの下から三つ目あたりに貼りついていた。

ニュースはじわじわと人びとの興味を引き始め、数時間後、一気に三位に躍り出た。

十七世紀を代表するオランダ人画家ヨハネス・フェルメールの新たな真作が、スイスで発見されたというニュースだ。

現存するフェルメールの作品は少なく、三十七点とも三十三点ともいわれている。そのほとんどが「室内画」といわれる、室内の情景を描いたものだ。今回発見されたものは室内画や風景画ではなく、宗教画である。

報道によれば、絵が発見されたのはスイスの投資家ゲオルク・アレキサンダー・ツー・メクレンブルクの屋敷の屋根裏だ。メクレンブルク氏の一族はもともとソ連に住んでいた帝政ロシア時代の貴族の家系である。絵は、六十年ほど前にスイスへ移り住んだときの荷物の中にあったものだ。

所有者であるメクレンブルク氏は、その絵をフェルメールの作品だとは知らなかった。処分しようと競売会社大手のルービーズから人を呼び、発覚した。

美術評論家でフェルメール研究の第一人者であるジョナサン・ラルケは、発見された作品を鑑定する意向であることを明らかにした。

それを聞いたメクレンブルク氏は売却を保留し、以降ノーコメントを貫いている。

関係各所は絵画の公開を強く望んでいるが、今のところ未定。

関係者には絵画の簡単な模写が配られた。


その二日後の四月七日午後、イギリス国営放送、ＢＢＣ配信の速報が流れた。

昨夜未明、フェルメールの真作が発見されたゲオルク・アレキサンダー・ツー・メクレンブルク氏のスイスの邸宅に、賊が侵入したというニュースだ。

被害に遭った絵画は二点、被害総額は不明。

なお、フェルメールの真作はルービーズに保管されており、被害は免れた。

メクレンブルク氏は盗まれた絵について、「どちらも買い戻す用意がある」とコメントし、盗まれた絵画の写真を公開した。

山と教会の塔がありその向こうに海が見える古い板絵と、女性貴族の肖像画だ。肖像画の女性は赤い夜会服を着て、頭のうしろに孔雀（くじゃく）の羽を広げたみたいな派手な飾りを付けていた。

五月十五日、東京銀座。

地下鉄の銀座駅で降りて、中央通りを西に進む。

街は中国語であふれている。ドラッグストアには中国語で書かれた黄色いポップがススキの穂みたいに立ち並んで、レストランの前には中国人客の集団が順番待ちをしている。老舗（しにせ）のドイツビアホールの角の信号では、青になるのを待ちきれない人びとがいまにも道にあふれそうだ。彼らには銀座は異国であり、観光で来た異国の地は人をエネルギッシュにする。

その中を、日野画廊店主、日野智則（とものり）は、観光客にぶつからないように注意深く気兼ねをしながら、慣れた道を歩いて八丁目の画廊へと辿（たど）り着く。

新聞受けから新聞を取ると、シャッターを開け、受話器を上げて人差し指で短縮番号を押して、喫茶店に「日野です。レギュラーコーヒーを一つお願いします」と、ここ十年変わることのない注文をする。それから通りに面した一人掛けのソファに腰掛けると、新聞を広げる。

儲けが多い月もあれば少ない月もある。最近そういうことが気にならなくなった。

日野画廊には、小さいながら老舗の貫禄（かんろく）がある。

アルバイトの学生が「おはようございます」と言って入ってきた。

アルバイトが雇えるほど儲けているわけでもないし、アルバイトが必要なほど忙しいのでもない。大学院の文学研究科で絵画美術を専攻している斉藤真央(まお)は、調査で画廊を訪ねてきたのをきっかけに、「勉強の一環に」と格安のバイト代で働いている。ずっと一人で切り盛りしてきた日野には、面倒なような、はたまた若い女性というのはその場にいるだけで桜の木が一本紛れ込んだような癒(いや)しと華やぎを生むものだと感心したりもする。正直に言えば、斉藤真央に毛並みのいい考え深い猫を連想してしまうときがあるが、それは彼女に失礼なことだろうと、そういう考えは浮かんだ瞬間、ペシャリと潰(つぶ)すことにしている。

「目薬を買おうと思って五丁目のドラッグストアに寄ったんですが、レジ前にお客さんがすごくて。朝の十時だというのに、ものすごいお客さんなんですよ」

「ほんの十年前まで、銀座には閑古鳥が鳴いていた時期があったんですよ。それを考えるとありがたいです」

　喫茶店のウェイターがやってきて、テーブルの上にコーヒーを置いた。

「フェルメールの新しい作品がスイスで発見されたそうですね」――ウェイターは、日野だけのときは黙ってコーヒーを置いていくが、斉藤真央がいるときには日野に話しかける。

「本物でしょうか」とウェイターが言ったので「さあ」と、日野は新聞の記事を目で追いながら答えた。

「本物だという話のようですよ」

「フェルメールって日本人に人気がありますからねぇ」

斉藤真央が、奥から、返却するコーヒーカップを持ってきた。ウェイターは会釈(えしゃく)するように真央に視線を合わせると、コーヒーカップを受け取って店をあとにする。

真央は日野に言った。

「それにしてもロシア人の名前って、面倒じゃありませんか。原語では読めなくて、カタカナ表記を確認しました」

「メクレンブルク・なんたらツーなんたらですよね」

「違います。ゲオルク・アレキサンダー・ツー・メクレンブルクです」

真央の答えに、日野は新聞に目を落としたまま、ほほっと笑った。

「ロシア人貴族には名前の系譜があって、メクレンブルクというのは、そういう名前の一つなんです」斉藤真央はそう言うと、また奥に入り、紅茶をいれた自分のカップを持って現れた。それから、さっきのウェイターとまったく同じ口調で聞いた。

「本物でしょうか」

「さあ。どうなんでしょうか。われわれ日本の片隅で暮らす画商には関係のない話なもので」それから顔を上げた。「それこそ斉藤さんたちが調べることでしょう」

斉藤真央は、色が白く、首が細い。黒縁の眼鏡をかけて、髪は後ろに引詰めている。時代が時代なら「竹久夢二の絵に出てきそうな線の細い女子」だっただろうが、髪は流行り(はやり)の色に染めて、大きな目にはきっちりマスカラを塗って洋風のお人形のように作っているのは、さすがに今どきの女子だ。気の強さがきりりと上がった目尻(めじり)に表れて、竹久夢二のモデルの女子も今を生きていたらやっぱりこんな風なのだろうと思う。いつの時代も求められるように変貌(へんぼう)するのが女性だ。

真央はクマの絵柄がプリントされたマグカップを、てのひらで包み込むようにして日野の向かいのソファに座り直した。

「今回発見されたのは『失われた作品群』なんだそうです。うちの大学のフェルメールの権威の先生が目の色を変えています」

発見されたヨハネス・フェルメールの新たな作品を所持していたのは、メクレンブルクというスイスに住む投資家だ。斉藤真央の言う通り、彼はロシア帝国貴族の血を引くポーランド系ロシア人である。

メクレンブルク一家は第二次世界大戦後にスイスに移り住んだ。父親が亡(な)くなったので屋敷を整理していたところ、絵が出てきたのだ。

「スイスのローザンヌの屋敷の屋根裏には大量の美術品が置いてあったそうです。彼の祖父はその美術品を売って生計を立てていた時期もあったらしい。でももう長い間、屋根裏の美術品を触ることはなかったというから、鑑賞するためというより資産のような感覚だったのでしょうね」

　ゲオルク・メクレンブルクの屋敷の屋根裏に上がった画商は「まるで倉庫のようだった」と話した。美術品は無造作に放置され、中には梱包されたままのものもあったという。

「それにしても宗教画なんか向こうにはそれこそ腐るほどありますよ。いまさらそんなに珍しいのですかね」

　日野がそう言うと、斉藤真央はマグカップを両のてのひらで包んだまま、ぐっと目に力を込め、ついでに顔を心持ち寄せてこう言った。

「フェルメールの絵だということが大切なんです」

「そう。フェルメールは絵が少ないですからね」

「フェルメールの、宗教画ということが、大切なんです」

　真央は、ほんとにわかってないな、このおっさんはという顔をして、話し始めた。

「西洋絵画は教会に置かれるために生まれたものですから、十七世紀の画家が宗教画を残していないのは、十九世紀のパリにいた印象派の画家が女性の裸を描いてないのと同じくらい不自然なんです。フェルメールの絵で残っているもののほとんどは室内画ですが、当時、フランドル地方ではそれが流行りだったんです。フェルメール自身は物語画家――叙事詩などの一場面を描く画家になりたかった。物語画家になりたかった画家が、物語画家では売れなかったからって一足飛びに流行りものに飛びつくというのは飛躍が大きい。その手前に宗教画ってカテゴリーがあるわけで。物語絵と宗教画は、当時の社会でいえばほぼ同義ですからね。物語絵と」と、真央は膝の上にマグカップを置くと、人差し指と親指で輪を作り――「室内画の」と、もう一方の手の指でも輪を作る。そして二つの輪を宙に浮かせた。「この二つを繋ぐ輪、宗教画が抜け落ちているんです」

「いわゆるミッシングリンクというやつですね。連続性が切れているという」

真央は日野の答えに満足して、またマグカップを持ち直した。

「そうです。フェルメールの宗教画というのはフェルメールを語るときのミッシングリンクであり、その作品群がどこかに眠っているのではないかというのは、学者の中ではよく言われている話だったんです。フェルメールの宗教画の発見は、レンブラントの新しい肖像画が発見されたというのとは美術史における重要性が違うんです」

「日野さん、ほんとはフェルメールに興味がないでしょ」

「ほお」

日野はまた、ほほと笑った。

すると真央は、利かん気な顔をした。

「オランダにヨハネス・フェルメールという画家がいるということが知られるのは遅かったんです。だから、一部の人は、画商が人気を作ったなんて言いたがる。でもそれには理由があるんです。それは彼が、生きている時には画家というより、画商として生活していたから。もう一つは、彼の絵を気に入った人物が、彼の絵の半分以上を大事に抱えていて、絵が流通しなかったから。その人物は——名前は忘れましたけど——フェルメールの三十七枚の絵のうち、二十以上を、三十年以上所蔵していたからなんです。

彼はオランダのデルフトという都市で活動したんですが、たぶん、修業とかにも行っていないです。絵の職人が入るギルドには入っていたけど、その経緯を見ると、誰かの弟子だったわけでもない。十一人も子供がいたそうです。妻の実家に住み込んでいて。

　そのころのデルフトは、いわば日本のバブルのような感じで、裕福な国際都市だったんです。フェルメールは平和で裕福なデルフト市民の家庭の一こまを描いた。くつろいで手紙を読む女、朝の支度に牛乳を注ぐ女中、レースを作る女など、彼の絵には、静かに家事を楽しむ雰囲気が描かれています。堅実で精細な写実でありながら、端正な古典風でもある。『澄みきって明るい光と、その光にほのかに温められた大気の透明な色の落ち着きには、晴れた日の北欧の五月の朝を思わせる清潔さがある』と、後世の評論家に言わしめた」

　日野はにこやかに、その話を聞いていた。そこで真央は、きりっと眉(まゆ)を上げてみせた。「言っときますけど、あたしは特にフェルメールのファンってわけじゃありませんよ。ただ美術界の声を代弁しているだけで」

「わたしたち画商の仕事は、画家や絵画にお化粧させて、いっぱしに仕立てることです。例えばあまりよくありませんが、素質のある田舎娘に芸と化粧を教え込んで、一流の花魁(おいらん)に仕立て上げるのに似ています。人気が出ると今度は家系図を作り、男の気をそそるようなエピソードを作るんです。事実というのはたいがい、素っ気ないものです」

「ええ、そうですね。人はみな、ロマンのある話に弱いですものね。長い間フェルメールの宗教画の存在も、そんなロマンチックな願望にすぎなかった。でも今回『ニンフと聖女』がメクレンブルクという亡命ロシア人の屋根裏から出てきた。願望が現実になったんです」

　発見された『ニンフと聖女』は縦一〇〇センチ、横一〇四センチの油彩画で、三人の女性が描かれている。一人はニンフ――妖精(ようせい)だ。ニンフは一人の女の足を洗っている。足を洗うニンフというのは、宗教画のモチーフの一つで、その場合足を洗われているのはキリストの母マリアである。木の下にいる妖精が、旅をするマリア一行を労(ねぎら)って足を洗う図というわけだ。「木の下のニンフ」というのは、唱歌「ローレライ」で、難破するように『くすしきまがうた』を歌って舟人を引き寄せるのと同類のニンフだ。

　フェルメールにはこれによく似た構図の作品がある。しかしその絵は室内画にみられる物理的な合理性に則(のっと)っている――言いかえればこぢんまりした印象だが、今回発見された絵は、ニンフは天使のように宙に浮いていて、キリストの母であるマリアがぐっと大きい。宗教画に求められる「仮想と誇張」をきちんと踏まえている。真央が説明を続ける。

「今回発見された『ニンフと聖女』も、同時代の画家ヨハネス・ファン・デル・メートの作品として屋根裏に保管されていたみたいです。フェルメールの作品は、構図はレンブラント、筆遣いは同郷の画家ピーテル・デ・ホーホに類似しているといわれていて、これまでもフェルメールの作品はレンブラントやホーホ、もしくはレンブラントの弟子であるニコラス・マースとして扱われてきたという経緯もあるんです」

「間違えていたという場合もありますが、そうしたほうが値がつく場合は故意にすることもあります」

「でも今回はジョナサン・ラルケが鑑定したようです」

ラルケはフェルメール研究の権威であり、多くのフェルメール作品を発掘してきた美術評論家だ。

メクレンブルク氏自身は、それがフェルメールであることにひどく懐疑的だった。だが、絵を洗浄すると端にフェルメールのサインが出てきたのである。科学鑑定の結果、使用されていた鉛白がフェルメールの『窓辺で手紙を読む女』に使われている鉛白と一致した。

エックス線で透視すると、絵の下から窓辺にたたずむ女の姿がぼんやりと浮かび上がった。それはフェルメールの『窓辺で手紙を読む女』に極めてシルエットが似ていた。

フェルメール発見の初報から三十六日後のことである。

「ラルケはそれを見たときの衝撃を、『背筋に悪寒が走るような衝撃』と表現したそうです」

「さすがに詳しいですね」

日野がそう言うと、真央は一冊の雑誌をテーブルの上に置いた。

「全部これに書いてあるんです」

そこには今回発見されたフェルメールの絵についての特集が組まれていた。

「飛ぶように売れていて手に入らなかったんです。それで昨日、大型書店を回って、三軒目でやっとゲットしたんです。最後の一冊でした」

そうして斉藤真央は「日本人がフェルメールを好きなのは」と、神妙な顔で人差し指を立ててみせた。

「たぶんフェルメールって音の響きが綺麗だからだと思います」

そこで電話が鳴って、斉藤真央は受話器を上げると、はい、日野画廊でございますと、澄ました声を繕った。

「ヨハネス・フェルメール　世紀の発見か！　『ニンフと聖女』に見る世界の歴史と絵画の価値」

斉藤真央が置いていった雑誌「フロンティア」には、派手な見出しが躍っている。
雑誌にはたくさんのフェルメールの絵とともに、斉藤真央が語ったことがだいたい書かれていた。

　フェルメールの宗教画発見。
その一報に関係各所は慎重に経緯を見守った。帝政ロシア貴族の末裔（まつえい）が名画を持っていたというのはいかにもありそうな話だが、それが関係者が喉（のど）から手が出るほど欲しがっているフェルメールの宗教画であったというのはできすぎた話だ。

　しかし着目すべきはメクレンブルク家のソ連にいたころの職業である。ソ連には宮殿所蔵美術品中央保管所という組織があり、転出前、メクレンブルクの祖父はそこに勤務していたというのだ。

　ロシアにはどんな名画、美術品が眠っていても不思議ではないといわれている。
そして西洋絵画の専門家は、ロシアのエルミタージュ美術館にどれほどの絵があるかを、いまもって誰も把握していないと指摘する。メクレンブルク家はそういう、門外不出の美術品を預かる組織にいたということだ。その経歴は美術関係者の心をざわつかせた。

第二次世界大戦後、ソ連では多数の強奪美術品が闇から闇に流れ、もしくは紛失し、もしくはいまなお国立美術館の倉庫に収蔵されたままになっており、その実態を知る者はいない。

管理されているとはいえないそういう絵画は、混乱のたびにこっそりと国外に持ち出された。一時期の来歴が不明とされて世間に現れる名画は、エルミタージュから流出したものだという噂はいまだ美術界から消えない。エルミタージュは美術界のブラックボックスだ。

エルミタージュ美術館は倉庫になにを保管しているかを決して明らかにしない。だが、これはロシアに限った話ではない。たとえば、フランスのルーブル美術館も倉庫になにがあるかを積極的に調べようとはしていない。

第二次世界大戦中にフランスから持ち出された美術品は、戦後フランスに返還されて持ち主へと渡された。その際持ち主不明の作品は、持ち主が死亡しているものも含めてルーブル美術館が接収した。これは一時保管であったが、美術館は返却作業に極めて消極的だ。なにがあるかを知ってしまえば、その絵は本来どこにあるべきか、誰の手に返すべきかを考えないといけなくなる。知らなければその手間がすべて省けるだけでなく、収蔵美術品を減らさなくて済む。だから収蔵物に関してリストを作ることを拒んでいると聞く。もちろん隠しているわけではなく、館は必要に応じて展示をしている。

ルーブルが積極的に返還作業をしようとすれば、作品の真贋（しんがん）の鑑定から、誰が本来の持ち主であるかという調査まで、その作業は膨大だ。保存状態が悪ければ賠償を求める人も出るだろう。それで戦災孤児ともいえる美術品は、美術館にしまわれているのである。それを保護というか隠匿（いんとく）と捉（とら）えるかはそれぞれの見識によるもので、判断の分かれるところだろう。

現在フェルメールの作品で、宗教画は二点だといわれている。

フェルメールの宗教画が新たに見つかったことで、美術評論家のラルケ氏が主張していた学説に弾みがつき、美術界に大きな議論を巻き起こすことになりそうだ。

持ち主のメクレンブルク氏は絵の公表について、ルービーズ関係者、ラルケ氏およびドレスデン美術館と相談のうえ判断したいとの意向である。

公開が待たれる。

雑誌には、絵画を透視したエックス線画像が、フェルメールの『窓辺で手紙を読む女』と並んで掲載されていた。

エックス線を通すと、絵の下にあるものは鉛筆のなぐり書きのように見える。中央に女が一人立っているのだが、その姿は、遠い世界からきた亡霊のようだ。しかし一心に手元を見る女の姿――並べてみれば確かにフェルメールの『窓辺で手紙を読む女』がそこにいるみたいだ。異なるのはカーテンと窓がないこと。

斉藤真央が言う通り。美術界にはビッグニュースだ。そして美術界でのビッグニュースはすぐさま金に繋がる。今回そのニュースを完成させたのは競売会社、美術評論家と美術館という、隙のないメンツたちだ。

こういうニュースは通常は眉唾ものなのだが、今回に限っては所有者であるメクレンブルク氏が公表したがらなかったことがむしろ信憑性を与えた。

第二次世界大戦中、ドイツは名画を――名画といわず、貴族の家にあった美術品という美術品を――自国に持ち帰った。そして第二次世界大戦後、今度はそれをソ連がトラックに積み上げて貨車に載せて持ち帰った。

その後、ソ連は持ち帰ったものを分類もせずに、しかし返しもせずに、またその価値もわからずに、まとめて保管した。いまだにエルミタージュ美術館の奥深くには、そういう美術品が無尽蔵に眠っているといわれている。

記事にある通り、彼らはそれらのリストを作ろうとはしない。知れば、返却の問題に向き合わないといけないからだ。そんなものがあると知らなかったことにすれば、返却の義務は発生しない。実に政治的だが、ロシア人の本当に怖いところは「たぶん本当に知らない」ことだ。

共産主義の世界では、労働は美徳ではなく、進んで仕事をする者はろくなことにはならなかった。そして人より多くを知ることは、決してよい結果に結びつかなかった。優秀だとわかれば左遷される。ひどいときには冤罪で処刑される。有能な者が無能な者に粛清される共産主義の世界では、自分の範疇でないことには関わらないのが賢明だったのだ。そこに膨大な量の絵や美術品、書物がなだれ込んできた。

終戦直後、軍部の人間は自分の懐になにを入れるかで忙しく、そういう美術品を隠匿しようとする者はいても、そのリストを作って管理しようとした者は少なかっただろう。そうして、管理しようという意志を持つ数少ない人間たちは、その上の階級の、そうしたことになんの興味もない人間たちの許可を取ることができない。

日野は、ソ連で撮影された「廊下を埋めつくす古書」という写真を見たことがある。文字通り本で埋めつくされていた。人ひとり横になってやっと通れる幅を残して、天井までなんの分類もされることなく紙の類が積み上がっていたのである。古い建物の地下で、換気もされず、電気も薄暗く、到底ものを探せる環境ではなかった。その場所から移動させようとすれば、古書はみるみるぼろぼろに崩れるだろう。そんな場所に保管して、電気が壊れれば役人たちはろうそくで探し物をしたというから、引火しなかったのが不思議なほどだ。その写真一枚から、戦利品として軍部が持ち帰った古書が彼らには厄介ものでしかなかったことが透かし見える。

宮殿所蔵美術品の保管場所に勤務していたというロシア人が「ソ連から転出するときに持ち出したもの」が、その手の隠匿物資であった可能性は高い。はっきりいうと、他には考えられない。

だからその男は事実を明らかにしたがらなかった。

ゲオルク・メクレンブルクが公にしたがらなかった事実一つをもってしても、その絵がソ連時代の隠匿絵画――すなわち本物である可能性が高いのだ。

フェルメール作といわれている、現在確認できる二作の宗教画について、実は作者に関して議論が分かれている。そんな絵に対して、フェルメール作だという鑑定書を書いて、札束が舞うほど金を儲けたのがラルケだ。だが、今回のはそういう、商業主義的都合で作り出されたものでなく、ほんとうの本物、世界大戦で接収されたものであった可能性がある。まるで眠り姫を見つけたような――金儲けを抜きにしてもそそられる。

そうして、メクレンブルク氏の屋敷の屋根裏にはまだなにかが眠っているかもしれないのだ。

海の向こうでは美術館も画商も、この商機を逃すまいと目を輝かせていることだろう。発見された絵の模写を求め、メクレンブルク氏の連絡先を探しているだろう。

店のドアが開いたので、日野は雑誌を置いた。


同じ日、来日していたイアン・ノースウィッグは、銀座に向かうタクシーに乗っていた。

明日には一度、英国に帰らないといけない。

なんでこんな面倒なことになったのだろう。

不可避である。それについて、相棒のマリアが不機嫌なこともわかっているが、じゃあどうしろっていうんだ。金はかかってるさ。――そう、思わぬ出費になっている。でも相棒からは「そういうことにはビタ一文払いません」と宣言された。今やっていることはキャンベル神父の件から大幅に逸脱しているというわけだ。

ふうむとイアンは考え込む。

「申し訳ありません。あそこに見える交差点を越えると、流れるんですが」と運転手が日本語で話しかけてきた。

後部座席で考えごとをしていたもので、道が混んでいることに気がつかなかった。

そういえば全然前に進んでいない。

「ちょっと脇道から行ってみようと思うのですが、いいですか」

脇道というのは曲者だ。してやったりで終わることもないわけではないが、大体は、想定外のなにか――脇道ならではの事情に遭遇して時間がかかり神経を使い後悔する。最近、身体能力が落ちて、昔のようにひょいひょいと物事をすり抜けられなくなり、つくづくと、王道に優るものなしと思うのだが、よしんばハズレだったとしても、この場合汗をかくのはおれじゃなくてドライバーだ。時間に追われているわけでもない。

「急いではいません。でもあなたのいいようにしてください」

イアンは流暢な日本語で答えた。

車は脇道に入っていった。

道は細くてうねうねと曲がっていた。それは街の中を走っているというより、大きな屋敷の、門から玄関までの庭の中を走っているみたいだ。道沿いにはさいころを並べたみたいにびっしりと家が建っている。これでは泣き声も笑い声も筒抜けだろう。広い窓を持つ家は多いが、どの家もその窓にカーテンを掛けている。家というより巣穴だな。

そんなことを考えていた。まあほんと、ダカールラリーでもこんなにはうねうねしないだろうというように車は走り、しばらくして止まった。

案の定、迷ったのである。

「申し訳ありません、いまカーナビを入れますから」

イアンは不愉快には思っていないということをアピールしようと思ったが、やめた。彼が陥っているのは小さな自己嫌悪(けんお)であり、そういうときは慰めなんか受け付けないものさ。

それで道沿いの右斜め前方にあるコンビニをぼんやりと眺めていた。

コンビニの手前には、車道にぶつかる路地がある。そこから二台の自転車が、イアンのタクシーが停車している車道に向かって走ってきた。

右も左も見ていない。減速もしない。乗っているのは比較的若い男女で、前を走る女の自転車の荷台には椅子(いす)がついているのだろう、小さな子供の頭のようなものが見えた。

危ないと反射的に思った。二台の自転車は、まるで半径一キロには自分たち以外誰もいないという風情(ふぜい)だったからだ。

出合い頭とはこういうことをいうのだろう、前を走る女の自転車が車道に飛び出したとき、イアンのタクシーとは反対側から走ってきたワゴン車と鉢合わせたのだ。

大きなブレーキ音が短く響いた。

ダンと大きな音がして、女の自転車が派手に横倒しになった。同時に後ろの荷台から四歳ぐらいの子供が路上へと、軽く飛んだ。

いや、自転車が横倒しになってからダンと音がしたから、あれは自転車が道路に当たった音だ。そこへ続け様にやってきた男が乗った自転車が、目の前の状況に狼狽して止まりきれずにまた転倒した。

ワゴン車が、自転車にぶつからず停止線前で停止するみたいに止まれたのは、スピードが出ていなかったからだ。道は細く曲がりくねっていて、そのうえ、コンビニのある場所は車道を登り切ったところだ。道を走るというより、注意深く移動していたというほうがふさわしい。それで車は、ブレーキをかけるとすぐ停止できたのだ。

コンビニからも客と従業員が飛び出してきた。

だが、なにやら様子がおかしい。男と女はそもそも、自転車で転んだだけだ。車とは接触すらしていない。問題は、荷台の椅子から放り出された子供じゃないのか？

そう、漠とした不安を感じるほど、男女は子供のほうを見なかった。

女は道路に手をついて身を起こすと、怯えきった様子で首もとに手をやった。それから首に紐が掛かっているのだろう、それをずるずると胸元から引き出した。そのころにやっと、息を吹き返したように子供が泣きだした。それはもう、火がついたようだった。

女は子供を一瞥もしなかった。

その紐の先のものを見つめて、初めてほっとしたようにへたり込んだ。

男もまた血相を変えて女のそばに寄り、女が手に握り締めている物をのぞき込んで、やっと一息ついたように腰を伸ばした。

子供は身を起こして座り直し、真っ赤になって泣いている。見かねた野次馬が、ワゴン車から降りてきた運転手と一緒に、子供へと駆け寄った。

そのとき男が、子供を取り巻いている集団に向き直り、詰め寄るようにして声を上げた。

「あんた」

男は運転手ににじり寄ると、我慢ならんというように怒鳴った。

「もしお導きさまを汚していたら、どうなっていたと思うんだ！」

イアンは呆気にとられた。

この道路の端の車の中にまで聞こえるような大声で泣いているのは、地面に叩きつけたら泣き声を上げる人形なのか？　あの子は壊れた車のクラクションみたいなものなのか？

まるで不条理喜劇を見るようだ。

男は憎しみのこもった目で、子供を取り囲む集団を睨みつけた。

子供は立ち上がり、男のほうにからだを向けてわんわん泣いている。親と思しき男女はそれに見向きもしない。

車から降りたワゴン車の運転手も唖然としている。どう見ても自転車の前方不注意のうえ、車には当たってはいない。それでもことの成り行きに、立ち去りかねている。

イアンはタクシーの運転手に、あれは一体なんなのかと尋ねた。

運転手は帽子を取ると、頭をぼりぼりと掻いた。そして、近くにある宗教団体の信者ではないか、と言う。首に掛けているのは信者がありがたがる札。そこでは、なにか書かれた木のかけらをものすごく高い値段で買うのだそうだ。

それから運転手は、あの札が我が子より大事なんだからと呆れたように呟いた。

「うちの娘が看護師してるんですけど、あの札を首からぶら下げた人が救急で運ばれてきたそうなんです。でも診療しようにも、札に触らせないんだって。肌に付けてないといけないんだとか、人が尻を置くような場所に置いたらいけないんだとか、夫婦もんだったらしいんだけど、その札を置く場所を決めるだけで大騒ぎで。おまけに首から外して死んだらどうしてくれるんだって、ダンナの方がまくし立てたんだって。あの家族もそれだと思います」

運転手はその宗教団体の名を「隆明会だか平和会だか」と説明した。

通りでは、男が倒れた自転車を起こして、女の手を引いて立ち上がらせていた。子供の泣き声は無遠慮に大きく、哀れというよりも聞く者に不快の念を起こさせる域に達している。それは痛いとか驚いたというのは通り越して、親の注意が自分に向かないことへの抗議の声であった。

結局男女は、二台の自転車を起こして、泣いている子供を再び後ろの小さな椅子に座らせた。そして、女は自転車を押し、男は乗って立ち去った。

子供は始終、空に向かって泣いていた。

宗教法人隆明会は、ＴＡＫＥ美術館という美術館を持っている。群馬の山奥に土地を買い、そこに壮大な美術館を建設したのだ。

山の中に美術館を作るというのはそれほど珍しくはない。土地も安いし、自然と調和した芸術的な空間が作り出せるからだ。美術館を目当てに観光客が来たら、地域の活性化にも役立つ。しかしＴＡＫＥ美術館は辺鄙(へんぴ)のケタが違う。公共交通手段のない場所にあり、最寄り駅から車で三十分もかかる。

隆明会はそこに広大な農地も持ち、有機野菜を栽培しているという。文化活動も盛んで、日本の伝統芸能である扇舞では、世界的な大会で注目を浴びている。と、日野画廊を訪れたイアンに、日野が説明をした。

「でも扇舞とやらは、あまり聞いたことがありませんね。隆明会以外の団体はやっているのですか？」と、イアン・ノースウィッグが尋ねた。

「高校の部活動ならやっているところがあるかもしれませんね」と日野は言った。

「なるほど」とイアンは得心する。

「日本でそこしか本格的にやっていないなら、世界一はかたいですものね。競争相手がいないんですから」

斉藤真央が奥からしずしずと、煎茶(せんちゃ)と、綺麗な和菓子を運んできた。

「それにしても、犬も歩けば棒に当たるという言葉がありますが、お札信者の事故に鉢合わせるとは」と日野。

「わたしは混乱しましたよ、いったいどういうことなんだろう、これは世紀末か、それともパラレルワールドに入り込んだかって」

イアン・ノースウィッグはイギリス人だが、かなり正確な日本語を話す。文章の端まで略さない、聞き取りやすい日本語だ。日野も彼と話すときは、丁寧な日本語をゆっくりと話す。意思疎通に困ることはない。

隆明会は信者二十万人程度の宗教法人で、活動が大規模化したのはこの四十年ほどだ。昔は、変わった団体ではあったが、特に問題を起こすこともなかった。それが大きくなってからは、支部ごとに勝手なことをしていて、奇跡を起こすというのも、病を治すというのも、悪霊を祓うというのも、あやしげなことは一通り全部やっているという。それでもそもそも教義の大部分が「信者にも非公開」という団体なので、さして問題はないらしい。

この隆明会から十五年ほど前に分派したのが天命平和会だ。どちらも共通しているのは、信者に高額で札を売り付けること。

「隆明会のお札はお梅さま。お梅さまと言わなかったということは、その夫婦は分派した平和会のほうだったんでしょうね」

そうそう、梅ではなかったからと言いながら、イアンは運ばれてきた蜜柑の姿をした和菓子にナイフみたいな黒文字を入れた。皮を剝ぐように外側が外れて、中から白い筋が入った房が出てくるところまで、色、形、作りがすべて本物と同じだったもので、彼は感心するばかりでなかなか食べ始めなかった。

「隆明会は美術品を、いくらであっても画商の言い値で買うそうですよ。絵とか芸術とか、あまりわからないんでしょうね」と日野が続ける。

「わからないのにどうして買うんですか」

「教義の一つに、美術品鑑賞というのがあるらしいです。それに、宗教法人運営の美術館というのは結構あって、そういうところと張り合っているようです」

「それはもしかしたら、コロンビアで盗掘された疑いのある古代像を一億二〇〇〇万ドルでイタリアから買って、いまコロンビアから返還要求を出されている、あそこですか」

「よくご存じで」と日野は言った。

「盗掘品に手を出すのもどうかしているけど、あんながらくたに一億二〇〇〇万ドルは正気じゃない」

「そうです。すべて言い値で買うんですから」

日野は、隆明会は会長がなんでも権威にこだわるのだと言った。

「有名人が好きで、ヨーロッパの王族と写真を撮るために、何億円も金をばらまく」

「でも金がよく続きますね」

「月に四億円の金が入るのだそうです。それが全部純利益ですからね」

「団体を運営しているんなら、人件費や設備投資、維持管理費もいるでしょう」

「収入のほとんどは、献金と信者に対する物品販売の収益です。活動は信者の奉仕ですから、人件費も経費もいらない。有機農業だって、信者をただ働きさせているんです。宗教法人ですから、税金もかかりません」

信者からの献金で作った物品を、信者に買わせて儲ける。金が金を生む仕組みだ。

「信者には水道水をペットボトルに詰めて販売しているそうです。一本五千円で売れるそうです」

「水道水と知ってて？」

「木の札でも紙切れ一枚でも三万から十万円。それどころか柿一つ百万円で買うのだそうですから」

イアンの顔に笑みが広がった。

「そことお仕事をしたらどうですか？」

「ええ。仕事のえり好みはしませんから。でも隆明会にはちゃんとお抱え画商がいましてね。中地さんというのですが、がっちり食い込んでいて、わたしなんぞが入り込む隙はありません」

　斉藤真央は、借りてきた猫のようにおとなしく話を聞いている。

「今回はいつまでご滞在ですか？」

「それがねぇ」と、イアンは顔を曇らせた。

「とんでもないヤボ用が入りましたよ。なんというのかユスリというのかタカリというのか。厄介なのに目を付けられました」

　日野は、思わぬことを聞いたように呟いた。

「世の中にはそういう心臓の強い方もいるのですな」

　イアンはその言葉にちょっと心外そうな顔をしたが、すぐに「ヤボ用」がその「心外」を押し退けたようだ。

「おかげでいろいろ用事が増えて。なんでわたしがこんなことまでしなきゃならないんだと思うのですが、なんというのか——乗りかかった船というのか」

　イアンはまったくうんざりとした顔をした。

「ついでというのかゆきあたりというのか」それを聞いた真央の目が賢そうに輝いた。

「それは日本語で『成り行き』といいます」

「そう。それです。成り行きです。落とし物を拾うと、警察に届けないといけないでしょ。警察に行くと住所を書くでしょ。そうやって、善意から起こした行動が——」

そう言うと、彼はまた、大きくため息をついた。

「世の中には煮ても焼いても喰えない人間というのがいます」

日野はほほっと笑った。

「それはなかなかの御仁とお見受けいたします」

イアンはまた、ちょっと心外そうな顔をする。

「相棒にね、なんでそうやって問題を増やすんだって叱られるんです」

それから、蜜柑のふりをした和菓子を切り分ける手を止めると、軽くふさぎ込んだ。

「でもこれはわたしが悪いんでしょうか」

二

メトロポリタン美術館はニューヨークの五番街に面してセントラルパークの中に建っている。

長方形の建物で、南北六〇〇メートル、東西三三〇メートル、周りの木々が建物と同じ高さなので、セントラルパークに埋め込まれたブロックのようだ。北側には大きな貯水池が広がり、公園の緑地を隔てた西側にはアメリカ自然史博物館が対を成すように建てられている。ニューヨーク摩天楼の真ん中につくられたセントラルパークのほぼ中央にある、世界最大規模の美術館である。

正面入口の大階段前にある車寄せにはタクシーが列を成し、土産物の露店、ホットドッグを売るワゴン車やコーヒーを売る露店が派手なパラソルを立てて客を誘い、大階段には大勢の人びとが座り込んで食事をしたり休んだり待ち合わせをしている。

美術館は五階建てで、展示室は一階と二階。立地を生かした、自然光を取り入れた作りが特徴的だ。

一階のエジプト展示室にはデンドゥル神殿の遺跡が移築され、内部に作られた幅の広い堀には、ナイル川をイメージした水が湛えられている。東側の側面はガラス張りで、ガラスの向こうにはセントラルパークの芝生と木々が明るく広がる。ガラス越しにさんさんと降り注ぐ光は、館内の水面をキラキラと光らせた。エジプト展示室に続く展示室は天井までもがガラス張りで、広間には大きなガラスの格子の影がくっきりと映りこみ、屋内であることを忘れさせる明るさだ。

美術館は収蔵品を増やし続け、増築を繰り返している。メトロポリタンの展示品をすべて見るということは、図書館の本をすべて読もうとすることにも似ている。アメリカに国家的な美術館がないことを憂えた私人が尽力して建てた、壮大で野心的な美術館である。

正面玄関を入ると大ホールがあり、パルテノン神殿を思わせる柱に挟まれた荘厳な階段を上ると、正面に飾られた巨大な絵に迎えられる。そこから通路は左右に分かれて、館内は迷路のように入り組んでいく。来館者は角に立つガイドの誘導なくしては目的の展示室にたどり着けない。

館内では迷路のような通路そのものがセキュリティの一端を担っていた。各部屋を連絡する扉や廊下は一直線上にはなく、加えて一つ一つの扉も狭くしてある。そして値段の高い、かつ物理的に持ち去ることが可能な展示物は、美術館の奥、階段から遠い部屋に展示される。

展示物を持ったまま警備員を振り切って階段まで辿り着くにはアメリカンフットボール選手並みの技量が必要だ。

入館の際は入口でセキュリティチェックを受けなければならない。持ち込めるのは小型の鞄だけで、鞄の中は係員に懐中電灯で確認される。色のついた飲料も持ち込めない。

そのメトロポリタン美術館で事件が起きたのは、六月十一日の閉館五分前、巨大なビニールハウスのようなアメリカンウィングの二階通路だった。

プロペラが回転する轟音が近づいてくる。まだ外は明るかったので、透明な屋根の上の頭上間近に、亀の腹のようなヘリの底面部があることに気がついた来館者は身をのけぞらせて驚いた。

ヘリのドアからは銃口が下に向けられ、頭上のどこかで火花が散った。

来館者たちは雪崩を打って逃げ出した。階下へ、一階ロビーへと、彼らはあとも振り返らずに走ったのだ。それは狭い通路を駆け下りる牛の群れのようだった。警備員とスタッフは突然駆けてきた集団を制止することも誘導することもできない。

押し寄せる人の群れに分け入るように逆行してアメリカンウィングまで辿り着いた警備員は、黒い機体を頭上間近に見た。

大きな乳白色の手のようなものが、桟で区切られた天井のガラスの一枚にぺったりと貼(は)りついて、警備員の目の前でそのガラスをはがして持ち上げた。次の瞬間、館内に大きな風が吹き込んで、化け物の咆哮(ほうこう)のような音が館内に響きわたった。

通路に響きわたる世界の終わりのような来場者の悲鳴――。

人の姿が消えた通路に、ポンと、天井にできた穴から筒のようなものが落ちてきた。

そこから真っ白な煙が噴き上がった。

通路を雲の中に移動させたかと思うような、視界を奪う煙だ。

警備員は、白い煙で視界が塞(ふさ)がれる直前、筒に続いてロープが下がってくるのを見た。どこかで別の警備員が来館者を誘導する悲鳴のような声を上げている。目の前で煙を出す筒が、二つ目、三つ目とぽとぽとと落ちて、廊下を右と左に転がった。

警備室では警報装置が鳴り響いた。警備員は椅子(いす)から飛び上がった。

二階七〇五室の東と西の角に設置してある監視カメラに映る画像が真っ白で、白い煙に視界を遮られたモニターの数がみるみる増えていく。通路を来館者が逃げまどい、次の瞬間、二階六一五室の警報装置が異音を発した。

警備員が聞いたことのない音だ。

「――なんの音だ」

「ワイヤーだ、ワイヤーの負荷が消えた」

しかしそのときには六一五室にある三台の監視カメラも、深い霧の中にあるように視界はまったく利かなかった。

「ワイヤーの負荷が消えたってどういう意味だ」

「ワイヤーを吊っている機械が、ワイヤーの先から負荷が消えたと警告しているんだ」

部屋にいた三人の警備員は次々に真っ白になっていくモニター画面を見つめていた。

「だからそれは――どういう意味さ」

若い警備員が聞き、一人がやっと答えた。

「絵を吊っているワイヤーから絵の重みがなくなったってことだ」

「誰かが侵入して、ワイヤーを切ったってことだよ、そいつが発煙筒を振り回しながら動いている」

「──七〇五だ」そう言うと、警備員の一人がモニターに向かって身を乗り出した。

「七〇五展示室の西扉をいまなにかが通過した」

「客じゃないのか」

「違う」とモニターを凝視して、警備員は言った。

「人が逃げるのと逆の方向、東扉に向かって動いたんだ」

スピーカーからは人の悲鳴と、警備員の叫ぶような誘導の声の向こうに、地鳴りのような爆音が聞こえている。

七〇五展示室は長さ五〇メートルの通路で、大きな吹き抜けになっている広間の縁を回っている。その出口と入口である西口、東口の両方に監視カメラがついている。七〇五展示室西扉から東扉に向かったのなら、東扉のカメラに映るはずだった。しかし東扉のカメラにはなにも映らない。

「七七二、七一七方向とも映ってこない」

若い警備員が言った。

「おれ、行って見てくる。どこなんだよ」

「金ぴかの彫刻があるビニールハウス広場だよ、そこの二階通路。広場の北通路、わかるか、公園側の通路だ。七〇五展示室西扉のカメラに映ったけど東扉はまだ通過していない。ということはあの」と警備員は言った。「雲みたいに真っ白な五〇メートルの通路のどこかにいるんだ。でも行ったって無駄だよ——展示室はまだ、来館者でいっぱいなんだ」

スピーカーから聞こえていた轟音が低くなり始めた。モニタールームの警備員は息を止めて耳を澄ませ、監視カメラを見続けた。

「七〇〇展示室も七〇一展示室も、七一七、七七二、七二二、七〇三——どこも怯えた客ばかりだ。侵入者はあの七〇五の通路にいるんだ」

次の瞬間、地鳴りのような破壊音がスピーカーから警備員の鼓膜を直撃した。

モニタールームは水を打ったように静まった。

七〇五展示室の前で、噴き出す煙の中に立ちすくんでいた警備員は、黒いロープが頭上へと上がっていくのを見た。

誰かがロープに摑まっている——頭上でヘリの出す爆音が小さくなる。

次の瞬間、地鳴りのような音が館内に響きわたって、警備員は床にひれ伏した。

その時間、メトロポリタン美術館の近くにいた人びとは一様に爆音を聞いていた。正面玄関の前に停車していたタクシーの運転手は空を見上げたが、夕暮れ時の空があるばかりだ。運転手は客と二人で、手を止めて大きな音を聞いた。地鳴りのような、咆哮のような、なんとも気味の悪い音だ。大階段の前の客も、歩道を歩く人も、足を止め、怯えたように空を見上げた。

音は長く続き、この世の終わりかと思ったころ、ふいっと音が変わった。

次の瞬間、物凄(ものすご)い音がして、みな一斉に頭を抱えて地に伏せた。

マディソン街七十九番の二十五階に住む住民は、メトロポリタン美術館の角に浮かんでいる黒いヘリコプターの停止位置が、異常に低いことに違和感を覚えた。

ヘリの下、美術館の北の角にぱちぱちと火花が散るのを見た。

オレンジ色の火花が連続して上がったあと、そのヘリコプターが一気に上昇するまで三分あったかなかったかだ。そして、上空に浮き上がったヘリが貯水池の上を北へと飛んでいくのを見た。

パトカーがサイレンを鳴らしてやってきて、警備会社の車がそのあとから駆けつけた。監視カメラの映像は丹念に巻き戻されて確認され、警備会社の男は六一五展示室で切れたワイヤーを見つめた。

六〇〇から六四四室には一二五〇年から一八〇〇年までのヨーロッパ絵画が展示されていて、展示場所は定期的に交換する。担当者が到着するまで、切られたワイヤーの下にあった絵画がなにであるか、断定はできなかった。ただ六一五室にはフェルメールの絵画が四点掛かっていた。そして警備員の見慣れたフェルメールが一枚、見当たらない。

警備員は思い出すのだ。おでこの広い女の子がにっと笑ってこっちを見ている。いたずらっぽい、聡明(そうめい)そうな目をしていて、口元は端がきゅっと上がり、「さあ、今からなにをする？」と語りかけているような気がする少女の絵だ。少女には人生は楽しくて、今日の前にいる人が好きで、今日はたぶん、とても天気がいいんだ。そんなことを思わせる。

目と目の間がちょっと離れて、大きくなったら大した美人にはならないかもしれないけど、でも正しい、芯(しん)の強い人になると思う。「今日も楽しんでる？」そう問いかけてくれるあの子――あの子がいない。

消えた絵がフェルメールの『少女』であると断定されたのは明け方だった。

事件は五分ほどの出来事だった。

事件はまたたく間に世界中に配信された。

「フェルメール、白昼強奪される」

翌日、明るくなったメトロポリタン美術館の北の門で焼けたゴムのかけらが発見された。そこには親指ほどの白いゴムがぱらぱらと落ちていた。

事件から十日後の六月二十一日。

TAKE美術館にイタリアから空路で荷物が届いた。荷物は事務室に持ちこまれ、画商の中地に手渡された。中地は紺のスリーピースを着て、ロレックスの時計をした、若くスマートな男だ。

持ってきた男が部屋を出るのを待って、中地は内側から鍵をかけた。

それから包みを開けた。

そこに現れたのは四〇センチ四方の絵、フェルメールの『少女』だ。

秀(ひい)でた額と落ち着きのある瞳(ひとみ)、優しく微笑(ほほえ)む口元。

『真珠の耳飾りの少女』と対に語られる、肖像画だ。

『真珠の耳飾りの少女』あるいは『青いターバンの少女』と呼ばれるこの絵は、架空のモデルを描いたもの、すなわちトローニーだ。この『少女』もトローニーであり、額はフェルメール家にあったものを取り付けた、そのままだといわれている。

少女はまっすぐにこちらを見つめている。

中地は『少女』をもう一度包むと、それをかかえて、すぐにタクシーに乗った。

「東京第一ホテルまで」

タクシーが走り出す。

東京第一ホテルの最上階まで上がると、スイートルームのドアをノックした。

ドアは、待ち構えていたように、開いた。

宗教団体隆明会の会長、大岩竹子はその部屋で、中地が来るのを待ちかねていたのだ。

中地は彼女の前で、再び包みを解いた。その絵を見る大岩竹子の目は、宝石でも見るように輝いた。

「飾ることはできませんよ」と中地は念を押した。

「持っているとも言ってはいけないのですよ、わかっていますね」

竹子が恍惚(こうこつ)とした表情で、絵の表面にそっと指を近づけた。中地はあわててその手首を押さえた。

「三百五十年前の絵画に素手で触るものではありません」

竹子は中地にギラッとした目を上げた。

「あたしが買ったのよ」

中地は同じように強く、竹子を見返した。

「この絵は、売るんです。いくらなんでも、これだけニュースで騒がれている絵を持ち続けることはできません。買い手はわたしが探してきます。そうお話ししたでしょう」

「触るぐらいいいでしょ」

中地は、そっと押さえた竹子の手首を離さなかった。

竹子が真っ赤な顔で中地を見ている。

「会長。われわれは商売をしているのですよ。おわかりのはずですが」

「あたしはフェルメールの絵を買ったのよ。この絵はあたしが買ったの。どうしようがあたしの勝手。人に見せてはいけないのはわかっているけど、触るなとは失礼でしょう」

盗品を扱うとは恐いものだ。しかしこの女にそれを言っても理解しない。中地は竹子を見つめて、嚙(か)んで含めるように言った。

「美術品は『信仰の魂』——そうでしたよね」

「だからなんなの」

「ええ。隆明会の開祖である梅乃先生がそう規定した。教義に基づけばその絵は魂ということですよね。魂に直に触れたらいけない。そういうことです」

竹子は鼻で笑った。

「馬鹿なんじゃないの」

そう言うと竹子は『少女』を、その明るい聡明な少女を、どこか憎々しげに見つめて、部屋を出た。

中地は絵の前にしゃがみ込み、二時間ほど、少女と時間をともにした。


六月二十三日、ロンドン。

美術品競売会社ルービーズはウェストミンスター区キング・ストリート十二番地にある。

創立以来百六十年余、財界、社交界が集う殿堂であり続けている歴史あるこの競売会社は、ために世俗にまみれたこともないではないが、いまや学芸員、美術商、美術評論家を輩出する唯一の国際機関「ルービーズ・エデュケーション」を持つ、美術界の世界的権威でもある。その古く荘厳な石造りの社屋の二階の窓から掲げられた真紅の旗は、天気にかかわらず重くとっぷりと垂れている。

西洋絵画部に電話がかかったのは、午後二時のことだ。

「メトロポリタン美術館で盗まれたフェルメールの『少女』の行き先を知っている」

電話の相手はそう、明快に言った。

メトロポリタン美術館でフェルメールが強奪されて十二日が経過していた。いろいろ情報は流れるが、手がかりはいまだにない。

犯行は閉館時間五分前に行なわれた。

襲撃されたのはアメリカンウィングといわれる、アメリカ文化財を展示している通路だ。大型のヘリで襲撃したと思われるが、犯人特定につながるような目撃証言はない。というのは、メトロポリタン美術館はセントラルパークの中に埋め込むように作られており、セントラルパークは夕暮れが近づくとめっきり人通りが減るからだ。その、人気(ひとけ)のない公園の角、美術館の北側に、ヘリは低く停止していた。位置が低くて美術館の建物に遮られ、南側であるメトロポリタン美術館前の道路からは見えない。近くの高層マンションから目撃した人もいるが、ヘリコプターが飛ぶことは珍しくなく、また、日が陰る前だったが、木々と見分けがつきにくく、その黒い姿ははっきりとは見えなかったという。ただ、停まっている時間が少し長いなと思ったという。その目撃者は、ヘリが飛び立つまでを見届けたが、事件が起きたとは思わなかったと証言している。

どこから飛んできたかもまだわからない。

ヘリはすべてが終わったあと上昇しながら、吸盤から吸い上げていた天井部分のガラスを放した。最後に聞こえた「地鳴りのような音」は、天井部分に使われていた重さ約百キロの防弾合わせガラスが地上に落ちた音だ。アメリカンウィングの角、ヘリがいた場所の下に砕けたガラス片が散らばっていた。もし持ち上げたガラスをそのまま放したら、館内に落ちる。上昇後に音がしたという証言から、美術館内に落ちないように移動したものと思われた。

北の門で発見された焼けたゴムは、ガラスを固定するためにフレームに埋め込まれていたものだ。

画像はない。犯人に関する目撃証言もない。ガラスに貼りついた吸盤を見た人びとが証言する吸盤の大きさは、まちまちだった。多くの人が「白っぽい丸いものがにゅっと自分のほうに伸びてきたんだ、じっと見ていられるはずがないだろ」と言った。テロリストに襲撃されたと思った人も少なからずいた。

ヘリは二つの吸盤を載せていて、重さ百キロのガラスを引き上げても空中に浮いて安定している。そのうえ、犯行時間の短さから、吸盤を下ろすのとフレームを撃つのは同時に行なわれたものと推測された。発煙筒と並行して実行犯が摑まっていたロープも下ろされている。ある程度大型のヘリでなければバランスを失う。またロープの引き上げの速さから、巻き上げ機が搭載されていたと思われた。

熟練したパイロットと、災害ヘリ並みの機体を用意している。メトロポリタン美術館のガラスの構造を熟知して、最小限の時間を割り出して実行したのだ。

証言から得られるヘリの大きさも、恐怖から大きく見えたというにしては、証言が複数一致した。

誰にそんなヘリが用意できるのか。

警備上の不備であるという謗(そし)りに対してメトロポリタン美術館の関係者は言った。

「予測不能な犯罪なのではありません。本来実行不能な犯罪なのです」

捜査に当たったＦＢＩ——アメリカ連邦捜査局は、成功したのは偶然だと言った。賊は、無謀な強奪を仕掛け、まったく偶然に成功したに過ぎない。ありきたりで単純な犯行ほど、検挙が難しい。そういう事例の一つである——と。

衛星写真には、北に向かう黒いヘリコプターの機体を捉(とら)えたものが一つ残っていた。

あの日、そのヘリを操縦していた者が犯人なのだ。

残されたものは、十二個の薬莢と四本の発煙筒だけだった。

ルービーズに電話をかけてきた男は言った。

「絵は初めから買い手がついていた。そこから別の買い手に渡った。この事件はアメリカ中央情報局、ＣＩＡの連中がからんでいる」

それは当初から流れている噂の一つだった。でもどんな事件にも——天災の類にも、必ずこの手の説が流れる。

電話を取ったキュレイターは落ち着いて録音ボタンを押した。

「もう少し詳しくお聞かせいただけませんか？」

電話を取ったのは、おそらく生涯を通じて一度も冗談を言うことはないだろうと思われるような、生真面目で固い表情の男だった。彼は受話器を耳にしっかりと押し当てて、ペンを握りしめた。

盗難により行方不明になっているフェルメール作品は、今回のメトロポリタン美術館の事件のものを含めてじつは二作ある。オリジナルが消えると、巷に模倣が流れだす。贋作であるという認定は、本物と並べてこそできるものだ。だからオリジナルが消えると、のちに出てきたものがオリジナルであるかどうかさえ、わからなくなる。

メトロポリタン美術館で毎日見続けていたキュレイターでも、三年も見なければ、出てきた絵を偽物(にせもの)か本物か判断することは、極めて難しいだろう。オリジナルの『モナ・リザ』がなければ贋作の『モナ・リザ』を、ルーブルのいつもの壁に掛けてさえおけば十分なのだ。

構図は、パソコンにソフトを入れると同じものを導いてくれる。画材は、古い時代のものがいくらでも用意できる。絵の具も、贋作のプロなら、偽物だと断定できない程度のものは作ることができる。現代科学の領域だ。

真偽の決め手は肌の照り、光線の柔らかさ。

それを記憶するのが人間には無理なのだ。

キュレイターは受話器を握り締めたまま、となりの女性に目配せし、走り書きした。

「メット　フェルメール　情報」

それだけで十分だった。

男は電話が切れるとすぐに上司の元を訪れ、電話の内容を報告した。

上司は頭を抱えて、あとで連絡すると言った。

その夜、件(くだん)のキュレイターは上司から電話を受けた。

「内山、上からの命令だ。明日いちばんに東京に飛んでくれ」

六月二十五日、銀座。

客のいない日野画廊の午後はのんびりとしてここちよい。

「やっぱりあの和菓子には抹茶のほうがよかったんじゃないでしょうか」と真央は言った。

斉藤真央は、来客の準備をするたび、一か月ほど前にイアン・ノースウィッグに煎茶を出したことを思い出しては気に病んでいる。

「だいたい、英国紳士に煎茶というのはよかったんでしょうか」

部屋のどこかでチリンと音がした。真央のスマホが速報を受け取ったときに鳴る着信音だ。

「和菓子にほれぼれしていたからいいじゃありませんか。普通のお茶がいちばんですよ。それよりニュースはなんでしょう。また地下鉄が止まりましたか？ それともメクレンブルク氏の屋根裏からまた絵が盗まれましたか」

真央は思い出して呆れたように言った。

「ああ、あれ。本当に間抜けな泥棒でしたね」

四月五日にスイスのゲオルク・アレキサンダー・ツー・メクレンブルク氏の邸宅で

フェルメールの真作が発見されたというニュースが報道されると、その直後に、メクレンブルク邸に賊が侵入したのだ。被害に遭ったのは二点。被害総額は不明。なお、フェルメールの真作はルービーズに保管されており被害は免れた。

賊の目当てはもちろん話題のフェルメール、もしくはメクレンブルクの屋敷の屋根裏にある手つかずの美術品群だったのだろうに、フェルメールを盗み損なうどころか、どこに価値があるかわからないような絵を二枚盗んでいったのだから、真央が、賊を間抜けと言うわけである。

メクレンブルク氏は盗まれた絵について「買い戻す用意がある」と言っている。たとえ情報だけでも謝礼を払うと、連絡先とともに、盗まれた二枚の絵の写真を公開した。

一枚は肖像画だろう、赤いドレスを着て白い長手袋をした貴婦人の絵だった。もう一枚は板絵というから、一五〇〇年代のものだ。山と教会の塔、その向こうに広がっているのは水平線のようだから、風景画に分類されるものだと思われたが、絵も相当汚れているらしいうえに写真の画素も粗くて、なにが描かれているのか判然としない。

真央はそれを思い出したのか、まあ、写真があるだけましでしたねと言った。

「謝礼は五〇万ドル。何度も繰り返し流されていますから、持ち主はなんとしても買い戻したいということですね。美術品を愛する人の体でいけば、フェルメールであろうがその他多数であろうが、その愛着は同じでなければならないわけで。フェルメールの発見で大金持ちになった彼にとってはこの買い戻し金なんか微々たるものでしょうしね」

それから真央はスマホを見た。

「運動神経と食事の秘密──最近、どうでもいい記事ばかりおすすめで届くんですよね」

それから「それはそうと」と日野に尋ねた。

「中地さんは結局どうなりましたか?」

さっき、中地から電話があり、到着が三十分遅れると伝えてきた。しかし日野にはそもそも中地と会う予定がなかった。日野に取り次ぐと、二人はちぐはぐなやりとりをしたあと、ちょっと仕事の話をして、電話を切ったのだ。

「おおよそあちらの事務所の手違いでしょう、わたしは中地さんに連絡していませんから。でも不思議なものですね、ちょうど連絡しようと思っていたところでしたから。それでどうぞと言ったんですよ、五時って伝えましたから、もう来ますよ」と、日野は夕刊をめくって、つぶやいた。「これで手間がはぶけたし──」

「だったら今日は、もうちょっといてもいいですか？」

日野は真央の言葉にちょっと顔を上げた。

「隆明会の画商ってどんな人だか見てみたいんです。これも後学のため」

それから「もしかして」と真央は続けた。

「なにかおもしろい話が聞けるかも」

日野は老眼鏡の隙間(すきま)から目を上げた。

「残って中地さんを見るのはいいですが、ここで聞いた中地さんとの話を他言したらだめですよ。業界内の話ですから、大学院の友達なんかに話しては絶対にだめです。この業界に流れている話の七割はなんらかの意図を持って流されたものです。だからへたに世間に出すと混乱の原因になるんです」

真央が神妙な顔で頷(うなず)くと、日野は新聞に目を落とした。

「中地さんはなかなかの男前ですよ。でも古い型の顔ですね。昔はバタくさい顔って言ったものです」

「悪人面(づら)ではないのですか？」と無邪気に言ったので、日野がちらっと睨(にら)んで見せたら、真央は好奇の表情をさっとしまった。

「コーヒーは注文しましたか」と、真央。

日野はまた、夕刊に目を落とした。

「ええ。五時に持ってきてくれるはずです」

中地は、新たな約束の五時に十五分遅れてやってきた。

中地には、画商本来としての実績はほとんどない。ただのブローカーだ。それでも、絵を売り買いする金額で評価するなら、かなり規模の大きな画商だ。隆明会の美術品の取引を一手に引き受けている。その隆明会会長の大岩竹子が西洋画に興味を示しているというのは最近よく耳にするが、取引が成立したという話は聞こえてこない。

商談はいかがでしたかと、日野はごく形式的に聞いた。

中地は「だめですよ」と短く答えた。その話題に触れたくないようだ。

「それより、さっき電話で話していたこと、あれは本当ですか」と中地は言った。

ああ、あれ、と呟く(つぶや)と、日野はいつもの素っ気ない様子で答えた。

「わたしも突然なもので驚いています。昨日電話があったのです」

「あのメクレンブルクとかいうロシア人の元貴族からですね」

「電話をくれたのは本人ではなくて、メクレンブルク氏から依頼を受け、代理人を務めている画商です」

「屋根裏で発見されたフェルメールを売りたいというのですか」

「ええ。あの『ニンフと聖女』です。手放したいのに騒ぎが大きくなってしまったと、困った様子でした」

「日本にはそんな物好きの金持ちはいませんよ」

「水面下で国立西洋美術館と話が進んでいるという噂もあります」

「国立西洋美術館？」

中地の顔つきが一瞬変わった。それから中地は手持ち無沙汰(ぶさた)そうに、店内に飾られた絵を眺め始めた。赤地に金で描かれた楓(かえで)、画面いっぱいに引き伸ばしたパステルカラーのゆりの花。赤い山。歪(ゆが)んだ球体。ガムを噛む少女。

「最近はこういう、アクリル画のモダンアートが売れ筋ですか」

「そういうわけでもないですが、マンションの部屋に映える絵に需要があります。アクリル画の印象派で、号の大きなものが出ますね。昔の中古車程度の価格帯が売れていきます」

中地はなにかしら苛立(いらだ)たしげだ。

「車を持たなくなった都心の金持ちが、高層マンションを飾る絵を買うわけですか」

「ニューヨークの高層マンションのイメージなんでしょうな」

それから日野は「ニューヨークといえば」と続けた。

「二週間前にメトロポリタン美術館で盗まれたフェルメールの『少女』について続報が入ってこないんですが、なにか聞いていませんか」

　中地はコーヒーにありったけの砂糖とミルクを入れると、ぐるぐるとかき混ぜた。

「ぜんぜん聞きませんね。わたしなんかは、ここにある中古車程度の値段のアクリル画のモダンアートと、フェルメールと、どちらが欲しいかと聞かれれば、ここの絵を選ぶタイプですから」

「本物を見たことはありますか」と日野。

「ええ一度」

「本物は見ると取り憑かれるように魅力的だと聞いたことがありますが」

「そういうことを言いたがるだけですよ。ただの古い絵です」

「その盗まれた『少女』がもう売りに出されているとか。昨日電話してきた画商が、さる人物が購入予定だと聞いたと言っていました。他からもちらほらとそんな話を聞きましたよ」

　中地の、コーヒーを持ち上げる手が、一瞬止まった気がした。

「ほぉ。そうなんですか」

　それから日野に向き直った。

「どこが購入を?」

「中東のどこかが買ったという話もあれば、中国の誰かが買ったというのもあって。もしかしたら複製画が作られたのかもしれませんね」

「いつも思うのですが、複製画ってそんなに簡単に描けるものなんですか」と中地は聞いた。

「オリジナルがないと比較できませんから」

中地はゴッホを模したような、グリグリとアクリル絵の具を塗り付けた太陽が描かれた絵を見つめていたが、真剣に見ているようでもなかった。

「それより、そのスイスのロシア人、なんで日野さんのところに連絡をしてきたのですか」

「メクレンブルク氏が日本好きなんだそうです。とはいえ日本に来たことはないらしいですが。それにわたしだけじゃなくて、あちこち連絡しているのだと思いますよ」

「それで西洋美術館ですか」

日野はちょっと声をひそめた。

「ここだけの話、スイスのメクレンブルク邸で見つかったフェルメールは一枚じゃなかったのかもしれない」

「というと？」

中地が心持ち顔を寄せた。

「まあ、たわいない噂話の類ですがね」

「じらさないでくださいよ。ちょっといま西洋画に興味があってね」

日野はまた、ちょっと声を落とした。

「ある筋によれば、じつはスイスのあのロシア人の屋敷には、フェルメールが少なくとも三枚あったというんですよ」

中地は日野を見つめた。

「どうやらメクレンブルク氏は、屋根裏に所蔵する美術品について、もしかしたら所有権の問題が起きるかもしれないと思ったらしい。それで片っ端からオークションにかけて処分してしまおうと思った。そこに画商が、フェルメールの真作なら二億ドルだと知恵を付けた。はっきりさせて、どこかが四の五の言い出す前に売ってしまえばいいって。ところが、メクレンブルク氏の屋敷の屋根裏には一枚や二枚じゃない、そんな絵がざくざくあったというんです」

そこで日野は言葉を止めた。中地は聞き耳を立てた姿勢を変えない。それで続けた。

「画商はそのうちの一枚を、もう売ってしまったらしい。これは『ニンフと聖女』とは別の絵です。だからまた新しいフェルメール発見っていうニュースが世界を駆け巡るって、彼は言うんですよ。メクレンブルク氏はもう一枚も売ってしまいたがっている。発見されたのが一枚だったということにしたいんだそうです」

「なぜ一枚にしたいのですか」

「そのほうがありがたいからだって言っていましたが、ほんとのところ、三枚も持っていたら旧ソ連から不当に持ち出したと訴えられるからだと思います。かつて宮殿所蔵美術品の保管所に勤めていたロシア人が名画をたくさん所有していたら、国家財産の隠匿（いんとく）だってことにもなりかねないでしょう」

「買い手を探しているということですか」

「まあ。そう言っていました。聞いた話では、代理人となった画商は、絵の来歴は作るって言ったそうです。いかようにも、作って差し上げますと」

「来歴もない、もしかしたら鑑定書もないような絵、誰が買うんですか」

「中国とか中東の国の金持ちが高額で買うそうです。先に売れた一枚は五十億円の値がついたとか。旧ソ連から持ち出したんなら、まず本物だって」

それから日野は、さっぱりとした口調で言った。

「まあ、これだけの騒ぎになれば、そんな話も流れるということですな」

中地は気のない顔でアクリル画を見つめていたが、そのくせ帰ろうとはしなかった。お好みの絵はありますかと斉藤真央がごく控えめに話しかけると、さあ、どうでしょうかと曖昧(あいまい)に答えた。真央が給湯室に下がると、中地はふたたび日野の前に座った。

「さっきの話。国立西洋美術館と話し合いをしているっていう、フェルメールの『ニンフと聖女』です。それ、どんな感じですか」

新聞に目を通し始めていた日野は、驚いた顔で中地を見た。

「どうでしょうか。まだ話し合いはついていないと思いますよ」

「西洋画に興味があるって言ったでしょ。じつはうちの会長がね、いいのが一枚欲しいらしい」

「隆明会の大岩竹子会長がですか？」

中地は身を乗り出した。

「西洋美術館よりは出しますよ」

日野は中地を見つめたが、やがて素っ気なく答えた。

「そういう問題ではないと思いますよ」

中地は、日野の様子をまったく気にしなかった。

「西洋美術館はいくらで」

日野は、相手がその趣旨を理解できるように、中地の目を見つめて言った。

「国立西洋美術館だけではない。メトロポリタン美術館もアムステルダム美術館も、腹ではみんな欲しがっているんです」

「その画商から、日本での買い手を探すように頼まれたのでしょ。そのロシア人はどうして競売に出さないのですか」

「文化財を競売に出す風潮を好まない人もいるのです」

「競売に出さないで内々に売るとしたら、値も下がるでしょう。文化財なんぞときれいごとを言っているけれど、ほんとうのところ、いろいろな事情で競売には出せないんじゃないですか？　ソ連時代の略奪絵画なら美術館も二の足を踏むだろうし」

あきれたような日野に、中地は臆することなく続けた。

「うちは三十億円出しますよ」

そこへ斉藤真央が給湯室からお茶を三つ持って現れて、日野は「お伝えしておきますよ」と答えた。

真央はこの場にとどまったことに満足していることだろう。

中地は、誰にも、特段なんの感情もない。ひたすら目の前の利益を追求するのが好きだ。いい車に乗って高級マンションに住んでいる。高級クラブで女をたくさん呼んで、生意気な女は金で跪(ひざまず)かせる。仕事はシンプルで、話が決まればキャッシュが詰まったトランクが動く。

不満のない人生だ。

竹子に、話を進めていたマネの絵の購入について、断られたと報告した。

予想していたことだが、竹子は納得しなかった。ああいうのは、世界的な文化財だから、欲しいといって手に入るわけではないんですと、中地は素っ気なく答えた。案の定、竹子は顔を真っ赤にした。

「うちだって立派な美術館よ。うちがどんなに社会的地位のある美術館かを話したの？」

竹子は、イギリス王室と交流があるだの、タイの高僧から盾をもらっただの、ブータンの国王と食事をしただのと並べ立てた。

それを聞いていると、中地は思う。ほんとうに世間知らずなバカ女だと。

本気でそう思っているんだから仕方がない。この女はどこかのお姫様のつもりなのだ。現に信者には、梅乃から連なる自分たちの家系を、男爵(だんしゃく)の家柄であると言っている。いったいいつの時代の人間なんだ。

中地は、これほど趣味の悪い女を見たことがない。金糸銀糸では飽き足らず、プラチナを織り込んだという着物を着て、帯留めには血のような色の大きな珊瑚(さんご)がついている。髪は古臭く巻き上げてスプレーで固めている。背は低く、顔は貧相。その貧相さというのは、まったく不思議なことだが、五十年前の貧相さなのだ。垢抜(あかぬ)けたところがただの一つもない。それは、貧乏神にでもとりつかれているかのような、貧相さである。時間に取り残されたような、惨(みじ)めでしみったれた女――この女が、年間五十億円も稼ぎだす団体の所有者なのだ。

竹子の言う「うちの美術館」というのはＴＡＫＥ美術館のことだ。建築費五百億円、美術品購入費五百億円をかけた、巨大な美術館である。

美術館に自分の名前を付けるところに、彼女の無神経さが推して知れる。彼女は多くの社会的活動の成功を列挙できるだろう。でもそれは手あたり次第金を流し込んでいるからだ。下手な鉄砲も百撃てばなにかに当たるのである。

その竹子と弁護士の前薗(まえぞの)と、おれと。隆明会はこの三人で回していると言って過言ではない。竹子は忠告は聞かない。聞くのは称賛だけだ。この組織の特徴は、税理士がいないことだろう。宗教法人なので税金がかからないのだ。それで、弁護士と、画廊を持たない画商が切り盛りしている。竹子は宗教にまったく興味がない。支部はただ、金を吸い上げる機構であり、そこから意見を聞くこともなければ、向こうもなにかを言おうとはしない。

教義がすごいのだ。

中地は初めてそれを聞いたとき、びっくりしてその夜はなぜだか寝つけなかった。

献金することがなにより大事なのだ。

そんな宗教を信じる人間が、二十万人もいる。

今の会長である竹子は一切宗教活動に関わろうとせず、ただ我が名のついた美術館に固執した。そもそも開祖の梅乃というばあさんが安い掛け軸を集めるのが好きだった。今の竹子の美術品収集とはまったく別だ。それを無理やりくっつけて、美術品に触れることを教義の一つに取り込んだ。そのうえで、そういう本物の美術品に触れるには徳を積まないといけない、すなわち徳を積んだ人しか触れられないものだとこじつけて、一般の信者には見せない。ＴＡＫＥ美術館で収蔵品を公開しているのは、入場料を払ってやってくる一般の来館者にだけだ。信者たちは恐れ多くて美術館には足を踏み入れようなどと思わない。信者たちが崇めるのは、いまだに本部の祭壇の奥に掛けられた安物の掛け軸一つ——それも、屏風越しに頭を下げるだけで、直接目で見ることはできない。

かつての信者たちがやっていた浄霊という行為は「魂の芸術」と名前を変えさせた。竹子の美術品集めは「信仰の実践である」という理屈が成立して、竹子は会長として誰からも非難を受けることはない。

中地はこれまでも合法と違法の狭間の仕事をやってきたが、これほど人をこけにした話を聞いたことがない。そういうことが成立するという事実を目の当たりにして、薄ら寒さを感じたのだ。

竹子は隆明会にはお飾りだが、信者はがむしゃらに信者を集め、金を集めてきた。最近は信者の集金力はかつてには及ばない。

それでも、竹子のもとに入る金が減ることはない。宗教活動からではなく、別口から大きな金が入ってくるのだ。それは、竹子が宗教法人の口座を持っているから可能なことだ。

竹子もそれを知っている。しかしほんとうにわかっているのだろうかと、中地は不思議に思う。別口とはすなわち違法行為であり犯罪のことだ。彼女はそのことを理解しているだろうか。

それとも、隆明会の存在そのものが「違法行為」のようなものなので、すべてのセンサーのスイッチを切って生きているのだろうか。

だから竹子はあれほど時代遅れで貧相な顔をしているのだろうか。

ＴＡＫＥ美術館の館長就任を依頼した著名な大学教授は、どんなに金を積んでも首を縦に振らなかった。教授の家族が、隆明会に関わるのなら縁切りすると強く反対したからだ。世間からはそこまで嫌われているというのに、竹子には微塵も思うところがない。接待と、教授の息子の就職の斡旋と、娘に、金のある頭のいい結婚相手をあてがうことと、加えて莫大な支度金と。そして最後には、社会的に批判されていたこれまでの勧誘のやり方を変えると約束し、まるで五百年前のどこかの国の宮廷工作のような真似をして乗り切った。

それから竹子はなにもかも吹っ切ったように、そのバカさ加減を増長させた。

竹子には厭味と冗談が通じない。

会長室で、竹子は一人でしゃべっていた。

「あたしは、本物が欲しいのよ」

「まるでわたしが納めている美術品がエセだとでも言いたげですね」

竹子はその、小さくて皺の寄った、品もオーラもない目で中地を見つめた。

「一流のデザイナーと一流の建築家に設計させて、一流の館長を付けた美術館なのよ。誰に見せても恥ずかしくない、どこにも引けを取らない美術館を作った」

「存じあげておりますよ」

「ところがあたしの美術館は、どこの美術雑誌も取り上げない。どんな絵を買っても、無視される」

そうしてぐっと膝を詰めてきたのだ。

「でもマネを買ったら、美術誌だって取り上げる。そうしたらあたしの美術館も話題になり、一流だって、認められる」

ＴＡＫＥ美術館には従業員がいない。働いているのは無給の信者たちだ。献金することこそが善だと思い込んでいる、異形の人間たちだ。ＴＡＫＥは血が通った人の気配がない美術館であり、どんなに高いものを置いても、そこは墓か廃墟だ。

「売らないって言われたんです」

そのうえ――竹子だって気づいているはずだ。美術品をカテゴライズしてこそ美術館だ。ただ並べるだけでは、金持ちの別荘の棚と変わりない。

成り金の浅はかさだ。

「スイスのロシア人の屋根裏にあったという作品をいくつか購入するというのはどうかしら。なんでも、全部お宝級だっていうじゃない」

「そういえば美術雑誌にそんなことが書いてありましたね。あの『ニンフと聖女』も日本に売り込みがかかっているみたいです。国立西洋美術館との間で水面下の話し合いが持たれているとか。日野画廊でそんな話を聞きましたよ」

　竹子の顔が輝いた。

「それを買うのよ。あれなら貸し出しの依頼だって絶対にある」

「どうやら売り急いでいるようでしたから、交渉の余地はあるかもしれません」

「西洋美術館なんかより出すって言って」

「ええ。言っています」

　フェルメールの真作なら三十億円でも破格の安さであることはわかっている。でもわざわざ日本に売りたいというなら、なにか事情があるのさ。国立西洋美術館との話が流れれば、そんな金額でも成立するかもしれない。

「本物が欲しいのよ」と竹子は言った。

「みんなが感心する本物。誰もに尊敬される美術館にしたいの」

　曰くのあるものをいくら積み上げても、誰の尊敬も得ることはない。TAKE美術館が『ニンフと聖女』を欲しいと言ったときの、日野の態度を見せてやりたい。お前たちが一級品を持てると思っているのかと言外に匂（にお）わした。それが良識というもの。この女にはそういうことがわからないのだ。

「そういえばイタリアから買った、あのフェルメール——あんたが触るなって言った、おでこの広い、目の間の開いたあの少女の絵、買いたいって連絡があったんだって?」

弁護士の前薗にでも聞いたのだろう。

「ええ。ありましたよ。四日前でしたか。あれが入った翌日でした。断りました」

「なんで売らなかったの」

売ってほしいと連絡してきた男は、取り済ました口調で、金はいくらでも出すと言った。やっとの思いで手に入れた名画だ。そう簡単には手離せない。そう思って断わったが、先方は驚いたようで、その翌日もしつこく連絡してきた。英語のアクセントから、イギリス人だったと思うが、もしかしたらFBIのおとり捜査かもしれない。金に糸目はつけないと言わんばかりで、気味悪かった。警戒に越したことはないのだ。

中地は、竹子の前の椅子に座り直した。

時代遅れの、ロココ調の椅子だ。赤と緑でできあがっている。赤いビロードのカーテンにしろなんにしろ、部屋をこんな風に飾りたてるのは占い師か山師の発想だ。中地は悪趣味なその椅子に一瞬たりとも座りたくない。それでもこの女によくわからせるには、正面に座るしかない。

「そういうことは全部わたしが取り仕切るんです」

「報告の義務はあるでしょう。売るから触るなって言ったんじゃなかったの」

　この女も、おれの代わりがいないことはよくわかっている。

「盗品を、売ってほしいと言われて右から左に売るバカはいない。司法当局の探りかもしれないし、なにより」と中地は間をあけた。

「ほんとうに欲しがっているなら、じらせば値が上がるんですよ」

　それから煙草を取り出すと、竹子を一瞥もせずにライターで火をつけた。

　彼女は、このごてごてと飾りたてた部屋で煙草を吸われるのを嫌う。匂いがつくだと。お前の貧乏臭を消すにはちょうどいいと思うがな。

　竹子が少し、青ざめた。

「どっちだったの」

「わかりません。ちゃんと、話が切れないように繋いではおきました」

　パチンとライターを閉じる。竹子は商売の話なものだから、煙草の匂いのことなんかに思いがいかないみたいだ。

　あのきれいなアクセントで話すイギリス人の押しの強さ、不気味さが忌々しくよみがえる。

「しつこかったですよ。値段は言いませんでした。盗品売買ですから、慎重でした。そんな絵はないと言ってやりましたよ。ただ、うちも顔が広いから、金額によっては絵を探し出して相手と交渉してあげてもいい。その場合値は相手しだいだと」

　中地はじっと竹子を睨め付けた。

「――そう言ってやったんです」

　竹子の顔が赤らんだ。それは感心しているのもあるだろうが、半分以上は悔しいのだ。おれに勝てないから。

「どこから洩れたのかしら」と竹子。

　あんたが誰かにしゃべったとしか考えられないだろうがと、中地は胸の内で毒づいた。

「会長」と中地は呼びかけた。

「美術館の美術品のことには一切口を挟まないでほしいんですよ」

「そうね。いまは面倒なときですものね」

　気取った言い回しがまた、中地を苛立たせる。

「いまだけじゃなくてね。ずっとです」

　また竹子の顔が赤くなり、今度は膨らんだ。

ルービーズの西洋絵画部員、内山信夫は、羽田空港に降りたつと、まっすぐに銀座に向かった。

ホテルの部屋に入り、鞄（かばん）を開けて荷物をクローゼットの中に収納すると、ポットで湯を沸かして備えつけのドリップコーヒーをいれた。

湯気がふわふわと立ち上る。

靴を脱いでベッドに寝ころんだ。

ルービーズに六月二十三日にかかってきた密告電話で、電話の相手は、メトロポリタン美術館から盗まれたフェルメールを買ったのは隆明会という宗教団体だと言った。内山はそれに、さほど信憑性（しんぴょうせい）があるとは感じなかったと言い添えて上司に報告したが、上司は隆明会という団体名を二度確認したあと、頭を抱えた。

隆明会に近づく「つて」はあるかと聞かれた。

「ありません」

「隆明会というのは知っているのか」

「美術館を持っていると、いまネットで調べました」

内山は調べた資料のコピーをボスに渡した。

ボスはオリエント美術部門から半年前に配置替えでやってきた男で、やり手ではあるが、西洋絵画にはさほど明るくない。ボスがここに来たのは政治的——内紛的と言いかえてもいいが——要素であり、半年もしたらまたどこかに動くのだろう。

「宗教団体が美術館を持っているのはよくあることですから。それ以上のことはわかりません」

上司はその夜、内山に東京行きを命じ、それに際して「悟られるな」と言った。

「隠密裏(おんみつり)に動け。それから違法行為もやってはならん。違法でない範囲で、情報を集めるんだ。すべて報告すること」

ルービーズの手数料は十パーセントだ。盗まれた絵は、少なく見積もって二億ドル。これが商売になればルービーズが受け取る手数料は二〇〇〇万ドルになる。しかしこの件に首を突っ込むもっと大きな動機は、情報を得ることだ。ルービーズはなんでも知っていると思わせることこそが、この世界で優位を保つのに必須(ひっす)なのだ。あらゆる裏情報に通じているというのは、相手にえも言われぬプレッシャーを与える。

ボスはもう一度電話の録音を再生した。

声から推察すれば五十絡(がら)みのアメリカ人だ。

——盗まれた絵はイタリアの犯罪組織に瞬時に流され、イタリアの組織が隆明会に売ったんだ。その流れは盗む前から決まっていた。肝心なことは、それにＣＩＡがからんでいるということだ。これは国家的陰謀なんだ。

ボスはじっと内山の顔を見据えた。

「嘘(うそ)つきはおしゃべりなんだ」

内山は一息考えて、聞いた。

「この男はおしゃべりですか」

ボスは内山を見据えたまま言った。

「なんともいえない」——

内山はルービーズで唯一(ゆいいつ)の日本人キュレイターだった。かつて城田と名乗り、日本で起きた世界最大規模の絵画盗難事件に関わった。

白のワイシャツに目立たないストライプの入った紺のスーツ。髪形からなにから、自己主張している部分は一点もない。東京駅の地下ホームで彼が犯罪を働いても、目撃者は彼の顔を正確に語ることはできないだろう。

日本に帰ってくるのは久しぶりだ。彼はゆっくり起き上がると、窓の外、銀座の景色を眺めた。

横断歩道を人が歩く。車はゆっくりと移動し、静かで、なんの混乱もない。

内山は、携帯電話を手に取った。それからじっと見つめて——電話をかけた。

「いまホテルに入りました」

了解いたしました。お伝えいたします、と電話の向こうで男が礼儀正しく言った。

三

西日の当たる部屋はここ日本では嫌われるが、海外ではそうでもないのだという話だ。西に向いた窓からは夕暮れ時には夕日が沈む様子が見える。赤紫に染まる雲の中に、真っ黄色の大きな太陽がさん然と輝きながら落ちていく風景は、一幅の絵だ。そうとも。西日もそんなに悪くないじゃないか。

向井章太郎は四畳半風呂(ふろ)なしトイレ共用の、築五十年は経(た)っている西向きのアパートの一室で、寝ころがって天井を眺めていた。

二十七歳、無職である。

大学は二年で中退した。母親は章太郎が高校生のときに妹を連れて離婚して、父親は章太郎が二十三のときに死んだ。端的に言えば一家離散ってやつだ。離婚の原因が笑えるほどひどくて、「宗教に全財産をぶち込みそうな」父親に、健全な神経を持つ母がブチ切れた。父親についていったのは自分だけ。そういうわけで親戚(しんせき)との縁もばっさり切れている。だから頼る人もない。

章太郎はすることもなく天井を見上げる。

このまま死んでもいいんだが。

あいにく健康だ。

夕日はまっすぐに簡素な台所を照射して、ガス台の後ろに張ったアルミシートをぎらぎらと光らせている。黄色く毒々しくて、悪意とか憎悪(ぞうお)とかそういうものが見えたならこんなふうだろうと章太郎は思う。善意や好意とは比べ物にならないエネルギーを持っている。

西日のやつは容赦なしだ。これでもかと差し込んでくる。起き上がって水を飲み、手持ち無沙汰(ぶさた)でテレビをつけた。

テレビはニュースを見るだけだ。最近は学生の自殺、鉄道への破壊行為、変態男の犯罪、放火、突発的な殺人が毎日日替わり定食みたいに回っていて、なにかの事件の続報だか、新しい事件だか、わからなくなってきたし興味もなくなった。社会との唯一のつながりはバイトだった。そんなバイトも、結局昨日、また辞めてしまったのだけれど――。

今までやったバイトの中では、家庭教師がいちばん楽しかった。でも子供に好かれると怖くなった。無邪気に甘えられるといたたまれなくなった。

父親は宗教団体の天命平和会に全財産をくれてやった。家も家族もなくなった。でもおれは、父親が正しいと思っていたんだ。

人のいいおやじだった。数学が得意で、おれの高校の数学を楽しげに解いて教えてくれた。絵も上手で、釣りが好きだった。おれはおやじについてよく港に釣りに行った。おやじが宗教にのめりこんでいった事情はよくわからない。

母親は優しく厳しく、妹は気は強いがときどき些細なことで大泣きした。父親はサラリーマンで、日曜日には家族サービスをして、月曜日には疲れた顔もせずに朝八時に家を出る。記憶している限りごくありふれた家族だった。

おやじについて思い当たることと言えば、確かに昔から、物事には理屈で割りきれないことがあるとか、数学を究めていくと神様はいると思える瞬間があるとか、そういう話をする人だったということだ。

おやじには霊感はなかったと思うけど、死ぬ前には寝たきりのまま、窓を見つめて「開けてやってくれ」と何度もおれに頼んだ。まるで窓の外にいるなにかを家の中に入れてやりたいみたいだった。それが死ぬ前の人間の幻覚なのかなんなのか、それはわからない。この、西を向いたアパートだ。真冬のことで、部屋は二階で、外に人の気配なんかない。薄気味悪かったが、窓を見つめて懇願するように「開けてやってくれ」と繰り返すから、おれはそのたびに五センチほど窓を開けた。

自分に会いに遠路はるばる訪ねてきた誰かを、寒空の下に置いておくのが忍びないというふうだった。窓を開けると、おやじはその隙間を見つめて幸せそうな顔をした。優しく頷くこともあった。そうして得心して眠るのだ。そういうとき、おれは窓の外に猫でもいいからいてほしかった。父が寒空の猫を哀れに思って、窓を開けてやりたがった——そう思えれば。

父はなにを見ていたのだろう。

この小さな部屋でおやじと二人きり。そういうことについて相談する相手も、それどころかちょっとしたことを話す相手さえおれにはいなかった。

なぜ、おやじについていってしまったんだろう。

なんで母親と一緒に家に残らなかったんだろう。

高校生のおれは、女二人の中に残るのがいやだったんだ。妹と母親は仲がよくて、一緒に台所に立ってクッキーやケーキを焼いた。妹のバレンタインのチョコレートを母親が手伝って作った。二人はどうでもいいことをいつまでもしゃべっていた。女同士の会話は華やかだが情報はない。羽毛をふわふわ飛ばしあっているみたいで、おれには居心地が悪かった。おやじが仕事から帰ってきて、文鎮みたいに座を落ち着かせる。おやじは別になんにも言わないけど、そこにいるだけでふわふわと飛んでいた羽毛がすっと元の場所に納まる。そこでおれはほっとした。

困ったことを母親に相談すると、ことが大きくなる。心配しすぎるし、騒ぎすぎる。おやじに言うと、ポツポツした話でも、せわしなく先を求めずに、黙って聞いてくれる。地蔵様に話しかけているような気持ちになって、おのずと解決していく。

おやじは説教する人ではなかったな。

おれの悩みはおやじから母親につながれて、ほどよく家庭内で共有されて、ほどよくゆるゆると消滅した。

おやじはおれにとって、信頼するとかしないとかの、選択する存在ではなかったんだ。空気のように、もしくは大地のように「あるもの」だった。

もしかしたら、母親と妹のあうんの呼吸を持つ仲のよさに嫉妬していたのかもしれない。しょせん、女同士には入っていけない。だからおやじがいないと、いたたまれなかったのかもしれない。

妹は母親に引っつき虫みたいにくっついていた。おれは自然とおやじにくっついていた。別に宗教施設には行きたかったわけじゃない。

おやじは、おれに、自分についてこいとは一度も言わなかった。でもおれはおやじを拒絶するということをしたことがなかった。母と妹に拒絶されるおやじがかわいそうだとも思った。小さいときに、おやじに「おい、行くか?」と声をかけられて、「どこに行くの」と聞いたことはない。「おい、行くか?」と言われたら、ポンと助手席に乗った。

中学三年間は家の中はしっちゃかめっちゃかで、母親は父親に怒り、困っていて、よく泣いていた。妹は口数が少なくなった。母親はおれと妹を抱き寄せて泣くことも多かった。おれはそういう甘ったるい悲しみ方が苦手で、でも母親をかわいそうだとも思ったし、父親に、母親を悲しませることはやめてほしいと思った。

だから二人が離婚するというのを聞いたとき、これで諍いが終わるんだとほっとした。十六のときのことだ。そのとき、母についていき、父一人放り出すということは頭になかった。父親は、どこまでも父親だった。おれがおやじについていったのは、たぶんこれは兄と妹の役割分担なのだと思ったのだろうと、当時の自分を振り返る。

――いや。本当のところは自分にもわからない。

両親が離婚すると、おれはおやじと天命平和会のお堂に住み込んだ。みんなと一緒に白い作務衣を着て、夜明けとともに起きて布教に出かけた。私物はほとんどない。おれの生活がある意味特異だったのは、お堂で勉強したことだ。おれは、ただ父親が好きで、父親のことを敬愛していたから、お堂までついていった。でもおれが信じていたのは、父親であり、宗教ではなかったのだと思う。お堂で勉強している奴なんて、おれ以外いなかった。だってあの宗教を信仰する人間は好奇心も探究心も持ち合わせていないから。学歴も必要ない。だから勉強する意味がない。おれも高校は休みがちだったが、勉強は好きだった。いま考えたら、おれはお堂の生活にとけこめていなかったのだと思う。おれは自分としてはごくあたりまえに、大学に進学した。でも周りには、お堂で生活をしながら大学に通う奴はいなかった。教団の生活と学校生活の乖離については、中学、高校でもあったことだから割り切れた。ただ、大学の友人たちは大学を社会にでるステップとして生きているが、自分にとってはステップではない。なんのために大学に通っているのかよくわからなかった。それでも、大学の門を潜ると、肩の力が抜けた。そういうとき、おれはあのお堂の生活に馴染んでいないんだろうと思った。その大学も、学費がなくて退学した。

おやじは本当は、おれには大学を卒業してほしかったようだ。学費の相談を教祖の忠国にした。だが、あの野郎がおやじの言うことを親身に聞くはずがない。平和会に傾倒してそんなことも気がつかなくなっていたおやじは、「息子の学費をなんとかしてもらえないか」と、おれの知らないところで何度も頭を下げていたと、あとから聞いた。

おれの金、おやじの金、家、土地。全部持っていったというのに、忠国はおやじのたった一つの願いさえどこ吹く風って聞き流した。

おやじが、おれに学歴をつけてほしいと考えていたことは、どう理解したらいいのかわからない。本当はおれに信者になってほしいと思っていなかったようにも思う。それでも悲しいことに、おやじは天命平和会を信じていた。

相手を家族ごと入信させて、身ぐるみ剝ぐみたいに全部寄付させたのがおやじだ。その手口は悪徳商売人も真っ青になる悪辣なものだった。

おやじは年若い入信者に日々「神のお導きを賜らんことを」と神妙に祈りながら、あなたの親兄弟はなぜ入信しないのか、信仰心はないのか、それはあなたの熱心さが足らないからではないのかと執拗に詰め寄った。「このままでは親兄弟が地獄に落ちてしまいますよ」

もちろん、若い入信者には新規勧誘のノルマを与えている。だが、そういう人間が自力で友人、知人、道行く誰かの勧誘に成功することはまずない。藁にもすがる思いで親兄弟に入信を勧め、断られて暴れ出す。暴れる理由はなんでもいいのだ。「なんで信者になんねぇんだ」でなくても、「飯がまずい」でも「金がたんねぇんだよ」でも「おめぇのツラなんざ見たくないんだよ」でも。母親が、わが子の暴力をやめさせたい一心で入信すると、次のステップに移る。母親と子供にノルマを与え、達成できないと何時間も冷たいお堂で罵倒(ばとう)するのだ。母親と子供はそのノルマを達成するために夫や他の子供も引きずり込む。そうやって家族全員を入信させて、財産を吸い上げた。おやじはそんなことをどれだけ繰り返したことか。

それでもおやじは、正義のためにやっていると信じて、罪悪感なんかこれっぽっちもなかった。彼らを神のもとに呼び寄せることがおやじの「正義」だったんだからどうしようもない。

狐憑(きつねつ)きというのがある。平和会では親が持て余すような言動をする人間を「キツネが憑いている」と、棒で叩(たた)いていた。叩かれた本人はもちろん悲鳴を上げるし、逃げ回りやめてくれと言う。すると、逃げ回って悲鳴を上げているのは中にいるキツネであり、やめてくれというキツネの言葉に騙(だま)されてはいけないと、家族をさらに煽(あお)るのだ。「お父さんやめて、お母さん助けてというのは、キツネがご両親を騙そうと命懸けのときに言うんです、キツネはもうすぐ出ていきます！」

残酷な話だ。ある日突然親に棒で殴り掛かられるんだから。でも、親は平和会を信じるしかないから。子供を思えばこそ死に物狂いで叩く。

おやじがやっていることはそういう野蛮なことに近かった。いや、それそのものだった。

唯一の善行が教団に金を奉納することっていう、そういう教義になぜ疑問を感じなかったのか。

おやじは裕福な家に生まれて、金に汚いところがない家庭で育った。哲学を好み、政治学を論じ、英語とフランス語にも堪能で、原書でいろんなものを読んでいた。敗戦直後に出版された評論文、開戦前の評論文。おやじは政治活動もしたし、詩の同人誌にも参加していた。じいちゃんとばあちゃんはそういうおやじになに一つ文句を言うことはなかった。男が一人前の人間になるにはそれなりの道草が必要だと、それぐらいにしか考えていなかったんだろう。

おやじにとっての宗教は、貴族階級がその特権を嫌って政治活動に突入するのに似たものがあったのだと思う。

この世に金というものがあるから、憎しみが生まれる。不幸が生まれる――本気でそんなことを考えたんじゃないだろうか。いまとなってはわからないけど。

おれはおやじのことを信じていた。金が汚いというなら、お堂の外でもそう説いた。お導きさまを汚したら天罰が下ると言われたら、お導きの札を汚したやつを恫喝して本部に引っ張っていき、本堂に土下座して謝罪させて——土下座させる理由はなんだってよかった。相手の自尊心をずたずたにしてやれば——そいつの生活費の半月分を払わせて新しい札を買わせた。

それが正しいと言われていたから。

おやじとその仲間に。

人間の感性や正義感なんかもろいものだ。キツネが憑いている。棒で叩いて叩き出すんだ——そう言われて、それを「間違っている」と声を上げることができるやつがいなきゃ、家族総出で叩くんだから。それで相手が死んでも悪いことをしたとは思わないんだから。しぶといキツネのやつめ。そう思うだけなんだから。

——そう思うだけなんだから。

章太郎は身震いする。

また思い出したくないことを思い出したからだ。思い出すまいとすると、「そいつはずいぶん都合のいい話じゃないか」と脇腹を鋭い槍で突いてくるやつがいる。

その目に焼きついた事実をなかったことにして、口をつぐんで、それで生きていけると思うのか？　お前と、お前のおやじの罪の話だよとささやく声が聞こえてくる。

――お導きさまの御力により自分は世の中のことを知っていると思い込んでいる支部長が自ら「神がかり」と称して、ある青年に対して両親に暴力を働かせた。おれはその場に立ちあっていた。

青年は二十歳過ぎの、がたいの大きな男だった。小柄な五十代の両親は二人がかりで息子を打ち据えた。そのからだにはまだキツネが巣くっている。いま出てこようと暴れている。外に出たらまた誰かにとりつくから、今すぐ口と鼻を塞（ふさ）ぐんだって支部長が言ったら、両親は瀕死（ひんし）の息子の口と鼻をラップで巻いたのだ。汗だくで、目を血走らせながら。

息子は家庭内暴力を振るっていた。でもそれは、親が飯も作らずお導きさまを信仰し、ノルマを果たすために他人を騙し、嘘（うそ）をつき、恥知らずな会話を平然と家でしていたことと関係があったんじゃないかと思う。

それで支部長が狐憑きだと言って、殴り殺させた。あの死体がその後、どう処分されたかは知らない。

二十一世紀の話だ。一人一台スマホを持って、もうすぐ自動運転の車が走るという、現代だ。それでも東京都の外れの町には、東京が原っぱだったころの名残のある土地がいくらでも広がっている。近代の衣をまとった無知蒙昧、野蛮。

あのときの記憶が、なにかの隙に脇腹を突いてくる。

息子の顔が痣で真っ青になって、まだもぐもぐ言いそうなのを、父親と母親が、その口を食品用のラップで閉じた。息子は目を白黒させてもがいた。

母親と父親の後ろ姿を見るうちに思ったのだ。この二人は、狐憑きなんか本当は信じちゃいないんじゃないだろうかと。ただ、お導きさまへの信仰をあからさまに批判する息子の存在が心底うとましかったんじゃないかと。

平和会のお堂を出て四年。白い作務衣を着た暮らしとはばっさりと縁を切った。それでも、誰かと懇意になりそうになると、二人がかりで息子を殴り殺す夫婦の記憶がぐいぐいと脇腹を押してくるのだ。

おれの父親である向井凡太は、もともとは天命平和会の母体、隆明会の幹部信者だった。

忠国は、隆明会開祖である梅乃の孫にあたり、現会長の竹子とも親戚関係にある。

忠国は、竹子の金作りを目の当たりにして、独立しないと損だと踏んだ。

あのころ隆明会内部では、竹子をかつぐ主流派と、竹子の方針に納得できない古参の信者たちが対立していた。忠国はこの混乱に乗じて「梅乃の教えを守り継いでいく」と宣言して古参を引き連れて分派したのだ。おやじは忠国を子供のころから知っていて、よく世話をしていた。

忠国には、おやじはただの信者の一人で、信者とはメシのタネだから、愛情なんかなかっただろう。だけどおやじはそうじゃない。

おやじは義理堅い人だった。甲子園野球の決勝戦では、毎年泣く人だ。ひいきの高校が勝っても泣く。負けた人たちの気持ちを考えると泣けてくるという。そんなふうに相手の気持ちを心の中に取り込んでしまうおやじは、「相手が困るだろう」とか「相手が悲しむだろう」と思ったらその気持ちを振り払えなくなる。一般にいう、頼りにされたら断れない人だった。

弟のように可愛がっていた忠国から、独立するから自分の補佐をしてくれと言われて、おやじはよっぽど悩んだと思うが、結局天命平和会の立ち上げに協力し、妻に離縁されて、家財のすべてを注ぎ込んだ。

それから十四年——おやじが死んで四年になる。そうしておれが教団の金を摑んで逃げ出して三年半になる。

西日だっていいところもあるというのに。

あの教団にいていいことなんて一つもなかった。

おやじが死んだときから時間が止まったまま。

高校野球のたびにぼろぼろと泣いていた父親と。家族の金を身ぐるみはいで、竹子や忠国に献上した父親と。

――あれは、隆明会や平和会に献上したのだろうか。もしかしたら教団を信じていたのではなくて、本当は全く別のことを考えていたのだろうか。

でもなにを考えても、もう終わったことだった。

いまではただ、おやじも誰かをああやって殴り殺したことがあったのだろうかと、そんなことを考えるだけだ。

テレビからニュースが流れている。

もう二か月以上も前からときどき流れているニュースだ。殺人、強盗、自殺など、たくさんのニュースの中でどうして見分けがつくかというと、それが遠い国の話だからだ。どこかで、高価な絵が見つかったのだそうだ。

章太郎はボリュームを上げた。

スイスに住むロシア人の元貴族の屋根裏部屋にあった一点が、フェルメールの作品だと鑑定されたという話だ。それが日本にどう関係があるんだか、スイスでフェルメールが発見されたからどうだというのか、まったくわからない。その絵には女が三人描かれていて、二人は人間だが一人はニンフと呼ばれる妖精なんだそうだ。そのニンフが一人の女の足を拭いているのだが、その女がキリストの母マリアであり、すなわちこの絵は宗教画だという。情報番組はフェルメールのこれまでの代表作を解説とともに垂れ流していた。これでフェルメールを知らない日本人はいなくなっただろうというくらいに。

そういえば平和会の忠国も美術品を集めようとしていたな。隆明会の竹子がでかい美術館を持っているものだから、自分も同じようにしたいと思っていたんだ。おやじはTAKE美術館の立ち上げに関わっていたから、忠国がはっぱをかけていた。でもおやじは、どういうわけか、まったく相手にしなかった。不思議なほどきっぱりと、美術品との縁を切った。

平和会もいまごろは美術館どころじゃないだろうけど。おれがいたころから、櫛の歯が欠けるように信者が辞めていっていたから。

ああいう反社会的集団は世間から敬遠されてしかるべきだと思う。

「それにしてもヨーロッパというのはすごいところですな、いまだにそういう絵が屋根裏からひょっこり出てくるんだから」

「逆に言うとヨーロッパは、絵画という文化にそれだけの値を付けることができる価値観を、いまだに保っているということですよね」

テレビの中ではコメンテーターたちが話し続けている。

大学を中退したせいで、履歴書は真っ白だ。天命平和会を辞めた当初は、信者からもエセ宗教を嫌う近所からも嫌がらせを受けた。バイトをしようにも、お宅が雇おうとしている向井章太郎っていう男は、天命平和会ってカルト教団にいた男ですよ――そう一言電話で告げられれば、採用は取り消しになる。怒る気も悲しむ気持も湧かなかった。ありつける仕事といえば日雇いの肉体労働、違法風俗の呼び込み、日当で請け負うデモ、座り込み。大学中退後、社会見聞を広めるために海外を放浪したと嘘を言って面接までこぎ着けた会社もあったが、不採用だったからバレていたんだろう。平和会を辞めるときに摑みだしてきた金でなんとか凌いできたが、それももうすぐ底をつく。

人生を切り開く気力なんかない。最低のバイト料でいいから、誰とも口を利かない仕事がいい。誰かと仲良くなったって、刑務所帰りの犯罪者と同じ、自分のことはしゃべれないんだ。抜け落ちた時間に流行った歌も知らない、世の中を騒がせた事件も知らない。へらへら愛想笑いを浮かべていることしかできない。この三年半の間になんとか「自分史」を捏造しようと試みたけど――大学の知り合いのプロフィールなんかを借用して違う人生を構築しようとしたけど、記憶が——本当は死にたくなかったんだろう、あの男の、絶望と恐怖に見開かれた目が——脇腹を突っついて、何度積み上げても積み木みたいに崩してしまう。

「でも一か月以上も、真作かどうか白黒はっきりさせませんでしたよね」

「持ち主だって自信がなかったんでしょう、とっくの昔に亡くなったお祖父さんの遺品だっていうことですからね」

章太郎は押し入れを開けた。

端に、服が三枚畳んである。コンビニもバイトも、外出するときはその三枚のどれかを着る。章太郎はその中の一枚に袖を通そうとして、今日はもうバイトに行かなくていいんだということに気が付いた。

小さな折り畳み机の上には一万円札が百十九枚、ある。

昨日まで働いていたバイト先は、電車とバスを乗り継いだ先の一軒家だった。章太郎の雇い主は、築五十年は過ぎているだろう一軒家を借りて、そこに老人を八人住まわせている。そこで老人の世話をするのが仕事だった。

近所に住む人たちが、その家に出入りする人間をうさん臭そうに眺める。

章太郎にはなんの資格もない。それでも雇い主の男は「構わない」と言った。「入居者と親しくしゃべらないこと」「近所と口を利かないこと」。男が出した条件はその二つだ。リフォームもなにもしていない住宅には家庭用の風呂とトイレが一つずつあるだけだ。ベッドは廊下にまではみ出した。生命に関わることが起きても一切責任は問わないという誓約書を書かせて、年金、介護保険のすべてを管理し、その中から月十五万円ずつ金を取っている。

年寄りたちはなにを言われても文句を言わず、口答えをしない。三度の食事が決まった時間に出て、屋根のあるところで寝る。ベッドの上には布団や毛布が用意されている。トイレや風呂に行くのに手を差し伸べる人がいる。不満を感じなければ生命の危険を感じずに過ごすことができる。だから年寄りは、感情を表に出さず、諦めたように、どことなく落ち着かず、胡乱に一日を過ごしている。章太郎は彼らを見ていると、保護されて保健所にいる動物たちを連想する。

かれこれ一か月前のことだ。雇い主は小さな個室を持っている。物が積み上がり、たった一つの事務用の椅子しか座るところがない、ネズミの巣みたいな部屋だ。そこに行き、そろそろ辞めようと思っている——そう言った。なんでだと雇い主の男に言われたので、あんたのやっていることが気にいらないからだと言った。ずいぶん偉そうな口を利くじゃないか、なにさまのつもりだと鼻で笑われた。

「おれは人助けをやっているんだ。家族が世話できない年寄りを預かってやっている」

悪いやつほど口が回る。

その日から室内の様子を写真や動画に撮り溜(た)めた。早く飯を食えと怒鳴る男の声。早く寝ろと頭から毛布を掛けられる年寄りの様子。読書をする老いた男性に「そんなもん読んでもわかんねぇだろ」と本をはたき落とす男の姿。入居者の身元引受人の住所もコピーした。引受人宛(あて)に『あなたの親はこんな目にあっています』と手紙を書いて、全部揃(そろ)えると、一式コピーを取った。そして昨日、男の部屋へ行き、全部見せた。

男は青ざめた。

そのデータをまとめて百二十万円で買わせた。

部屋から出ると、背中の曲がった小柄なタエばあさんが車椅子に座って、悪戯(いたずら)っ子のように章太郎を見ていた。

「あら、しょうちゃん。辞めちまうのかい?」

「よぉ、タエさん。ここの社長はロクでもないからさ。辞めるのさ」

「そうとも。ここの社長は人でなしさ。でもうちの息子の嫁の方がもっと人でなしで、息子がいちばんの人でなしなんだ」

　それからタエさんは芝居がかって嘆いた。

「ああ、おてんとさまが西から昇らないもんかねぇ」

「なにそれ」

「世の中がひっくりかえっちまえってこと」

　タエばあさんの一人息子は歯科医をしていると聞いたことがある。儲(もう)からない歯科医で、見栄(みえ)っ張(ぱ)りな奥さんをもらい、一人息子を私立の小学校に入れるために奔走して、とんでもない金を積んでなんとか押し込んだのだそうだ。その息子や嫁や孫がいまどうしているのか、聞いたことはない。章太郎はタエばあさんに一万円札を握らせた。

「小遣い。金はあっても困んないだろ？」

　タエばあさんは痩(や)せて枯れ葉のようになったてのひらに載った一万円札をじっと見た。

　それから顔を上げると、歯の抜けたそのしわしわの顔で、笑った。

「あたしゃねえ、あの悪徳社長が八人の年寄りの世話をするのに汗だくになっているのを見ていると、なんだかおかしくて。金が欲しいから、八人も抱えてさ。警察や近所の目が怖くて、しょっちゅう引っ越してさ。そのたびに軽自動車にあたしたちを詰め込んで、何往復もして連れていくんだ。スーパーに行って八人分の買い物をして、まずくったって大鍋に味噌汁を作る。ご飯のあとは洗い物をしなきゃ次のご飯のときに食器が足んない。毎日コインランドリーに山盛りの洗濯物を持っていって、持って帰ってくる。夏はクーラーが三台回るんだよ。掃除なんかは行き届かない。それでもあんたみたいないい子が来てくれたときは、天気のいい日には外に干したふかふかの布団で寝られるし、便所も床も綺麗にしてくれる。髪も洗ってくれる。でもいつも人手がなくてさ。もう六十にもなるのに、あの男は寝る間もないのさ。クリスマスには、ちっぽけで甘ったるい安物のケーキを一切れずつ買ってくるのさ」

タエばあさんは章太郎を見つめた。

「人生は長いんだ。諦めずに頑張るんだよ。金になんざ跪くんじゃないよ。両の目ん玉をしっかり見開いて、幸せで安全なところを探すんだ。人生は」とタエばあさんはちょっと言葉を切って、じっと章太郎の瞳の奥を見たのだ。

「ほんとうは楽しいんだよ」

——人生はほんとうは楽しいんだよ。

章太郎は、自分の身の上を語ったことはない。心がけて明るく振る舞ってきた。それでもタエばあさんはおれを見つめてそう言った。

小さな折り畳み机の上に置いた百十九枚の一万円札に、西日が射した。

金になんざ跪くんじゃないよ――章太郎は胸の中が燃えるように熱くなって、とっさに札束を摑んだ。

おれが悪いのか。

おれにどんな選択があったんだ。

これから先、どんな選択があるんだ――。

章太郎は摑んだ金を壁に叩きつけた。

なんども、なんども、摑んでは叩きつけた。肩がちぎれるほど力一杯、投げた。

一万円札は部屋に舞って、西日に当たってきらきらと輝いた。

つけっぱなしのテレビから、変わらずニュースが流れていた。

――次のニュースです。

アメリカ、ニューヨークにあるメトロポリタン美術館に、現地時間六月十一日の夕方、強盗が侵入した模様です。

強盗は閉館五分前にガラス天井を打ち破って侵入、逃走したということです。

奪われたのはフェルメールの『少女』で、今のところ手がかりはなく、アメリカ連邦捜査局が捜査に当たっています。


人生に絶望しても人は飯を食う。コンビニに行って、飲み物と弁当とパンを買った。部屋に入る気もしなくて、アパートの前の公園のベンチに座っていた。

就学前の子供が砂場で遊んでいた。砂で山を作ってなにが楽しいんだ。あんなものはただ、崩れるだけだろ。崩れるのを待つだけ――そのとき、背後から声がした。


「もしかして向井さんではありませんか？」


振り返ると、男が一人、章太郎を見ていた。

見覚えのない男だ。

背が低く、福々しく太っている。身なりはよく、前の合わないジャケットを着ているが、仕立てがいいのは一目で見て取れた。

男は日野という画廊の店主で、男が探していたのは父の凡太だった。

父は亡くなったと告げると、ひどく残念そうな顔をした。それからどこかへ電話を一本かけた。

章太郎は男に誘われタクシーに乗った。着いたのは高級ホテルの前で、男はせかせかとホテルの喫茶室に入ると、ボーイに案内させて窓際（まどぎわ）の大きな席を取った。

彼はやってきたウェイターに「コーヒー」と言うと、章太郎にメニューを広げた。

「ここはアップルパイがおいしいです」

章太郎は奇妙な気がして、上目づかいに男を見た。

父のことをよく知っているようなのに、人柄が悪いようには見えない。父の知り合いといえばあの腐れ宗教のやつらばかりで、彼らならこんな顔はしていない。無表情で、貪欲(どんよく)そうで、目が笑っていない。貧相で――下品なのだ。この男は父とどういう知り合いだったんだろう。

章太郎は勧められたアップルパイを頼んだ。男はウェイターに顔を上げると、「このパフェも一つ」と、餡(あん)と栗(くり)とたっぷりのソフトクリームがのったパフェを頼んだ。

男はどことなくいそいそとして見える。おれを見つけたことがよっぽどうれしかったようだ。

つきあいがあったのは父ではなく祖父だと、日野は言った。

「お祖父さまにはわたしが銀座に画廊を開く前、古物商に勤めていたころから贔屓(ひいき)にしていただき、そのころは壺(つぼ)や茶器をいくつかお取引させていただきました。八丁目に画廊を開いたときには祝儀(しゅうぎ)だと言って絵を一枚お買い上げくださいましたよ。それからも、近くにおいでのときにはお立ち寄りくださいました。手土産に最中(もなか)を持ってきてくださいましてね。帽子の似合うお洒落な方で。あなたの手を引いておいでになったこともあるんです」

祖父のことはあまり覚えていない。覚えているのは電車に乗る祖父だ。祖父は、なにかにつけて章太郎の手を引いて電車に乗った。そういうとき必ず祖父はハンチング帽を被り、ツイードのジャケットを着ていた。壺や茶器――そういえば祖父の家の物置には、桐の箱に入った先祖代々の収集品がしまい込んであった。

「それでぼくのことを？」

日野はほほと笑った。

「わたしが章太郎くんを見たのは三歳のころです」

それから、やってきたコーヒーをゆっくりと飲んだ。

「隆明会にも天命平和会にも問い合わせたのですが、お父さんが亡くなったとは教えてくれませんでした」

ソフトクリームがたっぷりのったパフェがやってきて、日野はそれを「どうぞ」と章太郎に勧めた。

隆明会にも天命平和会にも問い合わせたのですが――章太郎の父親が隆明会でどんなことをしてきたのか、どういう事情で隆明会から平和会へ渡り、どうして章太郎が会から逃げ出したのかを知っているということだ。章太郎は平和会を辞めたときに、会の信者たちから嫌がらせを受けた。連中はおれたち親子を悪く言いたくてしかたがない。日野が、父親の居所を探すために問い合わせるたびに、やつらはいろんなことを口さがなく言ったにちがいない。ということは、日野の耳にもそういう話は入っただろう。

医者にもみせられずに死んだこと。忠国は医者にみせる費用さえ負担しようとせずに、信心が足りないからそういうことになったのだと罵倒したこと。そして金庫の金二百万円を持ち出して逃げたこと。

「お父さんとは特に懇意だったわけではなく、展示会なんかで何度か顔を合わせたことがあるというだけなんです。わたしは隆明会のお仕事をしたことはないのでね」

それから大きな栗ののったパフェに視線を落とした。

「ソフトクリームが溶けてしまいます。どうぞ」

父や祖父のことを知っている人と——隆明会に入る前の向井の家のことについて話をするのは何年ぶりだろうか。

大きなパフェを食べながら聞かれるままに、アルバイトで食いつないでいることや、大学は中退したことなんかを話した。そんなことを誰かに話したのは初めてだ。

「お父さんは隆明会、平和会とも、ずいぶん尽くしておられたと思うのですが、そんなことがあったのでしたか」

「もう、平和会とは縁を切りました」

日野のたたずまいを見ていると、自分が失ったものの大きさを思い知らされる。聞かれたので、父の最期(さいご)を少し話した。平和会は病に倒れた父に冷淡で、お堂に寝つくようになるとあからさまに邪険にした。いたたまれずに、大学時代の友人に頼み込んで金を都合してもらい、小さなアパートを借りて、そこで一人最期を看取(みと)った。一人で通夜(つや)をして葬儀も出さずに焼いた。父のことを、祖父を知る人と語るのは、霊を弔っている気がした。

日野の昔気質(むかしかたぎ)な誠実さは決して自分に向けられているものではなく、あくまで祖父に対するものなのだ。祖父を知っているからその孫であるおれの窮状が切ない。そう思うと、話すのに不思議と抵抗がなかった。

日野は静かに聞いていた。

章太郎は自分がどこまでしゃべったかわからなかった。

「窓を開けてくれと言ったのは、ちゃんとお迎えが来ていたからでしょう。ご先祖さまが迷わないように手を引きに来てくださったのだと思いますよ」

日野がそう言ったので、ああおれは父の死の間際のことを話したんだと理解したぐらいだ。

気がつくと、かれこれ三時間、座っていた。

夕暮れ時は通りを少し物寂しく見せる。

あの、西日の当たる部屋にまた帰るのだ。そうして、昨日と同じ明日が来ることに耐えるのだ。

黄色く輝く夕日を見ながら、せめて夕日が沈んでから帰ろうと思った。

そのとき日野が言った。

「じつはちょっとお願いしたいことがあるんです」

日野は、隆明会のことを知りたいというクライアントがいると切り出した。

「お話をしていただけませんか」

いまさら隆明会のことで隠さないといけないことはない。

「でもいまの隆明会のことなんかほとんどなにも知りませんよ。ぼくが隆明会に出入りしていたのは平和会が分派する前、もう十五年以上も前ですから。役員も替わっただろうし、布教の方法も変えたと聞きました」

隆明会は誰になにを言われようとカエルの面(つら)に水で、長い間厚顔なその布教手法を変えようとはしなかった。それがＴＡＫＥ美術館の館長にと要請した大学教授の家族が、そんないかがわしい宗教団体の美術館の館長になるなら家族の縁を切ると激しく抗議し、それを受けて隆明会は大きく舵(かじ)を切った。でも父の凡太が隆明会の中心にいたころは、無謀な布教で会が繁栄の極にあった。

なにもかも変わったことだろうと思う。

「ＴＡＫＥ美術館が、どういうふうに絵画を選択、購入しているかについてなんです」

絵画の購入――

「お父さんの凡太さんが、ＴＡＫＥ美術館のことを一手に引き受けていましたよね」

章太郎は思わず黙り込んだ。日野は「じつはここだけの話です」と前置きした。

「うちの馴染みのお客さまが、あの美術館が購入した絵を買い取りたいというので、交渉したのです。ところが値段交渉どころか、購入したこと自体を認めないのです。それにしても不可解なのは、その絵は事情があって展示できないものなのです。購入価格は五十六億円と聞いています。ＴＡＫＥ美術館がその絵をどこから手に入れたかを口外しないし詮索(せんさく)もしない。金額については、そちらの了解いただけるものにすると交渉したそうです。すると、こう言うのです。うちにはないが、心当たりがある。

聞いてあげてもいいが、値段はかなり厳しいものになると」

「断言します。それは持っていますよ」

「それにしてもTAKE美術館はなぜそんな高額な対価を払って、展示できないものを買うのでしょうかね」

「あの美術館は以前から、がらくたみたいなものをとんでもなく高額で買うんですよ」

「そうなんです。うちのクライアントも、あの美術館の美意識とか、コンセプトのようなものが皆目わからないと頭を抱えているのです」

章太郎は思わず笑った。

「そんなもの、初めからありません。それより、その絵がどこから購入したものかを調べたら、大体見当はつくと思いますよ」

日野はじっと章太郎を見つめた。

「資金洗浄ですか」

章太郎は朗らかに答えた。

「ええ。隆明会で父はそういうことを担当していました。いまはどうだか知らないけれど、たぶん同じことを続けているのでしょう。画商は中地のままですよね」

「そう。画商は中地。弁護士は前薗」

章太郎は言った。

「知っていることはお話ししますよ。隠す義理もないし。そんなことでお役に立てるのならいくらでも」

彼の席の後ろには、その話を静かに聞いている男がいた。

その男はじっと耳をそばだてて、時折メモを取っていた。そういうときには使い古した安物の青いボールペンが軽快に紙の上を走る。

テーブルには香りのいい紅茶が運ばれて、皿には小さな高級そうな洋菓子が一つ、のっていた。口に入れると、ほんのりとオレンジの香りがする菓子だ。

男はゆっくりとそれを味わいながら、落ち着いて、後ろの会話のすべてを聞きとめた。


こんな計算違いがあるだろうか。

イアン・ノースウィッグはホテルの一室で考え込んでいた。イタリア製のあずき色のチェストに、中国の美しい白磁が置かれている。すべてがシンプルで大変美しい。

ものごとがすべてこのようだといいのに――

「すべてが順調だったんじゃないのか」

神父のキャンベルは電話のむこうで切なそうに訴えた。

「わかっているだろ、祭りまでもう日がないんだ」

「耳元で大きな声を出すのはやめてくれ」

「祭りがどんなものだかわかっているだろうに」

イアンはフランドルの祭りなんかに参加したことはない。だから知らない。

「間に合わないだろうが」

なんで、キャンベルの教会でなくなった絵を祭りまでに取り戻せないかもしれないからって、おれが責められないといけないんだ？

「なにが問題になっているんだよ」とキャンベルがもの悲しげに言う。

「いろいろ」とイアン。

「おれにはわからないんだ、どうして、うちの教会の絵を取り返すために、お前がメトロポリタンからフェルメールの『少女』を盗まなければいけなかったのか。そして、なんで今、お前が日本にいるんだよ」

「なんども説明したよな」

キャンベルは納得する気がないものだから、すごみをきかせた。

「わからないな。もう一回説明してもらおうか」

イアンは恨めしい。ああすべては、ＣＩＡのマクベインのせいなのだ。五月三日にあいつからの電話がかかってきて、すべてがおかしくなり始めたのだ。

「まず、スイスの山奥で、二か月以上かけてフェルメールの未発見作を作りあげたよな。『ニンフと聖女』だ。それはそれは金がかかる仕事だ。でも、修復家たちは懇意なうえにプロだから文句は言わない。十七世紀の画材を仕入れるのもそれほど難しくない。フェルメールが使っていた絵の具も、多量じゃなきゃ、彼らには作り出すことができる。問題は評論家のラルケだった。だが、あいつは金で飼われている男だ。目付きは下品で口は軽い」

キャンベルを相手にラルケをこき下ろすのは気分がいい。でも問題はラルケじゃない。ほんとうはなにが原因だったのか。

たぶん、メクレンブルクというロシア人を創作するときのなにかだ。いや、たぶん全部だ。腕利きの修復家と、スイスのアトリエと、十七世紀の画材、大量の絵の具と古い絵。ロシア人を「元貴族」に見せるための舞台装置も作った。それらしい服を着せて、靴をあつらえて、身分証と、職歴と――。そこにラルケがニヤけた顔つきでへらへらしていた。いかにも宝くじに当たりましたって顔で。

作りあげられた嘘だ。確かにできすぎて、甘い嘘の香りをふりまいている。でも誰がそうやって観察すると思う?

悪事を働くときは注意深く慎重に動くものさ。でも今おれがやっているのは純粋なボランティアだ。

なんの得にもならないボランティア活動をするときに、誰かがその端の端まで注視していると思うか?

だから、古いなじみであるマクベインから連絡がきたときには、法定速度で高原のドライブを楽しんでいるときに、いきなり後ろからいかつい車が追突してきたみたいな気分だった。

「メクレンブルクを名乗る男の身元を調べてもいいんだぞ」

マクベインのやつは電話の向こうでそう言ったんだ。

おれは不覚にも、椅子に座り込んだ。それでただ黙って、あいつの声を聞いていた。

あいつはとっても楽しげだった。

「こちらのお願いを一つ聞いてくれたら——手元にある、お前の計画に関する資料は全部シュレッダーにかけてやる」

おれは茫然自失だった。あいつは「ほほぉ」と、これほど楽しいことはないという感じだったな。

「そんなに大切なプランだったとは。これは思わぬ拾い物をしたらしい」

なんと言ってごまかそうか。いや、ごまかすまいか。

袋小路に追い込まれたコソ泥時代のことを思い出した。

マクベインとの付き合いは古い。古くてよく覚えていないが、初めて出会ったのは、確か、イギリスの豪華客船の中だった。大量の贋作絵画を船の中に隠して、サザンプトン港からニューヨークに運ぶ計画で、船に隠して積み込むのは予定通りだった。問題はその船に、マフィアに追われておれ自身も乗り込んでしまったこと。おかげで間抜けのマフィアと頭の固いＦＢＩと、なにを考えているのかわからないマクベインに、客船の中を一か月にわたって追い回された。結局あの船はニューヨークを前に沈んでしまった。おかげであの日、フィリアス・フォッグは死んだことになり、しつこいＦＢＩから解放された。ところがマクベインだけは、おれが水面からぷっくり浮かんで生還したことを見届けやがった。

以来、あいつとはたびたび顔を合わせることになる。どういうわけか絶体絶命の、もしくはひどくことが入り組んでいるときにやってきて、お前が生きていることをＦＢＩにチクるぞと脅しては無理難題を押しつけてくる。あいつは国家が大事なやつだから、目的のためならおれをこき使おうがダシにしようがお構いなしだ。あいつは、自分がおれの生殺与奪（せいさつよだつ）の権を握っているのだからかなわない。おかげでこちらも気兼ねなくあいつを利用させてもらっているが。

それにしてもなにが困るって、マクベインとうちのマリアの気が合うってことだ。おれの周りには確かにいろんなことが起きる。しかしそれは全部おれが悪いのか？

あの朝、あいつはおれに、一つお願いがあると言った。

最近よくお願いをされるもんだ。キャンベルのやつがなにか奇妙なものを持ち込んだのだろうか。

「絵を一枚、盗んでもらいたい。そこそこ急いでいる。十日以内に」

それは、朝の六時に携帯のベルが鳴って「朝の六時だ。助けてほしい」と言った、あのキャンベルの唐突さにすこぶる似ていた。

「なんでおれが、絵を盗まないといけないんだ？」

おれは心底不思議だった。でもマクベインのやつは当然って様子だ。

「詳しくは話せない。ある情報屋が、テロ計画について大きな情報を摑めるかもしれないと言ってきた。そして、その報酬は金でなく絵を指定した。よくあることだ。いかなる要求も国家の安全には代えられないだろ？」

「それはそうだな」

「ところがその絵を保管している美術館は、協力してくれなかったんだ」

「どういう協力だ」

「下っぱのギャングに情報の報酬として渡したいから、絵を譲ってくれっていう申し出に対してだ」

「それゃ——美術館としては断るな」

「千人規模の人命に関わるかもしれないのに——か？」

「比較の対象が違うからな。人間はあとからあとから生まれるけど、絵はたった一枚で、二度と生まれない。自分に関わらない生命——不特定多数の生命のために、美術館は自分たちの絵を渡したりはしないな。それも、下っぱのギャングなんかに」

「われわれと美術館のやりとりを聞いていたのか。いまお前が言った、ほぼその通りに断られたと報告を受けている。でもわれわれには、そのギャングが持っている情報が大切なんだ。絵の一枚や二枚、それこそあとからあとから生まれる」

「理屈だな」

「それで盗む必要がでてきた。ところがわれわれがやると、そう——泥棒っぽくはいかない。インテリには、粗暴というものが理解できないんだ」

「それは間違いのないことだ」

「政府が関わっているなんてわかったらえらいことになる。国家権力が、泥棒を働いたなどと。最近は陰謀論を唱えるのが好きな奴らも多くて、少々のごまかしでは済まないんだ」

「事実ならなおさらだ」

「そう。その通り。それで、われわれではない者にやってもらうことにした」

「それが無難だ。そいつにやらせて謝礼を払えばいい」

そういえばそういう映画があったな。礼金は公園のごみ箱の中で、結局依頼人がわからないってやつ。おれはそんなことを思い出していた。

「それが相手は天下の美術館で、警備も厳重だ。もし失敗して犯人が捕まったり、絵を盗み出せなかったら、テロ情報がおじゃんになる」

「美術館に少し手加減してもらえ」

「いや。はっきりと断られたんだ。ＣＩＡなんかと関わりたくない。裏取引もお断りだって」

「ふーん。だったらアメリカ国内の美術館じゃないんだな」

「いや、アメリカ国内だが、私立の美術館なんだ」

「なるほどな」

おれはほんとうのところ、マクベインと話をするのは嫌いじゃない。

「で、お前に白羽の矢が立った。あいつなら盗めるだろうって」

「それは光栄だ」

「で、最近のお前の周辺を丁寧に洗ったのさ」

そのときおれは――ちょっと背中に汗をかくのを感じた。

――お前にはいろいろ貸しがある、助けてくれなかったら、お前のことを洗いざらいどこかに暴露してやる。

そうさ、まったくキャンベルと一緒。

善行を施そうという人間に、どうして神様はこういうやっかいごとばかり持ち込むんだ？

メクレンブルクの身元調査をＣＩＡが本気だしてやったらイチコロだ。もちろんメクレンブルクの身元がわかっても、おれがなにか痛手を被る(こうむ)ことはない。一枚のブリューゲルがベルギーの古巣に帰れなくなるというだけだ。

おれは考えた。

いっそ、ここは四の五の言わず盗んだほうが早いんじゃないか？

マクベインは「お前がなにを企てているかにはまったく興味はない」って言ってくれていることだし。

ターゲットはメトロポリタン美術館。盗み出すのはフェルメールの『少女』。

となると、まずは愛する相棒の了解を取らないといけない。

彼女は『ニンフと聖女』の対応に追われていた。

じつは、発見されたと発表したときにはまだ『ニンフと聖女』の制作に取りかかってもいなかった。それでもおれは持ち主が公開を渋っているという言い訳を立てて、ラフな模写を公開することで乗り切ることにした。ルービーズの絵画部長、グリムウエードの協力があればなんとでもなる。そしてマリアは、メクレンブルクに覚えさせる台詞（せりふ）を作成したり、マスコミにリークして情報を錯綜（さくそう）させたりと、八面六臂（はちめんろっぴ）の活躍だった。極めつけは、完成させた贋作をラルケに見せ、「背筋に悪寒（おかん）が走るような衝撃」とコメントさせたことだろう。アムステルダム大学のほうは心配に及ばないが、ラルケの首根っこは押さえておかないといけない。それから彼女は、世界中からやってくる問い合わせを精査、対応していた。

切れ味のいいマリアの仕事っぷりはいつもながらほれぼれする。

でもその切れ味がこちらに向くと恐ろしい。

あなたが動くたびにあたしの用事が増えていくとおかんむりだった彼女から、これ以上なにか増やしたら出ていくからと言い渡されていたんだ。

マクベインとの電話を切ると、おれは恐る恐るマリアに話を切り出した。

「マクベインのやつが、おれに盗みを働けって言ってる。そうしないと、メクレンブルクの身元を洗うって」

彼女は手を止めておれを恐ろしい目で睨み付けた。まったくあなたって人はからだに鈴でも付けて災いを呼びながら歩いているんじゃないのという内なる声が聞こえて、ふつふつとした怒りがビームになって空中を飛んでくる。彼女はそのまま受話器を上げるとついと声色を変えて、マクベインに電話をした。

「こんにちはマクベイン。そちらのお天気はどう？」

少々揉めたが、マクベインはなんとかマリアの了解を取り付けたのだ——。


話をまとめるとこうだ、とおれはキャンベルに言った。

「ＣＩＡの潜入捜査員が、情報の金脈を探り当てたと思え。普通は情報供与の見返りに金を渡す。今回の情報の価値は三〇〇〇万ドル。相手がギャングの下部組織ってところも加味すると、言葉通り、対テロ関連だろうな。だがギャングたちは、金なんかもらったら、情報を売ったことがばれて海に沈められると躊躇した。でもCIAは、金に糸目はつけずなんとしてもその情報ルートを確保したい。そこで相手のリーダーが、報酬を絵にしてくれと言ってきた。売れば闇でも三〇〇〇万ドルはかたい絵がほしい。相手が指定したのがフェルメールだった。所蔵するメトロポリタン美術館はもちろん、引き渡しを断った。でもCIAの連中も引き下がらない。そういうやつらは片意地だからな。で、おれにお鉢が回った。なんでおれがそんな依頼を飲まなきゃならなかったか。わかっているよな。お前の教会で盗まれた絵のために、いろいろやっていたからだ」

「それはありがたいと思っている」とキャンベルはしんみりと言った。

「ギャングの下っぱ連中は、自分たちが絵を盗み出したことにして、上のボスに三〇〇〇万ドルで買い上げてもらう。疑われることなく、三〇〇〇万ドルが懐に入る。そしてCIAはテロ組織の中央に食い込んだ情報ラインを買い上げたことにもなる」

「うん。話はわかる」

「そうやって面倒が増えたんだよ」

「でもそれとうちの絵に、どんな関係があるんだ」

「心配するなと言っているだろ、そっちは順調なんだ、話がこんがらかっているだけで」

「だから祭りまでに――」

「わかったよ。もし、ブリューゲルが、お前の村の祭りを見たいと思ったら、祭りまでに戻ってくるだろうさ。間に合わなかったら、ブリューゲルはワトウの祭りに興味がなかったってこと。なんか言われたらどっかのガキがトマトを投げつけて、シミになったから洗いに出しているとでも言っとけ」

「順調なんだな」

「盗み出したメトロポリタン美術館のフェルメールはちゃんとマクベインに渡した。だから終わったんだ。あとはメクレンブルクの身元が割れない限り、大丈夫」

大きな声で話をしたので、疲れる。

そのうえ嘘を混ぜているので、なお疲れる。

ギャングどもが『少女』に執着したのには理由がある。

あの絵は金の卵を生むニワトリだからだ。

かつて『モナ・リザ』が盗まれたときも、六人の金持ちが盗まれた『モナ・リザ』だという絵を買った。盗んだやつは、本物を部屋の隅に置いたまま、贋作を量産して、稼げるうちに稼ぎまくったのだ。今回も同じ。ギャングどもは美術窃盗に少々明るかったのだろう。『少女』は模写しやすい絵だ。おいおい偽物（にせもの）が出回るだろう。マクベインは『少女』がどうなっても構わないのだろう。おれだって、相手が『少女』じゃなかったら、どうなっても構わなかったさ。ほんとの話。

その日、キャンベルは珍しく食い下がった。

「ちょっとそこらのものを黙っていただいたり、ギャンブル好きから金を巻き上げるのとはわけが違う。相手は天下のフェルメールだぞ。ＣＩＡの奴（やつ）らも、おまえも、そんなに軽々しく扱っていいのか」

「なんだ。フェルメールが好きなのか」

そういうわけではないがとキャンベルは言葉を濁した。

「みながありがたがる画家じゃないか。そういうのをダシにするというのは――」

「ありがたがる画家だからダシになるんじゃないか。人は絵のなにをもって名画だと認識するかわかっているのか？」

「そりゃ――芸術性ってやつだろ」

「そうだよ。その芸術性ってのはなにで判断される？」

「そりゃ」とキャンベルは言葉に詰まったあと、「偉い先生がいい絵だと言うことだろう」

「ご名答。で、偉い先生はなにをもっていい絵だと言うか、知っているか？」

「そりゃ——なんだろう」

「値段が高いことだよ。美術評論家の先生の仕事は、値段の高い絵に、その価格がふさわしいという理屈を付けること。いかに褒めるかの技術を日々磨いていらっしゃる」

「お前の言い方だと、フェルメールは評論家の手で名画に化けたとでも言いたそうだな」

　フェルメールの絵が化けたとは言わない。

　彼ほど無心に絵を描いた画家は珍しいと思っている。

　だが、美術界が一筋縄でいかないのも事実だ。

　イアンはそこでため息をついた。

「仕方がないんだ。フェルメールの絵は少なすぎるから」

　純朴な神父には思いもつかぬことだろうが、アメリカの金持ちに「布切れに絵の具」というものに何百万ドルもの金を出させるには、それ相応の仕掛けがいる。

　フェルメールを高く売り出したのは、トレ・ビュルガーという十九世紀のフランス人画商だ。フェルメールという画家を発掘してアメリカの成り金たちに売った。そのときには七十点ほどの絵をフェルメール作として売り出した。そのあと真偽に問題が出て、二十点ほどになった。その時点で、画商の商売の仕方がおかしかったといえる。そのあとぽつぽつと、フェルメール作と認定される作品が出るようになった。

そうなると贋作が作られる。しかしただでさえフェルメールの研究が十分でない。そのうえフェルメールといわれれば売れるんだから、認定は甘くなる。贋作画家が描いたフェルメールがいまでいう一億ドル以上で売れた。それも、買ったのは個人収集家じゃない、りっぱな鑑定士がいるはずの美術館だ。『エマオの食事』『キリストと悔恨の女』——数え上げたらキリがない。

フェルメールの作品で、安全確実ってのは少ないよ。

なぜそういうことになるか。

当時の画家が、お互い人の絵をまねたりして切磋琢磨(せっさたくま)していたからさ。それでお互い似てくる。フェルメールでいえば、同時代のピーテル・デ・ホーホ、もしくはすでに有名だったレンブラントに似てくる。それは避けがたいことだ。専門的にいえば、カラバッジオの流れを強く受けたホントホルスト派からかなりの影響を受けたといわれている。でもやっぱり、先輩画家のホーホに最も近いんだ。ホーホは、同じ町内の画家だったから。

『聖プラクセディス』は、フィチェレッリというイタリア人画家が描いた作品にそっくりだ。だからフィチェレッリの作品だろうっていわれていた。それを美術史家のウィロックがフェルメールの作品だと言い出したのが一九八六年。二つはコピーしたみたいに一致している。ウィロックはサインを根拠にフェルメールの真筆と認定したが、フェルメール作品を三点収蔵しているマウリッツハイス美術館の絵画修復責任者は、そのサインについてまったく考慮に値しないと言った。ウィロックが認定したフェルメールの『聖プラクセディス』はアメリカの財団が購入、その後、日本人が六二四万ポンド、約九〇〇〇万ドルで落札した。

『マリアとマルタの家のキリスト』は現存するフェルメールの中で最も古い絵だ。だが、もともと持っていた家では絵の価値がわからなかった。二十世紀になって、画商が、絵の洗浄をしたら角からフェルメールのサインが現れたと言い、フェルメールの作品として知られるようになった。

『ディアナとニンフたち』は、レンブラントの弟子のニコラス・マースかヨハネス・ファン・デル・メートのものだと思われていた。十九世紀半ばまでの来歴は不明。この絵が、フェルメールの作品だとお墨付きを得たのは、使われていた顔料が『聖プラクセディス』のものと同じだったからだ。でもそれなら、もしかしたら二つともフェルメールじゃないかもしれない。理屈からいえば、『聖プラクセディス』がフィチェレッリの作品なら、『ディアナとニンフたち』もフィチェレッリの作品ってことになる。

『取り持ち女』という娼家を描いた絵も、レンブラントだっていわれていたんだ。『窓辺で手紙を読む女』は第二次世界大戦時、坑道に保管されてドレスデンの空爆を逃れ、ソ連に持ち去られたが、後に返還されてドレスデンの美術館が購入した。その昔はポーランドの王様がレンブラントだといわれて買った。その後、レンブラントは誤りで、ピーテル・デ・ホーホ作だといわれた。それから、フェルメール作ということになった。そこで価格が跳ね上がった。後にエックス線写真で、背景が塗りつぶされていることが判明した。その部分は絵の具が異なっているそうだ。だから、フェルメール以外の誰かの手が加わっていると考えられている。

『眠る女』もエックス線写真で撮ると消された部分が浮かび上がってくる。ドアの部分には犬が、隣の部屋には男が写っていて、そこまで含めると、マースの『居眠りする女中』にひどく似てくる。ただ、この犬や男を塗りつぶしたのはフェルメール本人で、この絵が彼のオリジナルであることは議論の余地がない。

『牛乳を注ぐ女』は間違いないんだ。フェルメールの最大のパトロンが、フェルメール本人から直接買ったものらしいから。この絵のモデルは使用人だが、黄色と青の色使いが高貴で、窓から差し込む日ざしのやさしさはもちろんのこと、なにより、無心に仕事をする女の表情、体幹のすべてが余すところなく魅力的だ。この絵は、一六九六年にフェルメールのパトロンで最大の保有者だったファン・ライフェンの遺産整理で一七五ギルダーで売却された。ちなみにそのとき二十一枚のフェルメール作品が売りに出された。現存するフェルメールの絵が三十七枚であることを考えると、その半分以上を持っていたってことだ。

　このフェルメールのパトロンが、彼の絵の半分以上を三十年にわたって持っていたということは名誉なことかもしれないが、反面、独占されていたわけで、だから絵が流通しなかったということでもある。皮肉なことだが、フェルメールという画家が長い間日の目を見なかった遠因であるかもしれないといわれている。

　同時にパトロンが手放した『デルフトの眺望』二〇〇ギルダー。いまの六〇〇〇〇ドル程度。それでも最後は、アメリカに流出させまいとオランダ政府が資金援助してアムステルダム国立美術館に購入させた。来歴が明らかな数少ない絵の一つだ。早朝の港を描いたもので、『失われた時を求めて』という小説の中では「世界でもっとも美しい絵」と表現された。この絵は上半分が空という贅沢(ぜいたく)な構図で、下半分には街がとても緻密に描かれている。下に立つ二人の婦人のところは、もともとは三人だった。建物の影と相殺するから消したのだろう。広い空と、ぽつぽつと立つ人のコントラストで、水が美しくみえるのが不思議だ。風景を描いたものはこの絵と『小路』の二枚しかない。

『小路』もまた、伸びやかで厭味がない。建物と空のコントラストで、街の荘厳さを出している。この、フェルメールが住んだデルフトという街は、オランダの真珠と呼ばれるほど美しい町だったという。そのうえ、厳密にいえばこの「小路」の建物は、フェルメールの創作だ。この場所にはこの建物はなく、ここは聖ルカ組合の建物の一部だったらしい。この絵の不思議な美しさは、そこに「おとぎ」があるからかもしれない。

『紳士とワインを飲む女』や『ワイングラスを持つ娘』は先行するホーホの『オランダの中庭』から着想したものだ。ホーホの作品は文字通り中庭の絵で、フェルメールの絵にあるのと同じ帽子をかぶった男が、フェルメールの絵にあるのと同じ衣装を着ている。違いは室内か、中庭か。フェルメールの絵は、女が座って男が立っている。ホーホはその逆。ホーホもフェルメールも当時は同じ職人仲間であり、独創性ということはあまり重要視されなかったのだと思う。ただ、よりよい作品を習得するためにお互いに切磋琢磨していたんだろう。
『ワイングラスを持つ娘』や『中断された音楽の稽古』は、二十世紀に鋼鉄で巨額の富を成したアメリカの実業家フリックが、出入りのノードラーって画商から買った。『音楽の稽古』はイギリスのロイヤル・コレクションにはいっている。ジョージ三世が欲しかった古書についてきたそうだ。当時この絵は同時代の画家フランス・ファン・ミーリス作だと思われていたらしい。ファン・ミーリスにも『デュエット』という、『音楽の稽古』とよく似た作品が残っている。ミーリスの方が先行しているので、フェルメールが彼の絵を参考にしたのだろうが、この二つを比べると、フェルメールが、当時の画家にしたら、空間の活用について試行錯誤していたことがうかがえる。いまでいうモダンの観念だ。静謐というものを絵にとらえたければ、絵がざわついていたらいけない。フェルメールが、背景を描いたり塗りつぶしたのには、そういう葛藤があったからではないかと思う。

当時のオランダは国際都市で、経済状態がとてもよかった。絵はそういう世俗も伝えてくれる。中流階級の娘たちはたしなみとして楽器を習った。それは、未婚の男女が縁を持つための道具でもあった。だからフェルメールの絵には楽器の練習風景がよく描かれていて、そこにはいろんな手段で男女の機微が隠しこんである。キューピッドの絵が描いてあればそれは偶然ではないし、ワイングラスがあれば、それもまた偶然ではない。ただ、今となればそういう慣習が忘れ去られて、その企み(たくら)は理解されない。

『青衣の女』は、一心に手紙を読む視線に、女の心の中を覗(のぞ)き見るようだ。フェルメールの作品はこうでなくてはならないと思わせる。鋲(びょう)を打った椅子(いす)と、その影がすばらしい。ちなみに、女性は妊婦ではない。当時はそういうふっくらしたスカートがはやっていたのだそうだ。

『天秤(てんびん)を持つ女』もフェルメールらしい絵だ。彼の描く、光の中に浮かぶ女性のひたい、頬の柔らかさは一級品だ。こんな絵があると、絵の前で時間を忘れるだろう。天秤にも意味がある。でもそんな意味を知らなくても十分に鑑賞できる。よいものをよいと感じるのに知識はいらない。そういうことを実感する絵だ。

『天秤を持つ女』は、フェルメールのパトロンの元にあったもので、遺産売却のときに一五五ギルダーで売られた。『眠る女』が六二ギルダー、『兵士と笑う娘』が四四ギルダーと記録に残っている。『牛乳を注ぐ女』が一七五ギルダー、五〇〇〇ドルぐらい。そういう数字を知ると、粛々(しゅくしゅく)と取引されていたのだと、改めて当時に思いを馳(は)せる。

「少女」

「ディアナとニンフたち」

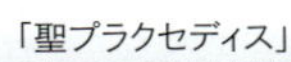

「聖プラクセディス」

「マリアとマルタの家の
キリスト」

「牛乳を注ぐ女」

「窓辺で手紙を読む女」

「眠る女」

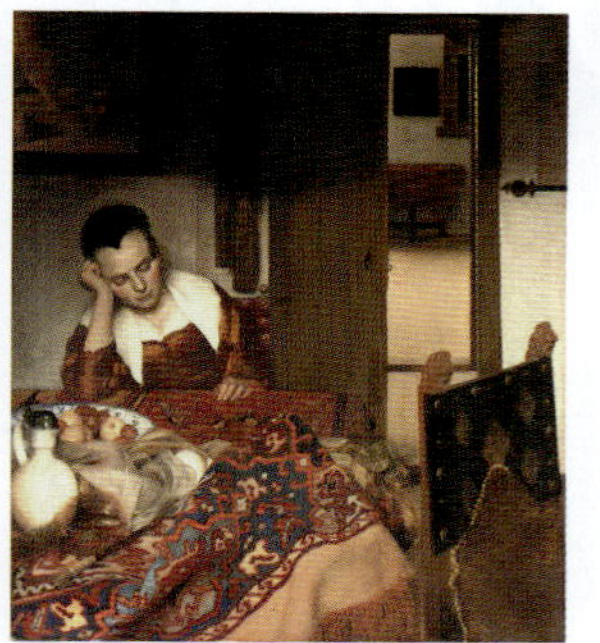

「取り持ち女」

「小路」

「デルフトの眺望」

「紳士とワインを飲む女」

「中断された音楽の稽古」

「ワイングラスを持つ娘」

「水差しを持つ女」

「青衣の女」

「音楽の稽古」

「天秤を持つ女」

「真珠の首飾りの女」

「リュートを調弦する女」

「レースを編む女」

「合奏」

「手紙を書く女」

「真珠の耳飾りの少女」

「赤い帽子の女」

「絵画芸術」

「フルートを持つ女」

「地理学者」

「天文学者」

「婦人と召使」

「手紙を書く婦人と召使」

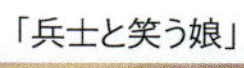

「兵士と笑う娘」

「信仰の寓意」

「ギターを弾く女」

「ヴァージナルの前に座る若い女」

「恋文」

「ヴァージナルの前に立つ女」

「ヴァージナルの前に座る女」

『水差しを持つ女』は一九八二年にアメリカ人投資家がピーテル・デ・ホーホの作品として購入。その後、フェルメールの作品となり、アメリカの銀行家からメトロポリタン美術館に譲られた。フェルメールの作品で初めてアメリカに渡ったものでもある。『リュートを調弦する女』はアメリカに渡った二作目のフェルメール作品。保存状態が悪いのでなんともいえないけど、元は光の美しさを切り取った良質な絵だったと思う。一九二五年にやはり、メトロポリタン美術館に寄贈されている。

『真珠の首飾りの女』の壁には、元々はネーデルラントの地図が描かれていたという。あの大きな空間を壁のままにするか大きな地図を掛けるかっていうのは、構図上の大きな要素だ。ここでもフェルメールが、自分の絵をどうしたいのか、自問自答していた片鱗(へんりん)がうかがえるような気がする。

『レースを編む女』は実に小さい絵だ。およそ二十センチ四方で、完璧(かんぺき)に作られた小品の風格がある。糸の赤が宝石のように美しくて、その美しさに無関心な女がいる風景は見る人をとても贅沢で幸せな気持ちにする。『手紙を書く女』もフェルメールらしい作品だ。テル・ボルフの『手紙を書く女』があり、ファン・ミーリスには『真珠をつなぐ女』という絵がある。三つ並べると、フェルメールの絵が一番現代的に感じられる。それは描かれている女性の視線があるからだと思う。

『合奏』は一九九〇年に盗まれた。その時点ではさほど有名ではなかった。一八九二年には五〇〇ドルで取引されているから、現在の一万八〇〇〇ドルぐらいだ。盗まれたとき一五〇〇万ドルと見積もられていたが、いまや二億ドルといわれている。奇しくも同時にレンブラントの『ガリラヤの海の嵐』も盗まれた。そのときの評価では、『合奏』が『ガリラヤの海の嵐』より被害額を高く見積もられている。いまやフェルメールには、それほど希少価値があるということなのだろう。

『真珠の耳飾りの少女』は『青いターバンの少女』とも呼ばれる。いまでこそ『モナ・リザ』と並び称されることもある絵だが、一八八一年には二ギルダー三〇セント、一〇〇ドル程度で取引されていた。ヨーロッパでは基本的に、絵は増えていくばかりで、減ってはいかない。ほとんどはインテリアであり、壁に花を飾るか絵を飾るか、そういうときの選択肢の一つに過ぎない。確かに一点ものではあるが、大量生産時代ではないからそれは当然の前提で、『真珠の耳飾りの少女』ももともとは名作として扱われていたわけではないということだ。

この少女の絵はちょっと官能的だ。ちょっと開いた口元、こちらを見つめる興味深げな視線——少女から発せられるのは少女であるがゆえの危うさで、それが普遍的なものだから、三百五十年前の絵画には見えない。加えて、背景を陰影のない黒に塗りつぶすことで、絵はモダンなものになっている。背景を陰影のない黒に塗りつぶすことが彼の先進的な手法だったわけじゃない。それでもこの絵ほど塗りつぶしの手法が有益に作用している作品も珍しい。それにしても壁を飾る一〇〇ドルだったインテリアが、いま市場に出れば一億から一億五〇〇〇万ドルはかたい。いまや人びとがこの絵を見るために休日をつぶして電車を乗り継ぎ、列をなす。

『赤い帽子の女』と『フルートを持つ女』は、いまも真贋が疑問視されている。言わずもがなだが、もしフェルメールの絵でないとなれば、価格は百分の一まで落ちるだろう。価格は、フェルメールの希少性に対する対価でもある。その意味するところをキャンベルに理解できるかということなんだよ。

『絵画芸術』も、当時五〇フロリンで売り買いされている。そのときには、やっぱりこれもホーホの作品として流通していた。ホーホのサインまであったんだ。それでも今ではフェルメールの作とされている。フェルメールが描いてホーホにサインだけしてもらったのかもしれない。ホーホのサインがあるほうが高く売れるならそうしたのさ。珍しいことではなかった。そのうえ彼は画商でもあったんだから。ホーホであれば売れるならホーホにしたし、フェルメールのほうが売れるならフェルメールにする。

芸術の世界だけが、俗世間の欲求と別のところにあるわけじゃない。だけど人は、芸術には身も蓋（ふた）もないことを求めない。人の世界になにか俗じゃないものを求めたいと思うのが庶民で、それが愛と神と芸術だ。だけど本当に俗じゃないのは死のみだ。なぜなら死は解釈の問題ではないから——。

『絵画芸術』は、第二次世界大戦で侵攻したナチス・ドイツのヒトラーが、オーストリアの伯爵（はくしゃく）から一六五万帝国マルクで買い取った。戦後、ナチスが接収した美術品は持ち主に返還されていったが、『絵画芸術』は接収ではなく売買されたものだと判断されて、伯爵の権利は認められず、絵はオーストリア政府に返還された。

『婦人と召使』と『兵士と笑う娘』もアメリカの富豪フリックが大人買いした作品だ。『兵士と笑う娘』は、テーブルがあって、壁に地図があって、窓があり女がいる。フェルメールの描き慣れた構図だ。『婦人と召使』はその十年後の作品で、色使いに裏ごししたような細やかさがある。二枚の絵の優劣をいえば、それは、声量で歌う青年期と技術で歌う壮年期のどちらの歌声が好きかという、好みの問題だろう。

『天文学者』と『地理学者』は対で描かれたと思われる。描かれているのが同じ男だからだ。毒や厭味のない、柔らかく美しい、フェルメールらしい作品だ。こういう、フェルメールらしい作品というのは当時から愛されたのだろう。この二作は彼のパトロンに買い取られていたが、そのパトロンが亡くなったときにも売却遺産の対象には含まれなかった。一七一三年にロッテルダムで二枚まとめて三〇〇フロリンで売られ、買った画商が亡くなった七年後に二枚で一六〇フロリンで売られているが、作はフェルメールと明記され、一級品の分類になっている。買った人間は九年後に一〇四フロリンで売却する。そのときにも「崇高かつ巧妙な作品」とわざわざ書かれていたらしい。残念なことに、その後どこかでこの双子(ふたご)の絵画はばらばらになってしまう。『地理学者』はドイツで美術館に売られた。『天文学者』はドイツ侵攻の際、パリのホテルから接収され、その後、持ち主のロートシルト家に返却されて、フランス政府に納められた。これでドイツとフランスに分かれて所有されることになった。ドイツのシュテーデル美術館もフランスのルーブル美術館も、絶対に手放さない作品だからだ。

フェルメールは一六七五年に死去したが、最後まで、自分が求める作風について模索していたらしい。一六七〇年に入ると以前と作風が変わってくる。かつてのフェルメールを感じるのは『手紙を書く婦人と召使』だろう。無防備な人間の表情を捉(とら)える彼の本領が出ていると思う。

同じように、女主人と召使をモデルにしたのが『恋文』だが、こちらの絵では女主人が手紙を受け取る側になっている。

『信仰の寓意(ぐうい)』は一六五六年、どこかの郵便局長が結婚式で誰かから祝いの品として贈られたものらしい。その後何度も競売にかけられて、一八九九年に七〇〇帝国マルクで売買される。この絵がフェルメールの作品だと気がついたのが美術史家のブレディウスだった。そのときはエグロン・ファン・デル・ネールの作品として七〇ドル程度で取引され、フェルメールの真作と認定されたあと、一九二八年にアメリカ人に三〇万ドル——現在の価値で約二二〇万ドルで買われた。

同じ時期の作品には『ギターを弾く女』がある。『恋文』もそうなのだが、フェルメールにはこの作品と同じ服をモデルに着せている絵が六枚確認できる。気に入っていたのか、それとも毛皮のついたこの黄色い服を自分の作品の符号にしたかったのだろうか。ついているのは当時の最高級品の毛皮で、その服は彼の財産目録にも載っているものだ。

『ヴァージナルの前に立つ女』と『ヴァージナルの前に座る女』は、対で描かれたものだろう。『ヴァージナルの前に座る若い女』は、一九〇四年まで存在を知られず、その後も長い間模作じゃないかといわれてきた。二〇〇四年にフェルメールの真作だと鑑定され、一六二〇万ポンド——約三〇〇〇万ドルでラスベガスの金持ちに買われた。いまも個人宅のどこかにあるということだ。

二十世紀後半から一気に上がったフェルメール熱により、本来なら認められるべき、もしくは認められていた画家が、不当にその名を「貶（おとし）められた」のは事実だ。フェルメールの特徴とされる「透視画法」という遠近法を取り入れた画法は、キャンバスの上に針を立ててチョークの粉をまぶした糸を張り、はじいて線を引いたというものだが、そもそもピーテル・デ・ホーホが発明、研究してフェルメールより十年も前に習得、消化したものだ。すなわちフェルメールの透視画法も、構図も、ホーホのものと言ってもいい。二人は同時代、同地区に住んだ日常生活を共にする同業者であり、ホーホにすればフェルメールは後輩にすぎなかったのだろう。だが、画商たちはホーホの成果をすべてフェルメールのもののように言うことで彼の画家としての価値を高めていった。

　フェルメールには同時代の画家、ハブリエル・メッツーの模倣も多い。十九世紀まではメッツーの作品のほうがはるかに価値があり、フェルメールの作品はメッツーのものとして取引されたりした。そのほうが高く売れたからだ。フェルメールがメッツーを真似（まね）たのは明らかで、そのメッツーはレンブラントやホーホの影響を受けている。それで、フェルメールの作品がレンブラントと特徴を一にするという事態が生まれる。フェルメールは四十三歳で死亡し、「若くして亡くなった」と悲しまれるが、メッツーは三十八歳で死亡し、その間百点以上の作品を残している。

同じ時代、同じ出身地の画家たちの中でも、ルーベンスを師匠としイギリスに渡って宮廷画家になったヴァン・ダイクとは違い、メツーは鶏屋を営んで地元の人々を描き続けた。メツーの『手紙を書く男』『手紙を読む女』は、すくなくとも柔らかな日差しとその明るさにおいてはフェルメールを凌いでいる。メツーの絵の詳細さ、繊細さ、なにより、生活感に対する愛のようなものは、人をひととき優しい気持ちにする。それが今ではまるでそんな画家はいなかったみたいな扱いだ。

そもそも贋作画家メーヘレンが描いた稚拙な絵を見て「おお、フェルメールだ！」と叫ぶような評論家がちまたにあふれていた。それはフェルメールという画家にとっていいことなんだろうか。そしてフェルメールの絵の半分がいまアメリカにある。解釈すれば、フェルメールの作品は、高価な商品として扱われているということだ。そこには魑魅魍魎が這い寄ってくる。

愛も神も芸術も、俗世界の地続きにある。

キャンベルは言った。

「フェルメールというのは、慎み深いまじめな画家で、数が少なくて絵がとてもいいから、それにあやかろうといろんな奴が寄ってきて、商売にしようとしたというんだな」

「そのうえ子供は十一人。十五人生まれて、四人亡くなったそうだ」

「十一人！　そりゃ、大変だ」

「そう。それで、同じ部屋ばかりを描いているんだ。衣装も同じ絵が何枚もある」

――そう。確かに慎み深いんだ――「でも絵の具は贅沢な宝石を砕いて練り込んだ青を使っている。奥さんに理解があったんだろうね」

なんだか切なくなる話だ。真珠のように美しい街の片隅で、同じ画業の人びとと交流をしながら、切々と絵を描いた。晩年はオランダ経済が斜陽になり、文化が変貌して金回りも悪くなり苦労をした。彼は四百年経って、こんなに騒がれる画家に化けているとは思ってもいないことだろう。

「それで話を戻すと、その『少女』って絵はどうなったんだよ」

「下っぱのギャングから買い上げたボスが、知己のイタリアマフィアに六〇〇〇万ドルで売り付けた。マフィアはさらに、昔から商売をしている日本の美術館に売った。だからいまはそこにある」

「盗品を美術館が買ったのか？」とキャンベルは胡乱な声を出し、「特別な美術館なんだ」とイアンは答えた。

キャンベルとの電話を切りながら、イアンは憎々しく思い出す。

隆明会のやつ。

『少女』をTAKE美術館なんかに置いておくつもりはない。だから平和的に買い戻そうとしたが、あんなにかたくなに買い戻しに応じないとは思っていなかった。

――そんな絵はない。ただ、うちも顔が広いから、金額によっては探し出して交渉してあげてもいい。

足許(あしもと)を見るやり方、恩きせがましさ、貪欲(どんよく)さ。そこには美術品を扱うものの矜持(きょうじ)のかけらもない。

裏を返せば中地という男は真っ当な商売をしないということで、それなら手加減なしでいいということだ。それで、膨らみきった「キャンベル神父ワトウ教会の絵を取り戻す大作戦」の経費を隆明会に少し肩代わりしてもらうことにした。

それにしてもキャンベルのやつ、これもそれもすべて、自分がかけてきたあの一本の電話のせいだということがわかっているのだろうか。

それからイアンはパソコンを開いた。

パソコンにはBBCの速報を保存している。それをもう一度見直した。

『昨夜未明、フェルメールの真作が発見されたゲオルク・メクレンブルク氏のスイスの邸宅に、何者かが侵入した。被害にあった絵画は二点、被害総額は不明』

情報を求めるという言葉の下には、盗まれた絵画二枚の写真が公開されている。一枚は山と教会の塔、その向こうに海が見える古い板絵。もう一枚は頭のうしろに孔雀の羽を広げたみたいな派手な飾りを付けた、赤いドレスを着た貴婦人の肖像画だ。板絵を見るたびに、なんという写りの悪さだと呆れる。

これでは目の前にあってもわからないではないか。

まあ、うちの相棒のことだから、ぬかりのあるはずもない。

写真公開直後に相棒からきたメールが『連絡多数。手に負えず——だって。情報の整理に追われているみたい』だったから。

メールが伝聞形になっていたのは、現地で待機しているのが、ドイツ語、イタリア語、フランス語とオランダ語も話せる若いやり手の弁護士で、彼からの情報を彼女が統括しているからだ。

盗まれた二枚の絵を返してほしいと訴えたメクレンブルクのところには「盗んだやつを知っている」という連絡がぞくぞくと入ってきた。盗んだやつに交渉するから、金をよこせというのもあった。絵を取り戻すのにいくら払う用意があるかと聞いてくる。もっと心臓が強い輩は「自分が盗んだ」と言ってきた。彼らは「返したらいくらくれるのか」と聞いてくる。メクレンブルクの屋敷から盗まれた絵なんかないというのに。金の匂いのするところにはどこにでも首を突っ込む輩だ。うまく金になればめっけもの――なんの考えもないんだな。

それにしても、情報のほとんどが、頭に孔雀の羽を付けた女の肖像画についてのものだ。

これだけ網を張って、なんにも引っかからないってことがあるだろうか。

イアンは携帯を摑むと、その場でマリアに電話をかけた。

「情報が集まらないということは、あの写真ではわからないってことじゃないのか」

「わかりやすい写真にしたら、それこそ美術評論家が反応する。盗んだ人間にはあれで十分。あれ以上鮮明な画像はむしろ危険よ」

「――薪にされてたらどうする？」

「あれだけ情報を投下したら処分はされない。そのために五〇万ドルって破格の情報料を提示しているんだもの。盗んだ人間か、そのボスか、買った人間か、扱った画商か。どこかで必ずひっかかる」と彼女は揺るぎない。

「それより」と、マリアは電話口で淡々と言った。

「メトロポリタン美術館の『少女』の盗難を受けてＦＢＩが動いていて、どうやらあなたに疑いの目が向いている」

思わず絶句した。

ＦＢＩといえば、よっぽど犯罪の手際のよさに腹を立てていたのだろう、よくわからない理屈をわめき散らしていた——賊は、無謀な強奪を仕掛け、まったく偶然に成功したに過ぎない。ありきたりで単純な犯行ほど、検挙が難しい。そういう事例の一つである——と。

「なんにも証拠は残してないよな」

「残してない。だから、これだけの大事件なのにおかしいってことになって、それであなたの名前が挙がったんだって」

「それはおかしいだろ。証拠がなかったらおれなのか」

「あの強烈な負け惜しみを覚えているでしょ。犯人の手がかりが摑めなくて自尊心はぼろぼろの、もう、血眼。ＦＢＩの古株はあなたのことを覚えているから。十五年前にボストン美術館から浮世絵を盗み出した件をよっぽど根にもっているみたい。それから、イギリスのサザンプトンから船で絵を大量に持ち出して、全部沈めたのも。あの絵、全部フェイクだったっていうのにね。今だに彼らは文化財の大量盗難だと思い込んでいる。そしてあの事件であなたは死んだことになったのに、ＦＢＩの捜査官は、あいつが生き延びていたに違いない、今回の人を愚弄して出し抜く手口を考えると、もうあいつぐらいしか思いつかないって言っているそうよ。いまのＩＴとプロファイル世代の捜査官たちはそういう古いタイプの捜査官の言葉には耳を貸さないものだけど、手持ちの札がなきゃ、そこにすがる。今回も証拠は残していないからいいけど、困るのは嗅(か)ぎ回られて、マクベインと同じようにメクレンブルクのことにあなたが関わっていることに勘づかれること」

「だからアメリカ国内を避けてスイスにしたんだ。それは大丈夫なはずだ」

「早く切り上げてくれない？」

「隆明会が抱えた絵を、吐き出さない」

「だったらお腹(なか)をドンと叩(たた)くのね。吐き出すから」

そんなころ。

ベルギーのとある画材店に、男が板絵を持ち込んだ。

石畳の坂の途中にある、間口三メートルほどの小さな画材屋だ。画材店が集まっている通りから少し外れている。代々百年続く商売で、レンガ作りの奥の倉庫には創業当時から売れ残っている板や額、キャンバス、絵の具、ブラシなどがそのままある。

店内には額が縦になったり横になったりして立ててあり、身を斜めにしないと奥へ入れない。流行りのレイアウトにしないかと銀行が言ってきたこともあるが、商品の量の多さに閉口して諦めた。一旦引っくり返したら元通りに戻せないおもちゃ箱みたいだ。

需要も供給もある。朝仕入れたものが夜には売れるという世界ではないだけだ。朝仕入れたものは五年後の昼に売れるのがこの手の画材店のサイクルであり、三百年前のキャンバスの切れ端まで売り物になる。四百年程度の古さの額は、ほぼまともな状態にはない。そういうものは手をかけず、崩れたり外れたりしたまま保管する。買い手は、そういうものを望むのだ。それぞれに用途があるから、小綺麗に直すことが正しいわけじゃない。手前には比較的新しい、綺麗な安物を並べた。手軽にリビングに飾れるタイプだ。売れ筋は、金色の縁取りの写真立てで、ここ五十年変わらない。

古物市に出向いて買ってくることもあるが、大体は業者がトラックで持ち込んでくる。家の解体業者なんかが家のもの一切合切を大まかに分類して持ってくるのだ。そういうなかに、古い蝶番や写真立て、額縁などがある。大体はどこかが欠けていて、手入れが悪く、煤やヤニがこびりついている。長い間放置されていたのだろう。

欲しいのは素材だ。古い板というだけで、大層な値で売れていく。

その坂の画材店に一台のピックアップトラックが乗り付けた。

持ってきたのは古くて大きな絵だ。縦一メートル、横一・六メートルあった。

店主はまだ四十代だが代々の画材屋だ。たいていのものは見ればその素性に見当がつく。だというのにそればかりは、いつの時代のものかさえわからなかった。

持ってきた男は、一見普通の男に見えるが、慣れた人間にはわかる。通りすがりの年寄りの頭を殴って鞄を持っていくタイプだ。

「屋根裏にあったんだ」

男はそう言った。

店主は外出する前だった。妻はお気に入りのネックレスを首に巻いて、サンダルを新しいのに履き替えていた。娘は買ったばかりの髪飾りを頭につけて、それを弟に引っ張られては手を払うという小競り合いを続けている。

絵は薄気味悪いほど古かった。脂と煤が層を成している。長い間からだを洗わなかった人間は、垢がからだを守る皮膚の役割をするようになると聞いたことがある。絵はその話を思い出させた。

絵が描かれているのはたぶんオーク材だ。板は、布が普及する前の素材だ。十六世紀までは板に描くのが主流で、板は地域で取れた木から作られた。中でもオーク材は絵画を描く素材に適しているといわれ、このあたり――フランドル地方の画家は大体オークを使った。この店でも入ってくる板絵の多くはオークで、古いオーク材は高値で売れた。

「いい板だ。買い取るよ」

三〇ユーロを渡した。もっと弾めと言ったので、少し足した。すると男はそれを受け取り帰っていった。坂に止めた車は荒々しく発進して、車の中には別に男と女が一人ずつ乗っているのが見えた。

店内でかけていたラジオからは、アムステルダム大学の調査により、三か月ほど前にスイスで発見された『ニンフと聖女』が正式にフェルメールの作品だと認められたというニュースが流れていた。フェルメールの三十八点目の作品で、室内画でなく、宗教画だからありがたいというのだ。

画材屋は、美術学校を出ていた。芸術家になりたかったのでなく、女子美大生に憧（あこが）れていたからだ。家が画材店なもので、絵を描くのを趣味にしたら金がかからないという考えもあった。

そこで絵画の修復についても学んだ。地元の美術学校だったので、科学的な修復作業は字の上だけで学習し、絵が描かれたときのままの状態で残っているケースは少ないということも知った。サインは簡単に書き換えられるし、そもそも写真ができる前の絵は、記録媒体という側面が強いので、誰が描いたかということにそれほどの重みはなく、名義貸しするように、売れっ子は自分のサインを幾ばくかの金で売っていた——できあがった絵にサインだけを書き込んだ時代もある。そのうち絵に興味を失って、行きつけのパン屋でバイトをしていた女の子と結婚した。「火事だけは出すな」というのが家訓だ。倉庫にうずたかく積み上げた時代物の画材が財産なのだから。

——フェルメールがそんなにありがたいのだろうか。昔はフェルメールなんか、なんの価値もなかった。そのことは、代々の画材屋である彼だから知っている。

フェルメールの時代は、作品を写すのは一般的だった。フェルメールは売れない商業画家で、さほど志が高い人間じゃなかったのではないか。もちろん、どんな時代だって食っていかなきゃならないんだから、志より今日のパンだ。妻と十一人の子供を抱えて、彼だって空気を食っては生きていけない。

物語画家になろうとしたがうまくいかず、風俗画を描くようになった。兼業で画商もしていた。昔の画商は、そもそもはおれたちみたいな画材屋だ。絵を描く道具と一緒に、絵を並べていたんだろうな。

死亡したときには借金があり、持ち物はすべて売られた。妻が売った目録の中には、いまは存在しない作品もある。ナチス・ドイツが印象派を嫌うあまり、フェルメールに執着したことから、その価値が上がったともいわれている。

　フェルメールの絵は彼の絵だとわからず、もしくは隠して取引されていた歴史があるので、彼の描いた宗教画はどこから出てきてもおかしくはない。

「ロシア人かぁ」と画材屋は呟（つぶや）いた。

「あそこだったらどんな絵があっても不思議じゃないんだよな。彼らは根こそぎ持っていったんだから」

　そして画材屋の店主はさっき買い取った絵を額と額の間に押し込んで、家族で食事に出ていった。

　明日は祝日で明後日（あさって）は定休日だ。

　それから二度目の定休日の前日だったから、新しく『ニンフと聖女』がフェルメールの真作だと鑑定されたというニュースが流れた十二日後だったと思う。テレビには、二か月以上も前にスイスのロシア人の屋敷から盗まれた二枚の絵が映っていた。

　画材屋は、妻と二人の子供と食事をしながらニュースをぼんやりと見ていた。ずいぶん前の事件なのに、頻繁にニュースで流れている気がする。

「いったいどういうこと？」と娘。

「フェルメールっていう人の描いた値段の高い絵が、スイスに住んでいるロシアの人のお家から見つかったの。だからその絵を狙って泥棒が入ったんだけど、見つからなくて、別の絵を盗んだんだって」と妻。

「バカな泥棒だね」と息子。

「アメリカのメトロポリタン美術館でも盗まれたんだよね」と娘がしたり顔で言う。

「スイスに住んでいるロシアの人は、盗まれた絵を返してほしいんだって」と妻が説明すると
「盗んだものを返してほしいってお願いされて返したら、警察はいらない」と息子が知ったふうなことを言った。テレビには情報提供のための電話番号のテロップが流れている。

「あそこに電話したらどうなるの」と息子が言う。

「お金もらえるんだよ。五〇万ドル」と娘。

「うわぉっ。じゃあ盗み得じゃん」

「そういうことは言わないの。どの絵も、先祖から預かった大事なものだから、返してほしいって言っているんだから。いたずら電話したら、警察が来るからね」と妻がサラダを子供たちの皿に無理やり取り分けて、会話は中断した。子供たちが嫌いなものをお互いに押しつけあい――同時に好きなものの奪い合いを始めたからだ。

画材屋は思う。持てるものは悩みがつきないものだと。

盗まれた絵の画像は、もう何度見たかしれない。羽根飾りを付けた貴婦人の絵と、古い風景画だ。

貴婦人の絵はどこかの貴族の肖像画だろう。所有していたロシア人の家系のものならそう言うだろう。言わないところをみると、メクレンブルク家の誰かの肖像画じゃないということだ。といって、わざわざ金を出して買いたいと思うような絵でもないから、ということは「先祖から預かった」なんて綺麗ごとを言っているが、結局、他人のものを懐に入れてたってことじゃないか。

あれくらいの絵だったら、うちの倉庫を探したら出てきそうだ――そう思ったときだ。画材屋は突然、テレビに映る古い汚い絵のほうが気になり始めた。

胸の奥がもやもやする風景画だ。死後の世界を見ているような、生まれる前の風景を見ているような。

鬱蒼とした山と、遥か向こうに広がる水平線と、それに連なる空。

これ、三〇ユーロで買い取ったあの板絵じゃないのかと、気がついた。

「――おい。電話番号控えろ」

画材屋は額を重ね並べた店への通路を、身を横にしてすり抜けて、あの日、額と額の間に無造作にねじ込んだ絵を探した。

確か持ってきたのは、目付きの悪い男だった。車の中には似たような風情の男と女が一人ずつ座っていた。罪悪感を持たない人間が醸す落ち着きと、疑り深さが発する落ち着きのなさと――。

額と額の間に、ひときわ古びた額の角が見える。

画材屋は引っ張りだした。

背面に張った補強の角材に埃と煤が積もってこびりついている。

店主は絵をまじまじと見た。

子供が追いかけてきた。妻が何事だろうかという顔をしたまま、番号を控えた紙切れを差し出す。

「でも絵が盗まれたのはスイスよ」

画材屋はちょっと考えたが、電話をかけた。

電話の向こうで「はい」と声がして、男はメクレンブルク氏の代理人弁護士であると名乗った。

「いまテレビで見たのですが、古い板絵に似たものが、うちにあるんです。うちは古い画材を扱っていて、二週間ほど前に中年の男が持ち込んだものです」

板絵のほうですねと、男は確認した。

「ええ、そうです。大きさは縦一メートル横一・六メートルくらい。あれだと断言はできないのですが、雰囲気が似ていて。売った男は、屋根裏にあったものだと言いました」

画材屋は、絵としての価値はわからなかったが、画材としてなら高く売れると思って買ったと告げた。

「でもうちはベルギーで。そう。アントワープです。絵が盗まれたのはスイスでしたよね」

電話の向こうの男の声色が確かに変わった。

「ベルギーのアントワープなんですね」

「ええ、そうです。ちょっとガラの悪いような風体の男で。なんというか、犯罪慣れしている感じで。ピックアップトラックで来ていました。店に入ったのは一人ですが、車の中に男と女がいました」

「いま絵はどこにありますか」

「店です。店の裏が家で、家族でテレビを見ていたんです」

「おお、五〇万ドル」と男の子が叫んだ。「黙れ」と姉が弟の頭を引っぱたいた。

子供の声を聞いた弁護士が一瞬間をあけた。それから「いいですか、よく聞いて」と声色を変えた。

「その絵を取り戻しにくるかもしれません。いますぐ車に積んで、店から離れてください。車に乗ったら、念のために警察に通報して」

画材屋は困惑した。

「どういうことですか」

「いま電話の横で声がしたように、五〇万ドルがかかった絵です。チンピラ風情なら、取り返しにきます。あなたが今日気づいたみたいに、向こうだって今日気づくかもしれない。テレビニュースを見た彼らが、いまごろ車に飛び乗って、あなたの家を目指しているかもしれないということです。急いで絵を別のところに移して」

画材屋は青ざめた。

「うちの車に載る大きさじゃない」

「わかりました。じゃ、絵はそのままでいいから、家に鍵(かぎ)をかけて、お子さんたちを連れて車で退避して。住所を教えてください。あなたの携帯の番号も。車に乗ったら、警察にありのままを通報してください」

「ちょっと大げさじゃないですか」

「いいですか、テレビでは伏せていますが、その賊は、教会荒らしなんです。教会のろうそく台まで持っていくなんて、まともな人間じゃありませんよ。なにをするかわからない輩です。指輪が欲しければ指を切り落として持っていく輩です」

画材屋は電話を握ったまま、妻に言った。

「この絵をリビングのカーペットの下に入れて、子供を車に乗せろ、今すぐ、早く」

それから言いなおした。「カーペットの下じゃなくてソファの後ろだ。子供たちが踏んだらおしまいだ」

絵を摑んでいた妻は、それをしっかりと聞き届けた。電話の向こうの男は言った。

「もし危険が及びそうであれば、絵を犯人に渡してください。あとからこちらで犯人と交渉しますから」

画材屋は電話を切った。

子供たちはもう、無駄口をきかなかった。事情がわからなくても状況判断できてしまう子供の特殊能力はいつの時代も同じだ。

妻が戻ってきて、「ソファと壁の間に入れた」と告げた。

そのときだ。店に男が入ってきた。

二人の子供と妻が顔を出したままだ。入ってきた男はあの、奇妙な落ち着きを持っている。電話で弁護士が言ったように、指輪のために落ち着いて指を切り落とすだろう。

「二週間ほど前に、古い絵をここに持ち込んだんだ。金は返すから、絵を返してくれ」

それからこうも言った。

「昨日から探していたんだ。この店を見つけられなくて」

画材屋は落ち着いて答えた。

「申し訳ないが、買った以上店のものだ。欲しければ、それなりで買い戻してもらうことになる。でも残念ながら、あれは売れちまったよ。だからもうないよ」

後ろから男と女が入ってきた。

二人は、店主の許可も得ずに、店中を引っかき回すようにして絵を探し始めた。額縁が手荒く倒されていく。古い額縁のなかには、床に当たった衝撃で角が外れるものもあった。古い木の粉が低く舞った。

初めに入ってきた男がボスだろう、店主をじっと見つめて、威嚇(いかく)した。

「誰に売ったんだ」

「店に来た客だ」

そのとき、あとから入ってきた二人のうちの男が言った。

「やっぱり思い違いだよ」

ボスが一喝した。

「お前は黙ってろ」

うすのろそうな男は、偉そうに言われて腹を立てたようだ。黙らなかった。

「おれたちスイスなんか行ってないじゃないか。どう考えてもおかしいよ」

癇(かん)の強そうな女も、手を止めた。

「あたしたち、確かにスイスとかローザンヌには行ってないよね」

画材屋は思い出したような声を出した。

「ああ。テレビでやっているやつか」

男の目がすごんだ。画材屋は「似てたなぁ」と明るく言った。

「でもあれはあんたたちの家の屋根裏にあったんだろ?」

三人の動きが完全に止まった。

「どの絵も似ているのさ。なんたって古いんだから」

うすのろそうな男が、気の強そうな女と、ちらっと目を合わせた。それから二人はボスに背を向けた。

ボスは憎々しげにひと睨みすると、三人は出ていった。

車のドアの閉まる音がして——ピックアップトラックが荒い音を立てて発進してその音が消えるまで、画材屋はその場を動けなかった。

顔は、最後に男に向けた笑顔のまま。

奥から息子の声がした。

「うわぉ。この絵、山の向こうはピーターパンみたいだ」

そこで画材屋は気がついた。

山の向こうはピーターパン——言葉が歳に追いつかない息子の言葉を翻訳すると、あの絵画にあるのは山の向こうが港から広く海に繋がる都市の図であり、それがピーターパンの夜間飛行の挿絵と同じだと言っているのだ。

ピーターパンがウェンディたちと空を飛ぶ「夜間飛行」には、舞台になったイギリスの海港都市の風景が描かれている。あの亡霊のような古い絵にもその港がある。険しい山と深い山の緑の奥に、まるでその向こうに夢と希望を見いだしているように海が輝いている。

あの板絵にあるのはアントウェルペン——ここアントワープの海港都市。

あそこにあるのは、五百年以上前のアントワープだったんだ。

隆明会の中地は欲の皮を張っていた。

相棒は「お腹をドンと叩くのだ」というが、あんな不気味な宗教団体、腹も顔も尻(しり)も、なんにもわからない。化け物だ。

向井章太郎という青年――青年というにはとうが立っていたが、彼は間違いなくまだ青年だった。思春期は父親に疑問もしくは反感を抱くことで自我を確立する期間だが、今の彼は社会に疑問もしくは反感を抱いている。

イアン・ノースウィッグは日野とともに、ホテルの最上階のスイートルームに章太郎を引き入れた。三人掛けソファの応接セットがあり、部屋の角々に立派な陶器のスタンドが飾られている。顔が映りそうなほど磨かれたアンティッククローズ――あずき色のチェストの上には美しい白磁。東京のど真ん中なのにまるで山の中にいるように、広い窓からは木々の緑と三重の塔が見えた。

ルームサービスが厳かにティーカップを三つ持ってきたが、章太郎はルームサービスなどお構いなしに身を乗り出していた。

「それは父が隆明会でやっていた手口です」

日野はじっと章太郎を見ている。

「絵の受け取りは形だけなんです。本当の目的は、相手から送られてきた金を送り返すこと。つまり、マネーロンダリングです。でも、ただ送り返すわけにはいかないので、その送金の口実に絵画を買う。絵画の代金という名目で送り返すわけです。宗教法人が非課税であるということに目をつけて、もうかれこれ三十年ほどやっていると思います」

「そうやって溜（た）まりに溜まった美術品の処理に困って美術館を建てたわけだ」とイアンが呟いた。

章太郎は頷（うなず）いた。

「コロンビアの古代像に一億二〇〇〇万ドルもの価値があるはずがない。あのときの取引相手はイタリアの犯罪組織でした。彼らは違法に稼いだ一億二〇〇〇万ドルを船で日本に運び込み、隆明会は一旦それを自分の口座に入金します。一見、信者からのお布施（ふせ）が入金されたように見える。ＴＡＫＥは改めてその金を、コロンビアの古代像の代金としてイタリアの組織のグループ会社に送り返したんです。隆明会側は資金洗浄代に手数料を取っていました。あの取引では、手数料を三十七億円も受け取ったんですよ」

普通の会社なら収入には税金がかかるので金の動きは税理士が管理するが、非課税の宗教法人は金を区分する必要がない。ＴＡＫＥの通帳はブラックボックスだ。

「典型的な資金洗浄のやり方ですが、それにしても大胆ですね」

　章太郎はイアンに目を上げた。

「昔は日本国内だけを相手にしていました。政治家なんかの仕事をしたので、裏にも顔が利(き)いたんです」

「なにをしても守ってもらえると？」

「ええ、かつてはそうでした。いまはただ神経が麻痺(まひ)しているだけでしょう。素人目(しろうとめ)にはいいとも悪いともまったく判断がつかない、玄人(くろうと)が見ると値がつかない、そんなものの購入代金として、あらかじめ受け取っていた金を送り返す。竹子は金に魅入られて隆明会の会長になりましたから、そういうことになんの罪悪感も、それどころか悪いことをしているという自覚さえありません。盗みをしているわけでも、人を騙(だま)しているわけでもないから。ＴＡＫＥの口座を通す。それだけで手数料が入る。そう思っているのでしょう」

　美術館といっても、入ってるものがものだから。有り余る金をかけて、有名建築家に設計させて、ずいぶん立派な箱は作ったが、イロモノとしか見られない。権威付けが欲しかった竹子はつてを頼って著名な文化人に館長になってほしいと頼んだが、みなに丁重に断られ、しまいには莫大な資金を使い、ようやく今の館長に引き受けてもらった。その経緯を章太郎は話して聞かせた。

「詳しいですね」

「父から聞きました。竹子は館長就任の条件に教団の反社会性の是正を要求されて、法に触れるような勧誘は金輪際しませんという誓約書を書いたんです。もちろん信者の多くは不満でした。自分たちがやってきたことが否定されたわけですから。そしてそれが天命平和会を分派する土台になったんです。でも竹子は、隆明会を崩壊させるのも厭わず美術館にプライドをかけた。だから彼女は美術館の所蔵品のことを馬鹿にされるのがいちばん嫌なんです」

　イアンは聞いた。

「しかしオークションならどんな名画でも金さえ積めば買えます。馬鹿にされたくないなら正規のルートで買えば済むことだと思うのですが」

　章太郎はイアンに視線を合わせた。

「竹子は手数料を貰って美術品を手に入れることに慣れてしまった。もう一つは、中にいる画商が目立つことをするなと申し渡しているんだと思います。いま、隆明会の中枢にいるのは弁護士と画商です。弁護士の方針は明確で、誹謗中傷には一切苦情を言わず黙っている。でも賠償請求には、たとえそれが三万円であれ、闘う。信仰は本人の自由意志で、なんであれ、納得してやったことだという姿勢を絶対に崩さない。和解にも一切応じません。そして、竹子の頭を押さえられるのは画商だけです。というのは、こんな事情を全部飲みこんだうえで、TAKEの運営に関わってくれるブレーンに、他に心当たりがないからです」

「三人の間には信頼関係はないということですか」

「ありますよ」と章太郎は言った。

「一蓮托生(いちれんたくしょう)という言葉通り。三人は運命共同体です。三人のうち誰が欠けても立ち行かない。あの中で取り替えが利くのは、それこそ竹子だけですから」

イアンは考え込んだ。

「隆明会から分派した天命平和会というのは、どうなっているのですか」

章太郎はちょっと笑った。

「合理性を排除したら物事は合理的に回るという実験をやっているみたいです。教祖の忠国という男は、建前がないんです。幼稚で感情的で、我が儘(わがまま)で自分の欲望にのみ忠実。興味があるのは金。でもそういう人間ばかりが寄り集まっていると、奇妙に合理的に回り始める。そんな感じです」

イアンはちょっと考えた。

「その、タケコにしても、タダクニにしても、なんというか――その――」と、ちょっと章太郎を覗き込んだ。「霊力みたいなものはあるのですか」

章太郎は笑った。

「知りません。ないと思います」

「なぜ、信者が集まるのですか」

「ああしろ、こうしろ、これを信じろ、これをするなと、うるさく言うからでしょう」

「うるさく指示されるから、集まるのですか？」

「そういう人間っているんですよ。ただ答えを欲しがる人。考えることが苦手で、自分が正しいと闇雲に信じたい人。言われた通りにしている分には、物事を考えなくていいでしょ。自分で考えていくと答えに辿り着けない。考える過程で悩みが生まれるわけだけど、自分で考えない人には悩みは生まれない。言われた通りに人を糾弾し、言われた通りに人を崇める。ものの価値も考えなくていいし、なにより、自分がなにをしたいかを考えなくていい。一定の数の人たちには、平和会や隆明会みたいなものは機能するんです」

「なるほどねぇ。警察も病院も学校もいらない」

それからふっと笑った。

「常識もないわけだ」

胃ばかり大きな、幼稚な化け物。

ではそのお腹をドンと叩いてみることにしよう。

四

天明平和会の教祖である忠国は憤然としていた。

金が足りないのだ。

金庫の中に入れていた金が、また抜かれている。

誰かが盗んでいる。

幹部の塚地を呼びつけた。

塚地卓也はお堂の冷たい板間の上に正座して、うなだれた。

「鍵は、教祖とぼくと、あとは磯原さんが持っています。だから金庫からお金を盗むとすればぼくか磯原さんですが、磯原さんはあれからずっとお堂に来ていません。そうすると盗んだのはぼくということになりますが、ぼくはお堂のお金を取っていません。この前にも申し上げた通りです」

だったらその磯原という信者が持ち逃げしたに違いない。その男のことは覚えていた。戦力になる信者で、とくに女性を勧誘することに定評があった。女性信者は入信するとよく働き、よく寄付した。いくら絞っても際限なく水が出る雑巾(ぞうきん)みたいだ。彼女たちは不満が募ると、女性信者同士でいがみ合った。共食いを見るようだと忠国は思った。

無能で目立たず社会の誰からも大切にされることのない女は、小突いて殴ればどんな無理を言っても支配者の靴を舐(な)める。自尊心が高くて自分のことを特別だと思いたいのに誰もそう思ってくれない女は、高いノルマを設定すれば仲間を騙(だま)しても蹴落(けお)としてでもそれを達成する。どちらの女にも磯原はうまく対応した。彼にかかると女たちはまるで魔法にかかったように不満を忘れる。もちろん、男性信者からも支持が高い。物腰が柔らかく、微笑(ほほえ)みを絶やさず、気配りができて絶えず周りに声をかける。信心深く、声が柔らかく、とても優しい。男前で背が高くて、しかしそれを鼻にかけたところがない。彼がみなにお茶を振る舞うと、信者の愚痴が、霧が晴れるように消える。

それがいつのまにか来なくなった。

それでも、金庫の金がなくなっていることに気づくまでは、磯原良樹のことなんか気にならなかったのだ。

「思い違いじゃないですか？」

忠国は塚地という男に怒りが湧いた。

塚地は磯原とは対照的な男だ。背の低い、要領の悪い、いつもおたおたして、不必要に動いて汗くさい。塚地がお茶を振る舞っても、感謝されることはない。それでも塚地はよたよたとしながら、大きなトレイに載せてお茶を運んでくる。掃除をする。その愚直さが癇にさわるのだ。

「このさい帳簿をつけたらどうでしょうか」

忠国はむっとして塚地を睨み付けた。

「献金された金は、無価値で汚れたものだ。この世の中に、石ほどの値打ちしかないものの量をいちいち記録するという無駄なことをするやつがいるだろうか」

「お言葉ですが、金庫にいくら入っているかはっきりわからないのでしたら、減っているという根拠もないのではないでしょうか」

のろまなやつが正論を言うとそれだけで憎しみが湧く。

「ぼくはお金の量を把握したいと言っているのではありません。帳簿をつけたら、教祖の気持が落ちつくのではないかと」

忠国は「もういい！」と遮った。

帳簿をつけたら、会にいくら金があるかが一目瞭然（いちもくりょうぜん）になる。すると好きに使えなくなるというだけじゃない。俺は夜な夜な、金庫の金を数えないといけなくなる。金額が合っているかを数えるのだ。

そんなことはまっぴらごめんだ。

ここ五年で、一気に勧誘力が落ちた。社会の目がうるさくなったのもあるが、竹子の隆明会が、あの「強引な勧誘と強引な金集め」をやめたので、こっちが目立つのだ。それで今までのようなことができなくなった。

俺は、金は数えるものではないと思っている。金は、湧いて出るものであるべきだ。それが最近はなんてザマだ――。

忠国は怒りがふつふつと湧き上がる。

この前も、竹子のやつが、ホテルにでかい車で乗り付けて、悪趣味な和服で降りてくるのを見かけた。俺を見て、目に入ったという顔もせずにむこうを向いた。

その無視の仕方が我慢ならなかった。

竹子は霊感もない。教団の運営の仕方も知らない。そもそも宗教にはなんの興味もなかった女だ。

開祖である梅乃の死後、隆明会内では後継者争いが起きた。そもそも梅乃の年の離れた弟の十郎と、梅乃の娘である俺の母親が金儲けと権力闘争に夢中で、激しく対立した。信者はそんな二人にそっぽを向いていた。そこで後継者争いが起きたとき、生まれてこのかたお堂に上がったこともなかった梅乃の姪、竹子に白羽の矢が立ったのだ。

竹子はいまだに教義を読んだこともないだろう。掃除機で吸い上げるようにして集めた金を、紙パックを取り出すみたいにして抱え込むのが竹子の役目だ。

竹子はその「汚れた金」を「浄化できる」地上でただ一人の人間で、紙パックの中に金を詰め込めば詰め込むほど徳が上がるというのが隆明会の教義だ。

梅乃の時代には、田舎ではまだ稲荷信仰が強かった。東京の端にはそういう田舎から出てきた人間が田舎者って顔を隠して生きていたわけだが、芯は田舎者だった。そういうところで、子供が病気をしたと聞けば、梅乃は背中や肩を切って「悪い血」を出した。子供が授からないと聞けば床の下に敷くお札を渡した。息子が暴れれば「狐が憑いている」「狸が憑いている」「蛇が憑いている」「最近犬を轢き殺さなかったか」と、彼らが聞いて喜びそうなことを言った。実際、都会で、曖昧なものが入り込む余地のない、すべてが透明な世界に身を置いている者は、土着丸出しの泥っぽい言葉を聞くと、すがるように喜んだんだから。

家族がギャンブルにのめりこんでも、やたら性欲が強くなっても、アルコール依存症になっても、全部憑き物のせい。「最近、家の中が汚くないか」って梅乃は聞いたのだ。

アルコール依存で、ギャンブルして、興奮ぎみですぐ誰かとヤリたがっている人間が、家の中なんか綺麗にできるはずがない。で、それをもって「動物霊が憑いている」と言った。詐欺の王道だ。

でも梅乃のすごいところは、金を取らなかったことだ。

憑き物を叩き出し、札を書いてやり、悪い血を流してやっても、なんにも要求しなかった。

「金はいらない。汚いものだから触りたくない。礼なら、野菜か米か、掛け軸をくれ。柿や着物でもいいぞ」

隆明会が爆発的に広がったのは、梅乃の「なんでもただ」信仰だったんだと思う。梅乃は「金は汚い。たんすに金をため込んでいる奴は心が曇っている」と、汚い言葉で罵った。梅乃をあてにする人たちはそもそもが貧乏人で、たんすに金のある奴のことを指を咥えて見ている輩だ。東京に出てきた田舎の人間は、田舎で使い慣れていた粗野な言葉を使わない。だが梅乃に、人目を気にして自分たちが使えない言葉で金を儲けている奴は悪人だと言われると、胸のつかえが取れたようで、その夜はぐっすり眠れたのだ。

梅乃は正義感の強いお節介な女で、病める貧乏人を助けるために、民間療法を研究し、寺に通って整体を覚え、そうやって身につけた知識や技術は惜しみなくただで振る舞った。

それに目を付けたのが、梅乃の年の離れた弟の十郎だ。一介の施術師だった梅乃を代表にして宗教法人を設立した。病気を治してやるから金を持ってこい、幸せになりたかったら家中の金を出せ——と、膿を吐き出せと言わんばかりに金を要求した。それでも壺や印鑑を売り付けなかったから、悪質な宗教団体とは見なされなかった。金を要求して、見返りに渡すのは小さな札一枚だ。

梅乃は字が読めなかった。書けるのは自分の名前だけだ。守り札をくれと言われた梅乃は、台所の薪の木切れに「梅」と書いた。もちろん、ただでやるのだ。もらった人間がそれを布袋に入れて首にかけた。十郎はそれを利用した。梅乃が書いた「梅」の字を厚紙にコピーして白い紙袋に入れて、高額で売ったのだ。それから決まり事をみるみる増やした。お梅さま（梅と書いたコピーが入っている袋を、隆明会ではそう呼んだ）を汚したら買い直し。会の規律に違反したら買い直し。会の勉強会を休んだら買い直し。新規会員勧誘のノルマが達せられなかったら買い直しだ。そこに、支部が十郎の機嫌をとるために、自主的にもっと細かいルールを設けた。それが全体会合で紹介されると、その細かいルールが会の総意として採択されて、考えついた支部が栄誉支部といわれた。

支部は競ってルールを細かくしていった。

信者はそのうち、なにをしてもお梅さまを買い直さないといけなくなり、そのたびに会に金を落とすことになる。お梅さまの金額も、粗相の度合いで決められた。古いお梅さまは、供養（くよう）して燃やすのに五万円、十万円と取られる。

なにも考えずに会に社会の悪を持ち寄りなさい。それこそが善行。悪は、お梅さまが無害にして差し上げます。

お梅さまが信仰する者をあらゆる悲しみと不幸から守ります。

教団の主体が十郎に変わって隆明会は化けた。

九十歳を超えても梅乃が教祖を務めた。十郎と組んでいた梅乃の娘、つまり俺の母は信者の信任を得ていなかったのだ。

梅乃は九十歳を超えたころからボケ始めたが、彼女独特の汚い言葉で——「死にくさらせ」「たたっ殺す」「いてこますぞ」――相変わらず信者と交わり、求められれば手近なものに「梅」と書いて渡した。梅乃は、弟と娘のやっていることにはまったく興味を持たなかった。弟は自然農法と称して畑で信者をただ働きさせ、魂を浄化するという名目で世界中の美術品を買いあさった。それでも最後には、梅乃と、弟と娘のペアは揉めたのだ。

不思議なことに会を出たのは梅乃だった。梅乃は市営住宅の片隅に住んで、ときどきやってくる信者に施術をし、老衰で亡くなった。

梅乃が消えた隆明会は、揉めに揉めた。それで梅乃の姪を担ぎだして収めた。

梅乃の姪、竹子は、生前の梅乃とは絶縁状態だった。梅乃は、口汚い、薄汚い、字も読めない年寄りで、竹子には嫌悪の対象だった。竹子は隆明会に関わることに拒否反応を示した。隆明会の施設では、お堂と呼ばれるだだっ広い広間で、薄汚れた作務衣を着た人間たちが阿呆のような顔でうろうろしている。お堂に掛けてある書を拝んだり、それどころか頭を床にこすりつけて、自分の胸に掛けた札を拝んでいる。竹子はそれらを、汚らわしいもののように見た。

そこで十郎は、竹子を隆明会本部に連れていき、お堂の階段の上にある、札束がぎっしりと詰まっている金庫を開けた。

それを見た竹子が、隆明会の会長就任を受諾したのだ。

竹子は有り余る金をなんに使うか迷ったようだ。自宅を金ぴかにしただけでは金は減らない。海外旅行にどんなに使ってもやっぱり減らない。そして信者の信任はまったく得られない。

そこで竹子は美術館建設を命じた。

梅乃も掛け軸集めが趣味だったから、それにかこつけたんじゃないかと思う。しかし梅乃の掛け軸は、土産物屋に売っている類の安いものだ。梅乃はそういう安いものを好んだ。

十郎は竹子の命を受けて、権威と人脈を培うために日本画壇に出入りを始めた。そうして巨大な美術館を、二束三文の山奥の土地を買い取って建てたのだ。行き着くには駅からチャーターバスで三十分も走らないといけない場所に。

そこは信者の合宿にも使われた。

脱走できないからである。

館長は著名な文化人に頼んだが次々と断られ、竹子は怒り狂った。そうして古株の信者たちの意向など聞くこともなく「金は悪であり、社会のために浄化するから集めろ」という今までの活動を突然やめた。古くからの隆明会信者は反発した。会自身が、今までの行為は反社会的行為だったと公言したも同然だったから。

俺が隆明会から独立したのは、そんなころだった。

梅乃が抜けても、教義を知らない会長でも、やっていける——その事実を目の当たりにして、だったら自分にもできるんじゃないかと思った。

本部に向井凡太というおやじがいて、そいつは古株の教団幹部だった。凡太は一般信者からの信任も厚く、なにより教団運営のノウハウを心得ている。

あいつは教典を開いたこともない竹子が会のトップに座ることに疑問を感じていた。

そこで凡太を口説き落として天命平和会を立ち上げたのだ。

そのとき、ボストンバッグにいっぱいの一万円札を隆明会の金庫から持ち出してやった。

信者に売りつけるお札を「お梅さま」から「お導きさま」に変えた。あとは隆明会と同じ。俺は隆明会が儲けるように金を儲けたかったんだから、当然の成り行きだ。

隆明会のぼんくらが怒鳴り込んできたのを覚えている。金を盗んだだろうと言ってきたので、証拠があるなら出してみやがれと笑ってやったら、悔しそうに帰っていった。

宗教団体の金っていうのは、そういうもんなんだよ、塚地。

梅乃を追い出した隆明会の執行部に不満を持つものは多くて、そういうやつは俺の天命平和会に流れてきた。

だから当初はものすごく景気がよかったんだ。

隆明会に何度火をつけられそうになったかわからない。犯人をとっ捕まえて、隆明会に突き出したけれど、あいつらは「それはその男が勝手にやったことだ」と、俺の前でそいつを破門にしやがった。破門にされたやつは首を括った。

お互いそんなことばかりやっていた。

金庫の底から金が湧き出るように増えていた。それが止まったのはいつだっただろうか。

俺は子供のころから隆明会の中で育ったので、金が生まれてこないということがわからなかった。金は、信者が持ち寄り、金庫に収めていくものだ。

すると塚地が言ったのだ。

「信者が減っているんです」

「竹子のところが減ってないのに、なんでうちが減るんだ!」

「隆明会も信者は減っていると思います」

塚地はいろんな言い訳をした。

大学が規制をかけ始めていて、学内での勧誘が難しくなった。ネットで隆明会の手口がどんどん広まって、その煽りを食らっている。信者がノルマを守らなくなった。

「だから隆明会はなんか別の商売をしていると思いますよ。投資というのか」

「そんなことをすれば税務署が入ってくるんだよ！」

竹子が俺を目の仇にするのは、梅乃の孫である俺には分派の理があるからだ。そして平和会がうまくいっていないことを、手を叩いて喜んでいる。

俺だって竹子を凌ぐ勢力になるつもりでいたのさ。それがいまはなんてことだ。信者の数は減り続け、寄付も減り続けている。

隆明会では、どうやって金を生んでいるのだろうか。

どうすれば俺も、海外に高級マンションが買えるのか。

「理屈はいい。献金をさせろ」

塚地は困り果てた顔をした。

「警察にも目を付けられています。信者の家族が被害届けを出しているんです。在家の信者で、会社を辞めて水商売から風俗までやっている子が問題になり始めていて。週刊誌にも書かれて、相手の弁護士が電話をかけてきています。裁判を起こすって。裁判を起こされたら、二千万円とか五千万円とか賠償金を求めてくるそうです。うちの弁護士は一千万円で和解しろと言っています」

「ふざけるんじゃねぇ！　信仰は個人の自由意志だ、昔からそう、決まってるんだ！」

向井章太郎がやってきたのはその数日後、小雨の降る少し肌寒い七月三日のことだった。

向井章太郎は向井凡太の息子だ。隆明会、天命平和会と、おやじについて教団に来た男だ。

おやじが死んで、会の金を持ち逃げして出ていきやがった。

それでもさほど気にならなかった。凡太には世話になったという気があったし、章太郎にはここが向いていないことはわかっていたから。

というのは、章太郎は言われるがままに動く人間にはなれなかったから。だから章太郎というのは、俺の右腕になるか、辞めていくかのどちらかだったんだ。

忠国はいまでも思う。凡太がいたころはよかった。

章太郎は俺に馴れ馴れしく「よぉ」と声をかけてきた。

俺のほうが二十歳近く年上だ。むっとした。

「景気はどうですか」

章太郎はなにをしにきたのか。

こいつが俺を恨んでいるのは想像に難くない。

章太郎はへらへら笑っていて、恨みなんか露ほども感じさせなかった。あいつは「話があるんですよ」と言った。

「二人になれませんかね」

凡太は癌で死んだ。

教義では、病気になるのは不信心だからだということになっていた。凡太が癌だと聞いて、俺は信者たちの真ん中で「あいつはほんとうは信心が足らなかったか、お導きの札に粗相をしたかのどちらかだ」と言い放った。

隆明会と熾烈な闘争をしている最中だったし、ほんとうのところそれどころでなかった。この大事なときに、戦力になるどころか足を引っ張りやがって。そう思っていた。

人間、ちょっと歳を取ると、ものの感じ方ばかりじゃない、記憶していた過去の出来事のとらえ方まで変わってくる。苦労したらなおさらだ。凡太が死んだと聞いて、少し後味が悪かった。

凡太は我が身を切って血を流すように、信者を集めた。なんであのインテリの凡太がそこまで入れ込んだのか。

インテリだから入れ込んだのか。

とにかく、章太郎がやってきたのだ。それで俺は凡太のことを、金持ちになろうと分派したときのことを、景気がよかったときのことを、思い出していた。

章太郎には、景気のいい人間特有の、ふわふわしたものが漂っていた。うちの信者が、信者になったとたん日に日に失くしていく、楽しげな気配だ。

章太郎のやつは「お堂は冷えるから嫌だ」と言った。それで談話室に行った。信者は、俺たち二人に恭しくお茶を入れて、逃げるように出ていった。

章太郎が持ち出した話には驚いた。

絵を買わないかと言ったのだ。

「おれもいろいろ追い込まれている。現金が欲しいんだ」と前置きして、あいつは続けた。

「美術館に置けるような立派な絵なんだが、曰くがあるものらしい。それで、買い手を探している。持ち主は早く売りたいらしい——そう言われたんだ。おれにその話を持ちかけた男はおやじの凡太を知っていて、おれたち親子がまだ隆明会にいると思い込んでいて、おやじと話がしたかったんだが、死んだって言ったら、焦っていた」

俺はなんのことだかさっぱりわからなかった。

「竹子だったら絶対にほしがるものだ。だが、おれには竹子とのパイプがない」と章太郎は呟いた。それから、

「竹子は言い値で買うからな」と、ニヤついたのだ。

「どういうことだ」

凡太もそうだが、この親子は頭の回転がよかった。俺は、自分が話についていけてないことを隠すのがいつも大変だった。ほかの信者たちと話していてそう感じることはないのに。久しぶりに章太郎と話して、自分がまともな人間と話しているという感じがした。それで、できるだけわかっているふりをしたかったが、章太郎の話は皆目わからなかった。

「竹子に、こちらの言い値で買い取らせるんだ」章太郎は畳みかけた。

「金が入るんだ。一生遊んで暮らせる金だ」

俺はとうとう、聞いた。

「なんで俺たちに金が入るんだよ」

章太郎は俺を見つめた。

「まず、おれたちがその絵を買うんだ。その絵をおれたちで竹子に売り付ける。こっ

ちの言い値で商売だ」

「熱でもあるんじゃないのか」

「あんたはＴＡＫＥ美術館のからくりを知らないんだ」と章太郎は言った。

「あそこにはからくりがあるんだ。だからどっかの古代像をべらぼうな値段で買えるんだ」

——だから隆明会はなんか別の商売をしていると思いますよ。

塚地の言葉が甦った。

「どういうからくりだ」

章太郎は「よく聞け」というように、人差し指を一本立てた。

「マネーロンダリングって聞いたこと、ありますか。資金洗浄——よく流通している言葉にすると、マネロン」

「マネロンというのは聞いたことがある」

章太郎は、はぁっとダルそうな顔をした。

「裏金って、わかりますか」

そうして俺が答える前に、説明を始めた。

「簡単に言うと、税理士に説明ができない金のことを、裏金っていうんです。暴力団が麻薬を売って儲けたとして、その金はまずポケットに入れる。溜まったら鞄に入れて、もっと溜まったら箱に入れ、もっと溜まったら金庫に入れる。それで馬券買ったり飲み屋のお姉さんにものを買ってやったりする。そうやって出し入れしているうちはいいんです。でも組織になると、建前だけでも活動は合法じゃないといけない。合法というのは、税理士を入れて、収支をはっきりさせて、収入に対して税金を払うということです。なににどれだけ使いましたという申告だって、その使った金はどこから入った金ですかと聞かれてそれにあたる収入の痕跡を示すことができなければ、問題になる。非合法な手段で手に入れた、申告していない金なんじゃないかってね。

こういう話があります。宝くじが当たった人に、暴力団がくじの買い取りを申し出る。一億のくじを一億二千万円で買うって。そうやって手に入れた宝くじを換金して、暴力団は一億円を手に入れる。その一億円は税務署に出所を説明できる金だから表で使えるんです」

俺は考え込んだ。するとまた、章太郎が説明を始めた。

「アル・カポネって知っていますか」

「聞いたことはある。犯罪組織のボスだ」

「そう。あらゆる犯罪を犯してきた彼が法的に切り込まれたのは、麻薬取引でも密造酒売買でも殺人でもなく、脱税なんです」

詐欺や密輸など非合法に得た金を、正当に儲けた金に化けさせるのが資金洗浄だと章太郎は言った。

例えば麻薬で儲けた十億円で不動産を買ったとする。その資金はどこからきたかに調査が入ると、麻薬取引という犯罪行為がバレるというわけだ。そうならないように、麻薬取引で得た金をあたかもなにか正当な商取引で得た金のように、資金に偽(にせ)の「経歴」を付ける。これが資金洗浄、いわゆるマネーロンダリングだ。

「金に偽物の裏を付けるんです。税務署が、その裏を偽物だと証明できなければ、通る。例えばある会社が、ケイマン諸島にある契約会社がボルネオの会社と取引して得た金だとして、まとまった利益を申告したとする。それは資金洗浄、すなわちそんな取引はなくて、ケイマン諸島に裏金を送金して戻しただけだろうって税務署は思うわけだけど、それを立証するには、ボルネオまで行って調査して、取引がなかったことを証明しないといけないから無理。それで、そういう資金、すなわち裏金を持つ会社は金を船に隠して海外に持ち出して、あっちこっちのペーパーカンパニーを複雑に経由させて自分の会社の口座に戻すという資金洗浄をする。でももっと簡単に正当な収入にする方法があるんです」

そして章太郎は口調を変えてこう言った。

「それが宗教法人なんだよ」

澄ました敬語とドスを利かせた言葉を章太郎は使い分けた。それはなにかに小突き回されているような、ひどく不安定な気持にさせた。

「裏金を宗教法人の口座に入れ、そこから戻してもらうだけで済むんだ。宗教法人に任せていた資金運用から利益が出たので入金されたといえばそれでいい。その話が嘘かほんとか調べるやつはいない。なんてったって相手は非課税法人。収支を明確にする義務がないから、調べようにも調べられない。宗教法人は、手数料をもらう。口座を貸すだけで、金が入る」

俺は息を呑んだ。

「そういう仕事はどこからくるんだ」

章太郎は鼻で笑った。

「長年の人脈。ネットで募集してもだめ」

「それと絵を買うことと、どんな関係があるんだ」

「あんたのところが一枚の絵をある会社から五億円で買う。と考えて」と章太郎は言った。

「まず、あんたのところに絵がきて」と言葉を止める。

「その絵の代金として五億円を会社に送る」と、また言葉を止めた。

「でも実際は、あんたのところには絵とともに金がやってくる。あんたは金を一旦自分の口座に入れて、改めて相手会社の口座に振りこむだけ。絵はその名目なんです。この代金として五億円を振りこみましたと言うための道具。早い話、千円の絵でもいいんです」

俺は我知らず、頷（うなず）いていた。章太郎は続ける。

「でも千円の絵では国税局も気がつく。それで、価値のわからない絵——国宝級なんて評価基準の曖昧な絵を移動させる」

俺は思わず「あっ」と声に出していた。章太郎は頷いて続けた。

「TAKE美術館はおやじの時代に、イタリアから一億二〇〇〇万ドルの古代像を買った。それはTAKE美術館がイタリアの組織に一億二〇〇〇万ドルの送金をしたということです。でもその金がそもそもTAKE美術館の金であったのかどうかは、外部の人間には知る術（すべ）がない。税金を払わないということは、税務関係の帳簿をつける必要がないということで、金の動きはまったくわからないのが許されている」

「それは……」と俺は考えながら言った。「古代像と一緒に、むこうが一億二〇〇〇万ドルを送ってきているということか」

　章太郎は頷いた。俺は続けた。

「で、あたかも商品の代金という素振りをして、その金をただ送り返したってことか？」

「そういうこと。理解が早いね。感心するよ」

　厭味を言われているような気もしたが、それどころじゃなかった。

「TAKE美術館には五百億円相当の美術品があるって話だ。じゃそれは……」

「五百億円のうち、百二十億円ぐらいをそのがらくたの古代像が占めているってこと。あとは推して知るべしだ」

　章太郎は笑った。

「うまくやればあんたも美術館を持てるよ。建築費という名目で五十億円ほど送ってやれば、喜んで建物を建てたうえに、お礼に五十億をそのまま送り返してくれる組織もある」

「そんな組織があるのか」

「テロ組織に関連のある企業なら、正規の五十億円をつくるために裏金百億円ぐらいくれる。犯罪組織にとって、正規の金というのはそれほど価値があるということさ。

身元のはっきりした金がないと、口座一つ作れない」

「そんな企業が、知り合いにいるのか」

「まったく心あたりがないわけじゃない」

「ひとの金庫から二百万円持ち逃げして、のうのうと訪ねてくるやつだものな」

章太郎は鼻で笑った。

「おやじがここに落とした金はそんなもんじゃなかっただろ。殺されたり火をつけられたりするよりましだったんじゃないのか。まだまだ返してもらい足りてないよ」

そう言うと、章太郎はじっと俺を見つめた。俺はそのとき「正気の人間は怖い」と思った。いつも魂の抜けたやつばかり相手にしているから。

「おれの知り合いの画商は、近代抽象画なんかが法外な値段で取引されたら、マネーロンダリングがらみの可能性がありますねって言ったよ。ある画商が、第三世界と取引のある武器商人から、真っ白に塗ったキャンバスの上に糸で弾(はじ)いて絵の具を散らせたような絵を法外な値段で買ったら――たとえば本来五〇〇〇万ドルなんだけど値をつり上げられてって言い訳しながら八〇〇〇万ドルで買ったと言えば、業界関係者ならその画商が資金洗浄したという告白だと受け取るって」

「どこからそんな話を聞いてくるんだ」

章太郎は俺の言葉を平然と無視した。

「隆明会はそうやって、金を儲けているんだよ。仕切っているのは、画商の中地だ。竹子はあいつの言いなりで買っている。だからあの女は、絵っていうのは相手からの言い値で買うものだと思っている。金は有り余っているんだから。日野画廊が言っていた絵も、竹子に買わせる」

半分ぐらいしか頭に入らなかった。

「金が入るのか」

「そうだ。どおんとな」

「いくらぐらいだ」

「わからないな。でもまずは五億円ほどの金を用意しないといけない」

俺は突然、座っていた椅子(いす)を引かれたように衝撃を受けて、言葉を失った。

「そんな話を偉そうにしにきたのか。帰ってくれ」と俺は言った。話を真剣に聞いた自分が腹立たしい。

「別にあんたの金をあてにしているわけじゃない。考えがあるんだ」

それから章太郎は俺を見つめた。

「先に竹子に絵を見せて金を受け取るんだ。その金で日野画廊から絵を買う」

こいつはわざとわかりにくくしゃべっているに違いない――そう思ったころ、章太郎が、自分の頭の中を整理しようとするようにゆっくりとしゃべりだした。

「まず竹子に絵の写真を見せて、手付金として五億円をもらう。その金で日野画廊から絵を買う。その絵を、残金九十五億と引き換えに竹子に渡す」

俺は呆(あき)れた。

「頭がイカれてるんじゃないのか」

章太郎は笑った。

「竹子の懐(ふところ)から百億円を抜き取るんだよ」

「俺は初めの五億でいいよ。竹子のやつから手付けの五億が取れたら、平和会なんか捨てて、そのまま消える」

章太郎が俺を見据えた。

「おれは本気なんだ」

「その、なんとかっていう画商は、いまごろ他を当たっているよ」

「日野画廊はTAKEに売る気でいる。日野画廊がおれのおやじをあてにしようと思ったのは、中地にその気がないからだ」

「やっぱり無理じゃないか。中地もバカじゃないから、曰くのある絵なんて買わない」

「中地じゃない。竹子だ。竹子なら買うんだよ」と章太郎は言い放った。

「五億なんか、竹子には五千円札一枚落としたみたいなものだ」

章太郎は一点を見つめた。

「竹子の弱みは、ＴＡＫＥ美術館が、がらくたばかりだと揶揄(やゆ)されているってことなんだ。権威が大好きなのに、権威にバカにされる。なんの一貫性も美意識もない美術館。収蔵品は五百億円相当って言っている。でもあの収蔵品を丸ごと競売にかけても、二億にも届かない」

章太郎は、ズボンのポケットから封筒を取り出した。

そこには台詞(せりふ)のようなものがびっしりと書かれた紙が入っていた。

「だめでも、あんたに損はないだろうが。あいつら、みんなこんなことやってんだよ」

なぜ章太郎ごときに恫喝(どうかつ)されるのか。

簡単なことだった。俺も金が欲しいからだ。ＴＡＫＥ美術館の資金のからくりも、ほぼ正確に違いないと思った。

だめでも俺にはなんのダメージもない。それも事実だ。

章太郎は、竹子になにをどのように言えばいいかを俺に教えた。丁寧に、何度も。大切なことは、「本物」であることと、「盗まれた絵」「フェルメール」「国立西洋美術館」という言葉を入れることだと言った。

「フェルメールの盗まれた絵っていったら――」

俺は章太郎の顔を見た。

章太郎は視線を逸らしたが、にやりと笑ったような気がした。

そのとき、もしかしたら大きな金が動くかもしれないと思った。

フェルメールは本物に違いないのに、「飾るならレプリカという扱いで」と中地に言い渡された。中地は、人目につかないうちに早々に転売してしまうのだと言った。

中地はだんだんでしゃばってくるようになった。あたしの教団なのに、まるであたしのものじゃないみたいだ。

そんなときだ。ホテルのレストランで馴染みの呉服屋の主人と食事をした帰り、ロビーで声をかけられた。

「竹子さん」

そこにいたのが忠国だったので驚いた。お互い、相手のことは無視するのが習わし

――暗黙のルールになって久しかったから。

呉服屋の主人は「お知り合いですか」と聞いた。呉服屋の主人に答えるのもしどろもどろになり、「なんでこんなところに」と思わず忠国に聞いてしまった。

「そんなことどうだっていいじゃないか」と忠国は言った。

「ちょっといいか」と続ける。平和会の金繰りがうまくいっていないのは知っていた。金を貸せと言うか、隆明会に戻りたいと言うのか――隆明会の会長に納まってから、路上でふらっと知り合いに会うということがなかった。すべてスケジュール通りで、人と会うときは弁護士の前薗を通した。窮屈だと思うことはなかったが、いつのまにかとっさに防御する習慣を失っていたようだ。

早々に呉服屋の主人に挨拶(あいさつ)を済ますと、忠国とホテルのロビーの喫茶室に座った。

さる大家の絵を買わないかと忠国は言った。

「正真正銘の本物なんだ。そうそう手に入るもんじゃない。前薗って弁護士に言ってもいいんだけど、それじゃああんたまで伝わらないんじゃないかって思ってさ」

忠国は「あんた」と呼んだ。竹子は忠国を「お前」と呼んでいる。

「お前にとやかく言われる話じゃないよ。うちにはちゃんと画商がついてるんだ」

忠国と話すときには地が出た。

「あんたんとこにも一枚ぐらい本物があってもいいじゃないか」

竹子はへっと笑った。「喧嘩をふっかけたって乗らないよ」

「まあいいよ、聞くだけ聞けよ、おばはん」

子供のころはトランプで遊んだ仲だ。最後は取っ組み合いの喧嘩になった。負けそうなほうが勝ちそうなほうのカードをひったくってめちゃくちゃにするんだから。竹子のほうが十歳上だが、忠国はがたいがでかい。そんなとき梅乃は竹の物差しで二人の足を思いっきり叩いたものだ。当時から梅乃には手加減というものがなかった。

「国立西洋美術館にも話がいっている絵だ。百億以下では取引ができないものなんだそうだ」

国立西洋美術館――。

中地が言っていた絵だ。中地も似たようなことを言っていた。

「訳ありなもので、さばくのが難しいんだそうだ。でも」と、忠国は竹子の顔を見た。

「あんたみたいな絵にとんちんかんな女だって、絶対知ってる絵なんだぜ」

「誰の絵なんだよ」

忠国はそれには答えなかった。

「あんたんとこの美術館、五百億円の収蔵品ってパンフレットにあるけど、売ったら二億がいいとこだって、誰かが言ってたぜ」

怒りで顔が赤くなっていくのがわかる。

「誰の絵なんだよ」

「アメリカで盗まれた絵。って言っても知らねぇよな、おばはんは」

昔、正月に殴りあったときの感触がだんだんと甦ってくる。考えればあのころは楽しかった。誰を殴りたいかがはっきりしていたから。

「フェルメールっていう画家だよ。女の子の絵。それが、イタリアからこっちに流れてきたんだそうだ」

こいつはなにを言っているんだ――竹子は忠国を睨みつけた。

「その絵を、その画廊が持っているって言うんだね」

忠国はへらへら笑って返事をしなかった。その絵なら、この前うちが買ったものだ。ふざけたことを言いやがって。人目がなかったら髪を引っ摑みたい気分だ。

「この目で見た。本物だよ。本当の、本物。テレビで流れているのと同じ。デコの広い、アニメっぽい顔の女の子」

竹子はすごんだ。

「なんて画廊なんだい」

「日野画廊。でも商売は俺を通してもらう。価格は百億円。俺に手数料を払ってもらう」

「なんでお前のところに話がきたんだよ」

「それぐらいのコネはあるのさ」

忠国はメモを一枚置いた。そこには携帯電話の番号が書かれていた。

「画廊の番号だね」

「違うよ。俺の番号だよ。ご用のときにはご連絡をってな」

竹子は、悠然と立ち去っていく忠国を見送りながら、怒りに震えたのだ。

国立西洋美術館と交渉が進んでいるというのは、スイスで発見された新しい絵だったんじゃなかったのか——。なぜ、うちにあるフェルメールの『少女』が日野画廊にあるというのか。

すぐさま隆明会に電話して、事務員を怒鳴りつけて日野画廊の住所を調べさせた。メモを取ると、ホテルから飛び出して流しているタクシーに手を振って呼び止めた。メモを見ながら行先を言う。

「銀座八丁目の日野画廊の前に着けて」

竹子は物凄い勢いで、日野画廊に飛び込んだのである。

小ぶりの古びた画廊だ。どうせ商売あがったりなんだろう。日野画廊では椅子に座っていた猫背で小太りの男が、びっくりした顔を上げた。

若い、育ちの良さそうな女が棒立ちになっている。

「あんたのところに、フェルメールの絵があるそうじゃないか、メトロポリタン美術館で盗まれた少女の絵がね」

それから店主の向かいの椅子にドンと音を立てて腰掛け、有らん限りの力で睨みつけた。「見せてもらおうじゃないの」

店主は、新聞を膝の上に置くと、茫然としている。眼鏡が鼻からずり下がり、無様なことこのうえない男だ。

「どなた様ですか」と若い女が聞くと、店主が「隆明会の大岩竹子会長だ」と答えた。

それで少し、気持が収まった。それでも、闘争心はなお燃え上がる。

店主は、ずれた眼鏡をテーブルの上に置くと、極めて物静かに言った。

「うちはフェルメールの絵は取り扱っておりません、竹子さま。いかがなさいましたか」

「天命平和会の忠国ですよ。あの男が――」竹子は普段、中地と前薗の二人としか話をしない。あとは命令するか、表敬訪問みたいな差し障りのない話をするか。どちらにしろ、ただ上品そうに笑っていればいいのだ。呉服屋とは下世話な話もした——そう、あとは下世話な話。なにかを筋を通して話すということを、長い間していない。

「あの男が、ここに、その絵があるって言ったのよ、この耳で聞いたんだから」

若い女がしずしずとお茶を運んできて、竹子はまた、腹が立ってきた。

「天命平和会とはお取引はございません。平和会はなんと言ったんですか？」

表立っては売れない絵だから、玄関を通ってくる客には知らないと言うんだ。あたしが玄関から乗り込んでも商売の話はしない。

「だったら見せるだけ見せてくださいな。あとは中地に連絡させるから」

若い女は端っこにかしこまっている。店主は、ワイシャツのボタンが腹のところではち切れそうになった小男だ。首の肉がカラーの上にのっている。その日暮らしの画廊風情が、平和な日常に飛び込んだ異物みたいにあたしを見ている。

「竹子さま」と男は静かに言った。

「ないものを見せろとは、どういうことでございますかな」

思わず、言葉に詰まった。

「でも、ちょうどようございました。じつはかねてから付き合いのあるルービーズという競売会社のキュレイターが、竹子さまにご挨拶申し上げたいと、つい先日来たのです。竹子さまというより、TAKE美術館の関係者と話がしたいというようなことでございましたが。いかがいたしましょう」

竹子は立ち上がると、返事もせずに日野画廊から出ていった。

竹子はなにか愚弄(ぐろう)されたような、無様な気持を抱えていた。同時に心の奥では不安とわだかまりが、発達する夏の台風みたいにぐんぐんと大きくなっていた。

あの絵――中地が買ったフェルメールの『少女』というあの絵。

もし、あの日野という画廊にあるとすれば。

あたしが買ったのはなんなのか。

中地があたしを手玉にとったのか。

あたしの知らないところで別の商売をしているのか。

そのときやっと、日野の言葉をちゃんと思い出したのだ。

ルービーズという競売会社のキュレイターが、竹子さまにご挨拶申し上げたいと、つい先日来たのです。

自分のマンションの緑と赤のベルベットを張った椅子に座り、呼吸を整えると、日野画廊に電話をかけた。

「さきほど伺いました、TAKE美術館代表の大岩竹子です」

あの男はかしこまって「はい、ありがとうございます」と言った。用件を伝えると、日野画廊の店主は丁寧に復唱した。

「では、ルービーズのキュレイターにお会いになるから、連絡を取るようにということでございますね。竹子さまの携帯にご連絡申し上げますか？　中地さんにご連絡いたしましょうか」

「先方はどういうご用件ですか」

「それは存じあげません」

「ではわたしの携帯に連絡をするように言ってちょうだい。絵を一枚買いたいと、そう言って」

翌日、七月五日の朝十時、マンションのエントランスにある来客用のソファに居心地悪そうに身を縮めて座っていたのは、色の白い、生真面目（きまじめ）で神経質そうな顔をした男だった。彼は内山信夫と名乗った。

竹子は開口一番切り出した。

「誰もが知っている、有名で、価値のある絵を一枚買いたいの」

内山はおずおずと答えた。

「印象派でしたら何点かご紹介できるかもしれません」

その物言いがまた竹子を苛立(いらだ)たせた。そのオブラートでくるんだような、奥歯にものが挟まったような——どっちにでも言い逃れができるような物言いだ。

「そういうんじゃないのよ、あたしが欲しいのは。巨匠。巨匠の絵なの」

自分がそれぐらいのことを言える人間であることを、このルービーズのキュレイターに見せつけなければならない。

竹子は車を二台用意させると、TAKE美術館に行くように言いつけた。前の車に竹子が乗り、後ろの車に内山が乗る。

竹子はいつも、誰かと一緒には車に乗らない。

車は高速道路に乗り、降りて、両側を山の緑に迫られた山道を上り、やがて美術館に到着した。

壮大な敷地と凝った外観が特徴の、収集美術品と建物の総額が一千億円を超える美術館だ。

二台の車はそのまま敷地に乗り入れた。

竹子の姿を見ると、信者である職員たちは驚き、ある者は足首までつくかというようなお辞儀をし、ある者は誰かを呼びに走った。竹子はそのどれも無視した。

竹子は内山を引き連れると、大股で館内に入った。着物の裾がめくれて、草履の上で足袋を履いた足が滑って右へ左へとぎゅっぎゅっと揺れた。

竹子は一部屋ずつ回り、一点一点、美術品を内山に見せた。

そのときには苛立ちは消え、高揚感に包まれていた。彼がこの美術館と展示物に気圧されて感動し、「こんなところにこんなに立派な美術館があったとは存じませんでした」と言うと思うと、胸のつかえが取れるのだ。

この美術館を案内した人間で、そう言わなかった者はいない。もし言葉が違っているとすれば「ここまで立派だとは思っていませんでした」ぐらいだ。

「もし予算が足らないようならここにあるコレクションを何点か処分して、いいものを一枚買い求めたいの。ほかの美術館が貸し出しを頼んでくるようなものをね」

竹子は、展示物の紹介をしながら歩き続けた。

内山はメモを持って懸命に付いて歩いた。なにやら図のようなものも書き留めていた。美術品を見る目は鋭くて、彼の瞳はまるで、目の前の美術品をその瞳の中にあるカメラに収めているようだ。

中地とはまるで違う。

そのあとを二人の職員が小走りに付いてきた。

竹子は気分がよかった。

ルービーズが相手なら、どんな名品も買える。

一通り見せ終わったとき、館内には黄色い日が射し始めていた。大きな窓から見渡せる山が、西日に輝いている。

美術館では、来館者用のベンチもイタリア製だ。贅を尽くすとはこういうことだ。

その椅子に座って、内山はメモを見つめて電卓を叩いていた。

「申し訳ございません、竹子さま」と内山は言った。

そして内山は、ここの美術品の合計額を八千二百万円と査定したのだ。

「日本画の何点かは買い取れるものがあるかと思います。上司と相談をしなければなりませんが」

それはゼロの数が三つたらない。

竹子は穴が開くほど、その男の顔を見た。

男は真っ青になっている。

「たったの――たったの八千万だって言うの」

「価値と価格は別なのでございます。世間で億がつく美術品はある意味で特殊なものなのでございます。こちらでお持ちの日本画にも大変優れたものがございますが、価格には知名度というのが照射され、上がるものなのでございます。日本画はヨーロッパでは大変人気がございます。ただ一部の著名な西洋絵画とは、申し上げにくいのですが、価格の相違がございます」

絶望——失望——そういう感情に呑み込まれる前に、竹子は「西洋絵画」という言葉を摑みとり、そのとき竹子の目はギラリと光ったのだ。

飾るならレプリカという扱いで——中地の言葉が脇腹(わきばら)を突いた。

「実は、よくできたレプリカを買ったの」

「レプリカ——でございますか」

「ええ」

——見れば本物だとわかる。この気の弱そうな男に目にもの見せてやる。

そうして竹子は、決して触れるなと言われていた絵——イタリアから送られてきた『少女』を奥の部屋から引き出した。

西日を浴びるイタリア製のベンチの上に立てた。

ルービーズのキュレイターが息を呑むのがはっきりと見えた。

彼は一時(いっとき)も目を離すことなく、舐(な)めるように見続けた。

そして内山は顔を上げた。

「ほんとうによくできたレプリカで」

そう言った内山は瀕死の鯉みたいな顔をしている。

一瞬、竹子はぎくりとした。

それからそろそろと考えた。——本物だとはこの男だって言えない。それを言えばあたしを盗人呼ばわりしていることになるのだから。

だからこんなに、毒でも喉に詰めたみたいな青い顔をしているんだ。慇懃無礼なキュレイターに言葉を選ばせたと思うと勝利感が湧き上がった。

「このレプリカ、もし扱うとしたら、いくら?」

内山は、はっとしたように竹子に顔を上げた。

「なんとも。それより先程のお話ですが、どのような絵がご所望でございますか」

内山は続けた。

「お聞き及びかもしれませんが、スイスに住むさるロシア人貴族の家系の方が絵を何枚か売却したいと言っておいでだと伺っています。わが社で競売にかけていただくことになろうかと存じます。カタログができましたらお持ちいたしましょうか?」

男の注意は、完全に『少女』から離れている。竹子はわずかに狼狽した。

「このレプリカが本物になるってことはないの」

男にはためらいがなかった。竹子の目を見据えて「ございません」と答えた。

「『ひまわり』だって『モナ・リザ』だって本当は何枚もあるっていうじゃないの。この絵だって」竹子は、相手が真実を話しやすいように慎重に考えて、続けた。

「本物かもしれないでしょ」

男はまっすぐに竹子を見つめた。

「『モナ・リザ』に関して言えば、一枚しかございません。あとは模写でございます」

内山は実直な瞳でまっすぐに竹子を見ていた。竹子はそのとき初めて混乱したのだ。本当によくできたレプリカというのは、遠回しに本物だと言っているのではないのか。

「本当のことを教えて。この絵は、レプリカなの」

「はい」と男はゆっくりと答えた。

「よくできたレプリカでございます」

二台の車は連なって山を下りた。東京へとひた走る車の中で、竹子は何度も中地の携帯を呼び出した。都内に入ると二台は別れていった。

中地と連絡が取れたのは、翌日になってからだった。

竹子は中地を隆明会本部に呼び出した。

中地は、竹子の話を聞くと、青ざめて激怒した。

「見せたんですか」

「偽物だって言った」

「あなたは本当にばかじゃないのか。ここで本物だと言えば、あなたが窃盗に関わっているのと言うに等しいんです。だから言えなかった」

それから中地は独り言のように呟いた。

「処分しないといけない」

「騙そうったってそうはいかない。あんた、あたしの金で自分の商売してんだろ」

中地は物凄い形相で睨み付けた。

「今回は四億ドルを洗浄したんです。四億六〇〇〇万ドルを受け入れて、手数料の六〇〇〇万ドルを抜いたあと、五〇〇〇万ドルをあの絵の代金として乗せて、四億五〇〇〇万ドルを返送した。われわれは、あの絵に五十億円、本当に払ったんです」それから嚙みつくように竹子を見た。

「今回は本当に買ったんですよ！　話したはずですよね！」

中地は、頭からバケツの水でもかけるようにそう怒鳴った。

「それでもルービーズのキュレイターが、本物ではないと言ったのよ」

竹子の元に電話がかかってきたのはその夜だ。

「昨日はよいお品を見せていただき、ありがとうございました」と男は言った。

ルービーズの内山だった。

「スイスのメクレンブルク氏所蔵のお品でございますが、カタログができましたら改めてお持ちしてもよろしいでしょうか」

竹子は彼の落ち着いた声を聞くと、その場にへたり込んだ。

察したのか「いかがいたしましたか？」と男は言った。

それがあんまりさっぱりしているもので、この数日大騒ぎをしている自分たちが惨めに思える。

「もしかして、あのフェルメールにつきまして、お悩みでございますか？」

そう言われて竹子は思わず携帯電話を握りしめた。

「内緒で見せていただきましたので、少し案じておりました。わたくしは明日、イギリスに戻らなくてはなりません。美術の世界は踏み込むといろいろと厄介でございますが、竹子さまのところはきちんとした画商がついておいでですからご心配に及ばないと思います。もし」と、内山は言った。

「なにかアドバイスをご要望なら、差し出がましいようですが、一人、いろんな事情に対応できます人物を存じております」

「いろんな事情って？」

「文字通り、いろんな事情でございます。でも信頼なさった画商がおいでですから、その必要はないかと」

「紹介してちょうだい」

「は？」

「紹介してほしいのよ」

「中地さんはご了解いただいていますか？　それとも竹子さま個人にご紹介させていただきましたらよろしいのですか？」

内山は怪訝そうだった。

「話を聞くだけでもしてくださるかしら」

「それはもう。ただ、いますぐというのは。忙しい人物ですから。いまはスイスの仕事をしているように記憶していますが——確認いたしましょうか？」

竹子は「ぜひ」と言った。

「何時でもいいから電話をちょうだい」

四十分後、携帯が鳴った。

「例の人物は、いま香港にいるそうです。ちょうど明日、七月七日にスイスに戻る予定だったということですが、二、三日ならそちらに寄ることは可能だそうです。ご縁がありましたのでしょう。イギリス人ですが、日本語は堪能（たんのう）です」

「イギリス人――」と竹子は呟いた。

「内山さん、お宅から一枚買うわ。だから、一緒にいてちょうだい」

「お言葉ながら竹子さま」と内山は言った。

「申し上げましたようにわたくしはこれにてイギリスに戻らなければなりません。ウイッキー・ウィッカーという人物で、それこそ美術の世界の裏も表も知っている国際的コンサルタントでございます。彼の手に掛かってことが収まらなかったという話を聞いたことがございません。香港にいると聞いて、竹子さまの強運を感じました次第です」

内山は、大体の事情をウィッカー氏に伝えておいてよいかと竹子に聞いた。

「もちろん」と了解した。すると内山は、ちょっと思案して、あのフェルメールを見せないことには話は始まらないが、ウィッカー氏にあの美術館まで行ってもらう時間はないと思うと言った。

「電話の様子から考えると、彼にそんなに時間の余裕はないように思います」

そこで内山は、こちらでウィッカー氏が定宿にしているホテルに部屋を予約するので、そこへあの絵を持ってこられないかと言った。

「持っていくわ」

内山は一旦電話を切ると、約束通り、二十分後にまた、電話をかけ直してきた。内山がメモを取るように言ったのは、文京区にある高級ホテルの名前で、部屋はスイートルーム、竹子の名前で予約したと告げた。

「支払いはウィッカー氏がいたしますのでお気遣いには及びません。ウィッカー氏はどうやら、日本でここ数日を過ごすことをスイスのビジネスパートナーに伏せておきたいようです。無理を聞いていただきましたようです」

竹子はすぐに運転手を呼び出し、車を出した。その車を群馬まで走らせた。美術館で絵を摑むと、そのまますぐに帰路についた。

往復で六時間かかっていた。

五

　張り出した窓にはたっぷりとしたダーツのカーテンが掛かり、カーテンはボタン一つで自動開閉する。竹子は信者には「男爵（だんしゃく）の血筋」と偽っているが、ここは本物の華族の屋敷の敷地だったところだという。敷地の中に山と日本庭園と三重の塔がある。家具は純ヨーロッパアールデコ調であり、絵は和風であり、ランプは漆器に絵つけが施されていた。

　いかにも欧米人が好みそうなホテルだ。

　アールデコ調の椅子（いす）は少し古めかしい。それでもウィッキー・ウィッカーという男がそこに座ると、まさしく、椅子はアールデコでなければならないという気がしてくる。

　そういうイギリス紳士の風情（ふぜい）だった。

竹子は一流が大好きなので、一流品はわかる。ウィッカーが着ているスーツはまごうかたなき一流品であり、靴も最高級の革が使われたブランドものだと思った。ダイヤのちりばめられた時計を持つ金持ちは多いが、ウィッカーがしているのはシンプルな円窓の時計だった。それが余計に、彼を一流に見せた。

ウィッカーは立ち上がり、竹子を迎え入れた。

しかし彼は、会ったときから、少し不機嫌だった。

竹子は持ってきた絵を差し出した。彼がそれを受け取る素振りを見せなかったので、仕方なく竹子はそれをテーブルの上に置いた。

紙に包んだ絵に、ウィッカーは手を触れようともしなかった。

「ウチヤマさんは古い友人です。できることならお力になりたいと思っていました。でも今回ばかりは無理です」

白人の、瞳（ひとみ）が透き通った目は見ていて怖い。ウィッカーの瞳は南国の海のようなブルーだった。髪はチョコレート色だ。

「あなたがたが今回、取引をした相手を調べました」

それからじっと、その青い目で竹子を見つめた。

「あなたは、ご自分のなさっていることに自覚がないようだ」

竹子は黙っていた。

「あなたがたTAKE美術館が、宗教法人が非課税であることを利用して、何年も前から非合法な金を洗浄してきた組織だということは、業界では半ば公然となっています。こういうことは、普通はわからないようにやるものですが、資金洗浄の隠れ蓑であるはずの『もの』に、よりにもよって盗品を使うのですから。当時はよっぽど強いバックがついていたのでしょうね。おわかりでしょうが、コロンビアの盗掘品売買のことを言っているんです。責めているわけではありません。ただ事実を話しています」

彼はドアまで行き、鍵がかかっていることを確認した。

それからやっと、絵に手をかけた。

「これをいくらで購入しましたか」

「五〇億円です」

ウィッカーは長いソファまで持っていき、丁寧に紙を解いた。

二〇センチほどの幅の額に入れられた、広いひたいの少女の絵が現れた。澄んだ目の少女――彼女はすぐそこにいるように、こちらを見ている。

ウィッカーは絵を丁寧にソファの背に立てかけると、絵をゆっくりと眺めるようにソファの端に腰をかけた。

「あなたがこの絵を取引した相手は、あなたが洗浄した金で公式のルートから武器を買い、破壊活動をする実働部隊に提供しています。各国の国家安全保障局はその資金源を断ち切ろうと躍起になっている。それは政治家の汚職だとか、独裁者の公金着服なんかに対するのとはケタが違う本気度です。遠い外国の政治家が汚職をしようが、独裁者が公金を着服しようが、自国の国民の血が流れることはありませんから。だが、テロは違います。いま、自国の民が、本土にいながら、むざむざと殺される。違法行為をしているわけでもない、ただ横断歩道を渡りスーパーで買い物をしているだけの人がです。自国の領土の中で行なわれる無差別な攻撃とそれによる流血に、当局ははらわたが煮えくり返るほど怒っています。彼らが、実行犯に向けるのと同じ怒りを向けるのが、あなたたちのような協力者です。あなたが洗浄したのはイタリアの国際組織の資金ですから、海外の治安組織、わかりやすく言えばＦＢＩもＣＩＡもあなたを敵とみなしています」

見据えられて、竹子は身動きが取れなくなった。前薗からも中地からも、そんな話を聞いたことがなかったからだ。

ウィッカーは立ち上がり、緑豊かな庭園を見下ろした。

「まあ」と彼はゆっくりと言った。

「なんにしろ方法がないということはない——」

竹子はそのとき、身が奮い立つような気がした。

ウィッカーは美しい庭園を見下ろしたまま。

竹子は思わず言った。

「どうすればいいんですか」

「取引は済んでいますからね。イタリアの組織の金を汚れた状態に戻すことはできません。となるとできることはひとつ。あなたたちがこの手の取引で収益を上げている団体ではないという理解を引き出すのです。今回、いくらを洗浄していくら返金しましたか」

竹子は息を呑んだ。

紳士は畳みかけた。

「あの絵の購入費にいくら送金しましたか」

「四億ドル」

「向こうからいくらもらいましたか」

「四億六〇〇〇万ドルと聞いています。ただあの絵には別に、五〇〇〇万ドルを払ったと聞きました」

　ウィッカーは少し、笑った。

「ええ。わかりますよ。いつもなら四億六〇〇〇万ドルを受け取って、四億ドルを送金する。手数料の六〇〇〇万ドルを受け取ったわけです。ただ今回は本物のフェルメールなので、商売は別に立てた。ということですね」

　ウィッカーは窓の外を見るのをやめた。それから戻ってくると、椅子に腰掛けて、足を組む。

　しばらく考えていたが、竹子に顔を上げた。

「受け取った手数料、六〇〇〇万ドルを返却してください。手数料はプロが取るものです。すなわち手数料を取った時点で、あなたがたの団体は、送金業のプロフェッショナルだと認めていることになるのです」

　六十億円だ。

「それでも警察の調べが入ることは免れません。そのときこのフェルメールは、あなたたちがメトロポリタン美術館の強盗に関わっている証拠になります。少なくとも盗品売買に関わったという事実から逃れることはできない。――この絵が本物だからまずいのです。これが本当によくできたレプリカなら、問題はありません」

では、やっぱりこの絵は本物だということなのか——竹子の頭は半分しかついていけない。

恐る恐る聞いた。

「どう——問題がないんですか?」

「いま、あなたたちは二つの問題を抱えています。資金洗浄と、美術館襲撃、絵画強奪関与です」

「美術館襲撃って」

「あの絵はメトロポリタン美術館から強奪されたものです。あなたたちを捜査して、あの絵が見つかれば、強奪への関与も疑われるでしょう」

「わたしたちがアメリカの美術館を襲ったというのですか」

「事件発生からここに持ち込まれるまでの時間が短すぎる。強奪事件から十日後の六月二十一日には取引が済んでいます。ということは、ここに納まることを見越した事件だったと考えるのが自然です」

それは事実だ。イタリアの組織から、曰(いわ)くのある絵画を買わないかと誘いがあったのは、事件の一か月前の五月中旬だ。

「あの絵は、盗まれる前に、すでに五〇〇〇万ドルでの取引が決まっていたんでしょ。

そういうのが問題だというんです。この経過が発覚すれば、言い逃れはできない。だから、あなたは自分のなさっていることに自覚がないようだと申し上げたのです」

美術の世界の裏も表も知っている国際的コンサルタントでございます——内山の言葉が甦る。

「この絵が本物でなければ、少なくともメトロポリタン美術館の事件との関連は取り沙汰されません」

——彼の手に掛かってことが収まらなかったという話を聞いたことがございませんとも、内山は言った。

「これがよくできたレプリカならどういうことになるのですか」

「あなたがたは五十億円でフェルメールのレプリカを買った——ということです」

「そんなことがあり得るのですか」

「現にコロンビアの二万ドルもつかない古代像に一億二〇〇〇万ドルを払ったでしよ？　魂に語りかけたとか、琴線に触れたとか。言いようはいくらでもあります。だから美術品がこういうことに使われるのです」

それからウィッカーは深く椅子に背を預けた。

「でも難しいですね。そんなレプリカは見たことがありません」

それからため息をついた。

「せめて情報局に目を付けられていなければなんとでもなったのですが、わたしが入手した情報では、数日のうちに捜査が入ります」

捜査が――TAKE美術館に。と、竹子はうわ言のように呟いた。

「捜査が入ったらどうなるのですか」

「もし怪しいと思われたら、金の流れを捜査されます。彼らの目的は暴力組織――テロリストたちとの繋がりという一点です。そうなったらあなたの教団はひとたまりもない。あまりにも無防備です」

「ではこの絵を隠せばいいのではないんですか」

「だったら不明な金のやりとりをした理由を失います。イタリアの組織にはフェルメールを売ったという書類が残っているはずです。すべてが、絵の取引があったことを示している。絵がなければ逆に怪しまれます」

「だったらその、本当のレプリカがあれば――」

ウィッカーは言った。

「ええ、そう。本物のレプリカです。あまりの出来のよさに、どうしても欲しくなったのだと言い張れば、少なくとも盗品売買の罪は免れます。そのときに四億ドルの資金洗浄を条件にされたと答えれば――ただ、口座を経由して返してくれればいいと言われたのだと言えば、少々無理はあるが、破綻はしない」

「成り立ちますか」

「現に絵が偽物なら、他に理由がありません。あなたは絵の代金をちゃんと向こうに送っているのだし、手数料も取っていなければ、よっぽどその絵が欲しかったのだということになるしかありませんから。しかし、残念ながら、わたしにはそういうレプリカに心当たりがありません。三百五十年前の絵を再現するというのはそう簡単にできることではないのです。それも購入のために五〇〇〇万ドルを払ったことを納得させるものでないといけませんから」

このウィッカーという男は、この絵を本物だと思っている。中地もそう言っている。しかしルービーズのキュレイターは偽物だと断言した。竹子はどうしたらいいのかわからなかったが、警察沙汰にはしたくない。教団を失うなどと、想像もしたくない。

フェルメール――フェルメールの『少女』のレプリカがあれば――よくできた――これでなくて。

そのとき竹子の脳裏に、閃光のように閃いた。忠国の「盗まれたフェルメールを売りたいと言っている男がいる」という話だ。

──フェルメールっていう画家だよ。女の子の絵。

この絵が偽物か、向こうが偽物なのかは知らないが、両方が本物であるはずがない。こっちが本物だってこの男が言うんだから、あっちが偽物ってことでいいんじゃないのか。

「この絵のレプリカを持っているという男がいます。あたしの親戚筋の男なんです。『少女』を買わないかと持ちかけてきて、国立西洋美術館にも話がいってると言っていました。でもここにある絵が本物なら、あいつが言う絵はレプリカってことじゃないんですか」

竹子は思い出す。髪を摑んで振り回してやりたいと思ったあのときのこと。

──訳ありなもので、さばくのが難しいんだそうだ。でもあんたみたいな絵にとんちんかんな女だって、絶対知ってる絵なんだぜ。

「アメリカで盗まれた絵だって言っていました。それが、イタリアからこっちに流れてきたって」

ウィッカーの目がキラリと光った。竹子はそのとき、ウィッカーが恐ろしくハンサムなことに気がついた。

まるで映画スターみたいじゃないか。

「それは十分にある話です。盗まれた絵は、複製画が描かれることがよくあるのです。初めからあの絵を盗むという計画なら、イタリアのマフィアが二、三枚用意させていたのでしょう」

忠国は百億円なんて馬鹿げた値段を付けていた。

「そういう複製画の相場は……」

「出来にもよりますが、五〇〇万ドル――」

「偽物が五億円ですか」

「偽物だから五億円なんですよ。本物なら二億ドル――ざっと二百億円は下りませんから」

二百億円の価値のある絵を五十億円で買い、四百六十億円を資金洗浄して手数料を得て、今度は買った絵を偽物にすり替えるために、偽物を五億円で買う――そういう話なんだろうと思うものの確信は持てない。

ウィッカーは竹子を見つめた。

「連絡が取れますか？」

竹子はその真っ青な目に見つめられて思考がぷっつりと切れ、また落雷を受けたように身震いして、思い出した。忠国はメモをテーブルの上に置いた。

――俺の番号だよ。ご用のときにはご連絡をってな。

竹子は鞄を摑み寄せると、底を引っかき回した。それから皺になった紙を一枚つまみ上げると、じっと見つめた。

「――あった」

ウィッカーは膝を折り、その顔をすっと近づけると竹子を見据え、膝の上にある彼女の手の上にその手を置いた。

「いま判断が必要です。わたしに任せますか、それともナカジという画商と相談しますか？」

竹子は、男からも女からも、そうやって手を置かれたことは久しくなかった。

いや、一度もなかったかもしれない。

大きくて温かな――ちょっと乾燥して、清潔そうな手だ。その手は腕に繫がり、肩に繫がり、首に繫がって、そしてそのスターのような顔に――竹子を覗き込むように見つめる目に、繫がっていた。

その目に見据えられながら、竹子はまた身震いした。

それは、寒さに震えるときと同じ、からだの芯からの震動だ。

頭の中には、あの中地の脂ぎった顔が、ちょうどスクリーンにアップにされるように広がっていた。

この話を聞いたあの男がどんな形相で自分を見ることか——お前なんかにはなんの価値もない、ただ、お前が打出の小槌を持っているだけだというあの軽蔑に満ちた眼差しが竹子の胸に甦える。

竹子ははっきりと言い切った。

「おたくさまにお願いいたします」

ウィッカーは竹子の膝から手を引いた。

「わたしは明日の昼には飛行機に乗らないといけません。そのおつもりで」

竹子は携帯電話を摑んだ。

そうして、メモを見ながらそこにある番号を一つ一つ丁寧に押した。

電話番号は忠国のものだと聞いていた。

しかし電話に出たのは、コンサルタントを名乗る若い男だった。

隆明会の竹子だと伝えると、「五億円が用意できるということですか」と、丁寧な口調で聞いてきた。竹子は慌てて、忠国から折り返しの電話がほしいと言ったが、それでは明後日になると返答された。

「絵のことなのよ、あんたじゃわからないでしょ」

「いいえ。わたしが忠国さんにご紹介したのです。だからおたくさまがわたしに電話をかけてきたのではないのですか？」

竹子は思わずヒステリックな声を上げた。

「あたしは忠国の番号だって聞いたのよ！」

「では、ご用はなかったということでよろしいですか？」

「いいえ、絵はいるのよ。でも値段が——」

「伺っています」

ああ、男はさっき、五億円が用意できるということかと、言った。

「五億円——そうだったわよね。いいえ、そうよ、そう聞いたわ」

忠国は百億円って言った。多分あいつは、五億円の偽物の絵を、百億円の本物の絵だと思いこんでいる——結局忠国は騙されていたんだ。

「忠国さんに確認をいたしましょうか？」

忠国に言ったらまた、話が面倒になる。竹子はあわてて「いいえ、大丈夫」と声を繕った。

「急ぐのよ、明後日まで待てない。絵は——その絵はすぐもらえるの？」

「はい。ここにありますから、キャッシュと交換いたします。段ボール箱に詰めてお持ちください」

「いつ、もらえるの」

男はちょっと困った声を出した。

「申し上げたように、絵はここにありますからこちらはいつでも大丈夫です。お金さえ用意していただければ」

本部の会長室の金庫にはいつも十億円ほど積んである。この業界では常識だ。

「では五時間後に」

二時間後にしましょうとウィッカーが口を挟んだ。

竹子は時計を見上げた。正午——十二時だ。

「わたしが明日飛行機に乗るからというだけではありません。素早く動くことが成功の秘訣(ひけつ)です」

竹子はやまびこのように復唱した。

「二時間後にしましょう」

すると電話の向こうの若い男が言った。

「隆明会麹町(こうじまち)本部の駐車場でいかがですか」

竹子は五億の金を段ボールに詰めるなんてしたことがない。電話先の若い男に手伝うように求めた。

若い男は困ったような声を出した。

「そういうことは業務ではないのですが」

「きれいごと言ってんじゃないよ」そう竹子がドスを利(き)かせた。するとウィッカーが、すぐ横、電話の相手に聞こえるほど近くから、とても明瞭(めいりょう)な日本語で言った。

「急ぐので、手伝ってくださいとお願いしたら、どうでしょうか」

竹子はウィッカーの言葉を繰り返した。

すると男はあっけなく了解した。

ウィッカーは言った。

「ではわたしはここで待っています。レプリカを手に入れたら持ってきてください」

「それで捜査は――」

「マネーロンダリングの事実は消えないとしても、利益を得ていなければ少なくとも悪質との判断は免れるでしょう。絵がレプリカなら捜査に協力できる。捜査に協力的であれば犯罪組織との癒着はないものと判断される。うまくすれば」

と、ウィッカーはその綺麗(きれい)な瞳で微笑(ほほえ)んだ。

「もみ消されるということも想定に入ります」

竹子は、着物の裾がはだけるのも構わずに飛び出した。

ホテルの前のタクシーに文字通り飛び乗った。竹子が隆明会本部に着いたとき、駐車場には小型ワゴン車が一台止まっていた。運転席の脇に立つ男は、作業服に作業帽という姿だ。男は帽子を取って一礼し、被り直した。

「大岩竹子会長ですね」

「あんたみたいな若造が画商なのかい」

「わたしは経営コンサルタントです。経営に関することならなんでも取り扱います」

力作業だということなので、スーツだと動きにくいかと、近くの店で作業服を買ってきたとも言った。段ボール箱二つとガムテープも携帯していた。竹子はこの男をどこかで見たような気はしたが、はっきりとは思い出せない。

竹子は男を引き連れて本部の奥、会長室に入った。

机の鍵を開けると、中にしまわれている鍵を取り出す。

竹子の机の後ろの壁には、大きな書の掛け軸が飾ってあった。信者はこの部屋に入らない。入室を許された信者も、この書をまっすぐに見ることはない。これは梅乃の魂であり、信者風情がそれをあからさまに見つめることは不敬であると言い渡してある。だから信者はただ、じっと床を見るのだ。

竹子はその掛け軸を取り外した。

取り外した掛け軸のうしろの壁には、大きな金庫の扉があった。竹子はなんの注意も払わなかった。

書の掛け軸は巻かれるでもなく、くたっと放置されたまま。竹子はなんの注意も払わなかった。

鍵穴に鍵を突き差すと、ぐいっと回す。若い男はその横で、床に投げ出された書を巻いた。

竹子は金庫のドアを開けた。

金庫は二段になっていて、上段には書類や印鑑のようなもの、小さな像のようなものがある。下段には現金がどんと積んであった。

綺麗なピラミッド形に積み上げられた、帯封を巻いた百万円の札束だ。

竹子はそれを上から鷲掴み（わしづか）にする。

「箱に入れるのは五百束です。数えないと」と若い男は慌てた。

「一束ずつ数える馬鹿がいるかい。札束は十個で一〇センチだよ！」

竹子が一〇センチほど掴んで、束が十あることを確認して男に渡した。男は数え直して段ボール箱に入れると、十束ごとに側面に、持っていたボールペンで「一」と描いた。そうやって「正」の字を作りながら箱に詰めていく。

「正」の字が五個できると、男は新しい箱を開けた。

竹子はお構いなしに十束ずつの札束を渡した。若い男の手が間に合わず、十束にした札束がそこらに乱雑に立ち上がった。新しい段ボール箱を組み立てたあとは、男はもう、その束が十束かどうかを数えなかった。

ひたすら、箱の側面に棒線を「正」の文字型に引きながら、箱に詰めた。

金庫の中の金が半分ほど減ったとき、二つ目の段ボール箱の側面の「正」の字が五個になった。

男が段ボールの蓋を閉じてガムテープをつーっと貼った。

竹子が会長室の外に向かって声を上げた。

「台車をもっといで！」

竹子はダンと音を立てて金庫を閉じ、鍵をかけると、その鍵を机の引き出しに戻し、その引き出しにまた鍵をかけた。

さっき若い男が巻いた書の大きな掛け軸を、また乱暴に広げて、長い棒で持ち上げて慣れた手つきで金庫の前に掛けた。

「こんなもんはただの目隠しさ。なにが梅乃の書だい。あのばあさんは、字なんかまともに書けやしなかった。これはね」と、竹子は若い男に言った。

「書家に書かせたまがいもんなんだよ」

ドアを開けると廊下には台車があった。そばに信者がぺったりと廊下に頭をつけて平伏している。男は二つの段ボール箱を台車に載せると、外のワゴン車まで押した。竹子が部屋を出て台車を追いかけるように走る。台車と竹子が廊下の端に消えるまで、二人の信者は冷たい廊下に額をじっと擦りつけていた。冬のだんご虫みたいに。

竹子が出てきたときと同じで、タクシーは軽ワゴンの後ろに停まって待っていた。若い男が段ボールを持ち上げかねているのを見たタクシーの運転手が、運転席から降りてきた。運転手と二人がかりで段ボールを持ち上げて、投げ入れるようにしてどうにか小型のワゴン車に積み込んだ。

若い男は後ろのドアを閉めると、前に回って、助手席から、紙に包んだ一枚の絵と、三〇センチ四方の立派な桐の箱を持って戻ってきた。

男が竹子に絵を渡すと、竹子はそれを、右から左にタクシーの運転手に渡した。

「助手席に積んどくれ」

「絵、見なくていいんですか」と若い男が聞いた。

「開けたり閉めたりが面倒なんだよ。この箱はなんなんだい」

竹子は桐の箱を見た。

若い男はおずおずと言った。

「あの絵だけでこの金額というのはもらいすぎなので、壺（つぼ）を一つ付けました」

そう言うと男は桐の箱の蓋を開けて中を見せた。

細かい細工を凝らした立派そうな壺が納められていた。ずっしりと重い。

「箱はこちらで付けた別物です。壺はとても古いものです。美術商ではないので由緒（ゆいしょ）は詳しくはわかりませんが、価値のあるものです」

竹子はどうだってよかった。

壺の入った桐の箱を持ってタクシーに乗りこむと、ホテルに戻るように言いつけた。

段ボールを二つ積んだワゴン車に続いて、タクシーは走り出した。

走り出したタクシーのバックミラーに、弁護士の前薗が飛び出してくるのが見えた。

知ったこっちゃないと竹子は思った。

大通りに出る角にコンビニがある。五億円の札束を積んだワゴン車はその角を左に折れた。

竹子のタクシーは右に折れた。

携帯が鳴った。

前薗からだった。

竹子は電話を切った。

前薗からもう一度電話がかかってきた。

竹子は電源を切った。


竹子がホテルの部屋に戻ったとき、テーブルにはルームサービスでとったらしい白磁のティーポットとティーカップがあり、ウィッキーはおそらく優雅に午後の紅茶を嗜(たしな)んでいたのだろう。彼は竹子が持って入った絵の包装を丁寧に剝(は)いだ。竹子はそのとき初めて、なんの確認もしないであの若い男に五億円を渡したことに我ながら驚いていた。


中になにが入っているんだろう。

中からはちゃんと『少女』が出てきた。

イタリアから買ったフェルメールの『少女』とはちょっと違う。あの少女を今風にしたように、明るくて愛らしいが、あまり賢そうには見えなかった。優雅とか可憐(かれん)が抜けて、明快に明るい少女だ。

それを見てウィッキーはにっこりと笑った。

「これなら大丈夫。誰が見ても本物ではない。でもこれを求める気持もわかる。ぴったりです。捜査が入ったら、こちらの絵を見せるのです。すぐにＴＡＫＥ美術館に入れてください」

　それから桐の箱を見た。

「それ、なんですか」

「おまけにくれたんです」

　ウィッカーは丁寧な手つきで箱を開けた。

　中から出てきたのは、鈍い銀色の、高さが三〇センチほどの壺だ。細い棒で描いたような細かな柄が特徴的で、いかにも年季が入っている。

　ウィッカーの顔が一瞬で綻んだ。

「これはアルタイの壺のような気がする。とても価値があるかもしれませんよ」

　ウィッカーはしっかり抱えたまま、ぐるぐると回して底から横から眺めた。

「あとでゆっくりと見せてください。本物ならわたしが買い取ります。絵と一緒にＴＡＫＥ美術館で保管しておいてください」

　それからウィッカーは、一瞬だが、じっと竹子を見据えた。

「いいですか、絵も、壺も、隆明会本部ではなく、美術館ですよ。美術館と教団は、表向き別所帯のはずです。これからはそういうことに気をつけないといけないのです」

美しい顔をしている。

彫りの深さ、眉(まゆ)の形、鼻筋の通り方。しっかりした顎(あご)を持ち、男らしい唇をしている。竹子はその唇を見つめて、ゆっくりと、しかししっかりと頷(うなず)いた。

ウィッカーは得心してその美しい唇で微笑んだ。

「これは決して損な取引ではありません。あなたは運がいい。いまならまだ間に合います。いますぐ美術館に入れてきてください。それから弁護士をつれてここに戻ってください。まだいろいろと細工をしないといけない。まだ三時です。往復で四時間。九時には戻ってきてください」

それから彼は、

「前に買った絵をどうするかは――」

と、中地が買いつけた『少女』を手に取って、

「わたしが考えましょう」

と言った。

竹子は、忠国から買いつけた絵と壺を抱えて、自ら車を運転した。ヘボ運転手では片道二時間では到底着けないからだ。

首都高東池袋入口から五号線に乗り、美女木ジャンクションから外環道、関越道と経由して、高崎から県道を下った。竹子の運転は荒く、車は高級な外国車なので、先行車両は竹子の車を避けて車線を変更した。変更しなかったら嫌がらせのように車間を詰めパッシングを繰り返して道を譲らせた。それでも動かなかったら手荒く抜いた。

そうやって、竹子は五時には絵と壺をTAKE美術館に運び入れた。

『少女』の絵と壺を抱え、美術館の中を進んだ。

中地に偉そうに言われることなく、自分の判断で大きな仕事を成し遂げた。そうとも。あたしは偉いんだ。大きな満足感に包まれていた。

美術館は展示室が広い。その広い展示室に、高級ホテルのロビーのように、印象的に美術品を置いてある。そのレイアウトが、この美術館の売りだ。

台の上にダリアとユリがみごとに咲き誇っていた。

大きな生け花のようだが、有田焼だ。間接照明が当てられて、陶器の表面が光を反射して、魔物のようにきらきらと輝いている。竹子は、その荘厳な光景に見とれた。

それで『少女』を、有田焼の花の右側に置いてみた。

なんだかとてもいいような気がした。

急いでいたのだ。ぐずぐずしている暇はなかった——竹子は壺を、有田焼の左隣に置いた。

くすんだ銀の壺は艶(あで)やかな花を引き立て、花は壺の繊細な線図を引き立てた。その風情は仕組まれた一枚の絵のようだった。

竹子は踵(きびす)を返すと、来た道を東京へと車を飛ばした。


画商の中地は、会長室の防犯カメラに残された映像を前に、座り込んだまま立ち上がれなかった。

弁護士の前薗は、その映像を見たあと、すぐに弁護士事務所に戻ると隆明会関係の書類をかき集めた。いまから言い逃れの利く最低限の関連性を構築するのだ。机の上にいろんな書類を広げたあと、考え込んだ。それから教団本部にいる中地に電話をかけた。

「結局、なにが起きたんですか」

中地は、取り崩されていく金庫の中の金と、それをレンガでも扱うように無造作に段ボール箱に詰める作業服の男、その男よりさらに乱暴に金を摑みだす竹子を、モニターに見ていた。

「思い出せない。竹子会長が突然、あのフェルメールを偽物じゃないのかと言い出した。それから先は、なにが起きていたのか――」

前薗は座り直した。

「百歩譲ってあの絵が偽物だったとして、問題があるんですか」

「今回イタリアには四億五〇〇〇万ドルを送金した。そのうち四億ドルはむこうが持ち込んだ金だから、実際払ったのは五〇〇〇万ドル、五十億円。これは絵の代金です。偽物なら高すぎる買い物だったことになるが、この案件ではそれとは別にロンダリングの手数料で六十億円を稼いだんだ。盗品なのはわかっている話で、それが問題になるようなら本物であれ偽物であれ、最悪の場合焼いたら問題は消滅するんですよ。ここにあの絵があることは誰も知らないことなんだから」

録画テープの中で竹子はなにかに取り憑かれたように金を摑む。

「ルービーズのキュレイターに見せたことは問題ではある。でもそいつは、レプリカだと言って関わりを避けたんです。要は――」

と中地はやっと、モニターの画像から目を離した。

「マネーロンダリングの実態さえ隠しきれば、なんの問題もないんですよ」

「それはこちらで押さえています。国税局には踏み込むだけの証拠はないですよ」

それから前薗は聞いた。

「そのフェルメールはもうTAKE美術館にないんですか」

「そうです。もうない。美術館の事務長がそう言っている。昨日の夜遅く竹子会長がやってきて、持って出たという話です」

中地は前薗の電話を切ると、もう一度竹子の携帯を呼び出した。すぐにアナウンスに切り替わり、かけ直すようにと告げる。中地は通話を切ると、モニター画像に目を向けた。

確信を持ち、力に漲り、躊躇のかけらもなく金を掴み出す竹子が映っている。この金はここにあるべきではないと言っているみたいに。

かたわらには、見慣れた梅乃の掛け軸が巻いた状態で置いてある。いや、梅乃の掛け軸ということになっている、書家の作品だ。

竹子は、金庫を開けるとき、掛け軸をあんな風に巻いたりしない。だったらあの、作業服の男が巻いたんだろうか。

作業服に作業帽を被った若い男だ。

どこかで見たことがあるような気がした。

いや、誰かに似ているというだけで、この男を見たことはないかもしれない。

そんなことはどうだっていいと中地は思い直した。

一体、なにが起きているんだ——。

中地との電話を切ったそのとき、前薗の携帯が鳴った。

竹子からだった。

前薗は時計を見た。

八時を少し回っている。

前薗が高級ホテルのフロントを抜けて、荘厳なエレベーターに乗ったのは九時過ぎのことだ。エレベーターは竹子と前薗を上階へと運んでいた。

「中地さんは呼ばないんですか」

「ウィッカーさんは弁護士を呼ぶようにと言ったのよ」

竹子は、汗で前髪をこめかみに貼り付かせている。

ドアを開けて二人を迎え入れたウィッカーは、ゆったりと椅子に腰掛けた。

イタリアから購入した『少女』は梱包（こんぽう）されてソファにある。

ルームサービスでコーヒーが三つ運ばれてきた。

ボーイが出ていったあと、ウィッカーは口を開いた。

「事情は竹子会長からお聞きになりましたか？」

前薗はウィッカーを見つめたまま、返事をしなかった。

「いいでしょう」とウィッカーは言った。

「残りの仕事についてお話ししましょう」

ウィッカーは、表情を変えることなく、淡々と話した。

「イタリアのマフィアから買い求めたこの絵は、手数料として受け取った六〇〇〇万ドルと共にイタリアに返します。それはこちらでやりましょう。あなたがたの犯罪の証拠を消すのをすべて請け負うということです。関係者に金を払って、イタリアに残っている書類を処分させ、取引をなかったことにします。手数料の六〇〇〇万ドルも戻るのですから、イタリアのマフィアものむでしょう。もちろん代金はいただきます。わたしの取り扱い手数料です。二億ドルのフェルメールと、現金六〇〇〇万ドル、締めて二億六〇〇〇万ドルの十五パーセントで、三九〇〇万ドルです。それをわたしにお支払いいただきます。お嫌なら、あの絵をどこかに捨てることです。ただその場合、絵を探しているのは国際警察と、国際警察から依頼を受けた日本の警察およびアメリカ連邦捜査局です」

前薗は青ざめた。

「あなたも弁護士ならいまのテロ対策法ぐらいご存じでしょう。今、世界各国の警察組織はなにを敵に回しても、テロという暴力装置のスイッチを切ろうとしています。絵の一枚が問題なんじゃない。ＴＡＫＥ美術館が取引したイタリアの組織が、アメリカで活動するイスラム系過激派に資金と武器を流していることを、知らなかったでは済まない。さほどの悪気はなかったと言うつもりでしょう。でもそんな言い訳は通用しない。不法行為の代償は」

　とウィッカーは二人を見つめた。

「あなたがたが思うより大きいのです」

　竹子は前薗を見つめた。それは、提案に同意しろと詰め寄るようだった。

「わたしにどうしろというんですか。どうしてわたしを呼んだんですか。なぜ中地さんではなく」

　ウィッカーは遮った。

「あの人はただの出入りの画商です。素性の知れないものを持ち込んでいるかもしれない。でも画商というのはそういうものです。そういうリスクも含めてサポートしているのはあなたのはずだ。そのために高い顧問料を受け取っているのでしょう」

　竹子がはっとした。いまその事実を思い出したというように。

「この絵の取引で六十億円稼いだって中地は言った。少しくらい返したっていいでしよう」

「竹子会長がそれでいいなら、わたしが口を挟むことではありません」

ウィッカー――イアン・ノースウィッグは、睨(にら)み合う二人をほんのしばらく眺めていた。睨み合う刺々(とげとげ)しさは次第に薄れて、二人が、人が長いものに巻かれるとき、初めは抗(あらが)っていたとしても、最後には身を預けてしまう、そのときに芽生えるある種の「諦(あきら)めの境地」に飲まれていく。そのさまを観察しているようだった。

イアンは「では」と、言った。

「わたしの手数料の三九〇〇万ドルと、イタリアに戻す六〇〇〇万ドル、締めて九九〇〇万ドルを現金で用意してください」

人間、最後になって正気に戻るときもある。でもそれはとても短い。巻き取られていないのは肩から上だけで、いまさらどうあがいても抜け出せないと悟るのに時間がかからないからだ――むしろもうモノも言えなくなると悟ったときの、条件反射みたいなもの。それを超えたら、たとえ破綻を見つけてもそれについてどうこう考えなくなるのさ。

前薗は茫然(ぼうぜん)と目を見開いて呟いた。

「そんな現金、あるはずがないだろう」

——ないはずがない。現金で商売する店は必ず現金を持っている。月に四億円の現金が転がり込む宗教団体は、ダムが水を溜めるようにその金をせき止めて調整、ストックしている。すなわち溺れるほどの金をどこかに持っているってことさ。それも現金で。そんなことは先刻承知なんだよ。

イアンは携帯で今日の為替レートを確認した。一ドル百五円二十銭だった。

それから微笑んで竹子を見つめた。

「日本円で百四億一千四百八十万円。明日、ホテルをチェックアウトいたします。それまでにご返答がなければ、この話はなかったことにします。そのときにはお預かりしたこのフェルメールはお返しします。引き取りにみえなかったら、フロントに預けていきますから」

夜十一時を回っていた。

竹子の着物は乱れ、髪も乱れて、特注品の部分ウイッグが少しずれていた。

前薗は言った。

「中地さんに相談しないと」

「中地なんかに相談したってどうなるっていうの」

竹子は前薗を睨んだ。

「あの男は、儲ける方法は知っていても、ことを収める方法は知らない。昔、うちに向井凡太という男がいて、美術品を使ったこの資金洗浄はその男が始めた。中地はそれを真似ただけ。向井凡太は一銭も懐に入れなかったが、あいつの頭の中にあるのは、うちを使っていくら儲けるかだけだ。なにかあったらうちを切るんだよ。あんただってそうだろ」

内山が本物のロンドン・ルービーズのキュレイターであることは、前薗が確認した。ルービーズでは、うちには確かに内山信夫というスタッフがいるが、いまは不在であると告げた。日本に出張中で戻るのは明日遅くだと言ったのだ。

竹子が言った。

「本部の奥の金庫に金、いくらあるんだ」

前薗はイアンにチラッと目を走らせた。

「本殿の予備資金は九十八億円です」

「会長室の金庫の金はもう三億円足らずしかない」

合わせて百一億円。まだ三億円余り足りない。

イアンは思い出したように言った。

「残りは三億円ちょっと。それはあのアルタイの壺でもいいですよ。あとであの壺をいただければ」

竹子ははっとしてイアンを見ると、力強く頷いた。

「あの壺はちゃんとTAKE美術館にあるのですね」

「もちろんです。展示室にあります。フェルメールの絵のすぐ隣に置きました」

それを聞くとウィッカーは満足げにうなずいた。

「では、申し訳ないが、三時間以内に金を段ボール箱に詰めてください。いまから運送屋を手配します。隆明会本部に運送屋のバンが行きます。その車に段ボール箱を積み込んでください。明朝の飛行機に間に合うように。バンは明け方の三時には空港に向けて出発します。よろしいですね」

前薗はじっとイアンを見ている。だが彼に言葉なんかない。ことを整理する時間がないからだ。そもそも整理するほど情報もなく、整理するだけの人としての正義感も隆明会に対する情もない。

前薗は足早に駆けだしていく竹子を追った。

隆明会本部前の駐車場には見慣れた運送業者のバンが一台止まっていた。隣には小型のワゴンが一台止まっていて、さっきレプリカを持ってきた若いコンサルタントがいた。

「先ほどは慌ただしく、御挨拶もそこそこだったので、改めてと思いホテルに電話をしたら、外国のイントネーションで話す男性が電話に出て、あなたはお金を詰める手際(てぎわ)がいいようだから、申し訳ないがもう一度手伝ってくれと言われたのです」

若い男は電話の相手、ウィッキー・ウィッカーの名前を聞いたことがあるらしく、あのような著名なコンサルタントの仕事が手伝えるのはいい勉強だからとうれしそうに言った。

本部の扉を開けるなり、竹子は駆けだした。

彼女が向かったのは、本部の一番奥にある本殿だ。

竹子は十数名の信者を捕まえると、それ以外の人払いを命じた。

本殿に設(しつら)えられている祭壇は、十段ほどの雛壇(ひなだん)状になっていて、最上部には屏風(びょうぶ)が立ててある。

屏風の後ろには、会長室と同じように梅乃の自筆の書が掛けられているとされている。そしてこの書も、信者たちは決して直視してはならない。それが隆明会の魂だからだ。

竹子は祭壇を上がると、掛け軸をはねのけ、そのうしろの壁に埋め込まれた金庫のダイヤルを回した。

薄い白い作務衣を着た信者は恐れるように、一斉に平伏した。金庫の扉が開く。

竹子は祭壇の最上段から言い放った。

「いまから不浄物を御祓いする。それにはこの紙切れを運び出さないといけない。この段ボール箱に」

と、竹子は音を立てて段ボール箱を叩いた。

「この紙の束を四百束ずつ詰め込む」

竹子は「神は深夜三時に降りてくる」と言い放った。

集められた信者は、額を冷たい床につけたまま彼女の言葉を聞いた。

最上段に竹子と前薗。その下から一段飛ばしで祭壇の下まで信者たちが並び、一番下の信者の横には空の段ボール箱が積まれた。

日付が変わり、七月八日午前〇時二十分になっていた。

「一時間で詰めるのです！」

信者たちは一斉に取りかかった。

祭壇の上からは石を運び降ろすように札束が運ばれた。それは矢継ぎ早に人の手をつたって、段ボール箱まで降りてくる。待機している一人が受け取り、束が十個あることを数えて箱に詰める。そのたびにもう一人が紙に線を書き入れて「正」の字を書いた。札束はみるみる段ボール箱の中へと消えた。筆記係の書く「正」の字が八個できたら箱の口はガムテープで閉じられ、若いコンサルタントはその箱に「現金」と、太字のマジックペンで書き込んだ。竹子は信者を一人つれて会長室に走ると、金庫に残っていた三億円を紙袋に入れて戻ってくる。それも段ボール箱に詰め込まれた。封をした段ボール箱は台車に載せられ、次々と運送屋のバンに放り込まれた。四十分後、祭壇の奥にあった金庫はカラになり、二十六個の段ボールがバンの荷台に積み上がっていた。

午前一時五分。

運送屋は車を発進させた。

車の時計は一時六分。若いコンサルタントは、自分の軽ワゴンで運送屋のバンのあとを走りながら、電話を入れた。

「積み込みました。いま、空港に向かっています」

「了解しました」と、電話の向こうで内山が答えた。

内山は車の中で電話を受けた。

その車は群馬の山中にあった。助手席には鋼鉄でできた黒い箱が置かれていた。その箱は二〇センチ四方の立方体で、直径三センチほどの黄色いボタンがついていた。

フロントガラスの前には、群馬の深い山が黒々と広がっている。山中で月明かりを受けて金色に輝くのは、巨大な美術館の屋根だ。電話を切った内山はそれを見つめ、使い古した安物の青いボールペンを懐に納めると、助手席の黒い箱を膝の上に置いた。

一時九分。

彼は、ゆっくりと手元のボタンを押し込んだ。

TAKE美術館は開館時間より二段階ほど光の強さを落として、全館に薄明かりがついていた。

立派な日本画や陶磁器と、壁に吊(つ)られた中東の古いカーペットと。

美術館は収納物に対して面積が広く、一部屋に一つの美術品が飾ってある程度だ。美しい花をかたどった有田焼は生花のように繊細で瑞々(みずみず)しく、色の艶やかさは見る者の足を止めさせる。

夜中の美術館は、美に静寂が加わって、物の怪(もののけ)の住まう場所のようだ。

有田焼の花の横に、銀の壺は置かれていた。

壺に描かれた繊細な線は機械的でなく、人が丹念に数式を解いた、その計算式のあとのように緻密(ちみつ)な文様は、見飽きぬ美しさを持っていた。

部屋の時計が午前一時九分を示したとき、美しい数式の描かれた銀の壺は、中からぼっと火を噴いた。

壺はガラス玉が割れるように砕け散った。そこから、火がついたガスがうずを巻いて吹き上がり、次の瞬間、大轟音が響いた。

吹き上がった火柱は、龍(りゅう)のように一気に天井まで伸び上がった。黒煙がそのあとを追うように回り、床には地面をたたく雨足のように火の手が立ち上がる。火柱と黒煙と床から燃え上がる炎は一瞬で一体となり、展示室を火が駆けた。

溶けるように書が焼け落ちた。金色の衝立(ついたて)がぎらぎらと輝きながら縮んで消えていく。

中東のカーペットはしばらく、燃えることもできずに、その熱風に煽(あお)られていたが、火が天井を舐(な)めて、なお上へと階段を駆け上がると、その毛足の長いカーペットはごうと火を噴いて燃え上がった。

有田焼のダリアとユリは、てらてらとその明るい炎を繊細な曲線に映し出していたが、突然中から押されたように、パンと、割れた。

その隣で、『少女』は、アクリル絵の具がトロリと溶けて、やがて発火した。

美術館は炎に包まれ、警報装置が鳴り響いた。

警察車両と消防車両が同時に駆けつけた。

山の中から火を噴いたその様子は、引火でも出火でも火事でもない。

爆発だったからだ。

テロ対策部――「警察庁警備局外事情報部国際テロリズム対策課」に緊急通報が入った。消防車両に劣らぬ数の警察車両が、深夜の群馬の山中に向かったのである。

曲がりくねった国道を多数の車両が山へと走る。その車列に逆走して、内山の車は対向車線を走り抜けていった。

TAKE美術館で爆発が起きた――。

国際テロ対策部が動いたと知らせを受けた竹子と中地と前薗は凍りついた。三人はその場で、ウィッキー・ウィッカーという人物について――いや、ここ数日のすべての出来事について、なかったことにしようと即断した。

中地は、竹子が五億円を持ち出す様子が映っているテープを処分して、竹子は、若いコンサルタントの電話番号のメモを焼いた。

そのころ空港では黒いマジックペンで「現金」と書かれた段ボール箱が税関を通っていた。一箱四億円で、最後の箱だけ「一億円」と書かれている。使用目的は「絵画購入」。

空港従業員が押す台車が二十六個の段ボール箱を荷物室へと運び込んでいた。

朝十時、イアン・ノースウィッグはホテルのフロントで、スーツケースの発送手続きを終えてチェックアウトを済ませた。

「そちらのお荷物はお送りしなくてよろしゅうございますか？」

フロントの女性は流暢な英語でそう言うと、イアンが足許に置いている大きな梱包物に柔らかく視線を投げかけた。

縦六五センチ横六〇センチ角の平べったい荷物だ。

「ええ。これはいいんです」

フロントの隅にある案内カウンターのモニターでは、世界各国の現在時間と天気、気温が表示され為替レートが刻々と数字を変えていく。隣のひとまわり小さいモニター画面には、ニュースが流れていた。

「あれはなんですか」とイアンが聞くと、フロントの女性はまた、美しい英語で答えた。

「群馬にある美術館で爆発事件が起きたようです。テロじゃないかと、騒ぎになっているようです」

「日本でもテロなど起きるのですか？」

「夜中の一時のことですし、これがただの出火なら問題はないのでしょうが、爆発物というのが穏やかではございませんね」

「でも日本の旅行はすばらしかったですよ」

「それはよろしゅうございました。またのお越しをお待ち申し上げます」

日本の一流ホテルのフロントの対応はすばらしい。

ホテル前のタクシー乗り場でも、ドアボーイのサービスはすばらしかった。

「そのお荷物はトランクにお載せいたしましょうか？」

「近くなのでいいですよ」

荷物は後部座席に立て掛けた。それからドライバーに告げた。

「銀座八丁目までお願いします」

タクシーが滑り出す。

日野画廊には、斉藤真央が暇そうな顔で座っていたが、イアンがタクシーから降りるとうれしそうに立ち上がった。

奥から日野が出てくる。

「今日お帰りですかな」

「ええ。午後一時の便で」

それから日野はイアンが運んできた四角いものをしっかりと受け取った。

「これが荷物ですね」

「宛名(あてな)は書いてあります」とイアン。

「宛先はアメリカではありませんね。イギリスになっていますが、よろしいのですか？」

「そこから改めて送り直すのですよ。ここから送ったら、日野さんのところにみなが事情を聞きに殺到しますよ」

日野は得心して、奥へ運んだ。

斉藤真央はイアンを見ると目を輝かせた。

「たちの悪い人のユスリタカリのお仕事は済みましたか？」

「ええ。ありがたいことに全部無事に」

見計らったように、いつものウェイターがコーヒーを持って現れ、こう話しかけた。

「ご存じでしたか？　メクレンブルク氏、今度は行方不明だそうです」

ウェイターは驚いた斉藤真央を見ると、満足そうな顔をして、澄ました様子で帰っていった。

三人でコーヒーを飲みながら、世間話をした。イアンはベルギーの田舎町の祭りについて、それがどれほど準備のいる馬鹿げて面倒なものかを語った。

「フランドル地方の片隅なんですけどね、四百年以上続いているもので、そうなると起源なんかわからないのですよ」

「不思議ですね」真央は続けた。

「ヒエロニムス・ボスって画家がいるんです。その祭りのある町と同じフランドル地方の画家で、彼の描く絵は怪奇画だと一般にはいわれているんですけど、いまのお話を聞いてその絵を——たとえば『聖アントニウスの誘惑』とか『快楽の園』に描かれた〈木の人間〉を思い出しました」

「彼は五百年以上前の画家でしたね」

「ええ、そうです」と真央は言った。「ブリューゲルの師匠です。そのころの書物によれば、その地域の祭りを見た人は、その奇抜さと趣味の悪さにげんなりするだろうと書かれています。文字だけから祭りの様子を想像するのは難しいんですけど、ボスの絵をヒントにすればいいんじゃないでしょうか」

——爆竹みたいなものを角に付けられ興奮して飛び跳ねている動物が、騾馬の上に乗っている狼と縄で繫がれていたり。車の上でぐらぐらしているとてつもなくグロテスクなオルガンの鍵盤を、熊が力任せに叩いていたり。オルガンの中にはしっぽを鍵盤に繫がれた猫のいる檻が隠されていて、鍵盤が叩かれるたびに、オルガンの音のかわりに、しっぽを引っ張られた猫が鳴き声を上げるとか。熊や狼や鹿や猿が檻の周りを興奮して飛び跳ねるとか。巨人がグロテスクなダンスを踊り、醜い赤んぼを抱いた大柄な乳母が歩き回る――みたいな。

と斉藤真央は説明した。

「ヒエロニムス・ボスが突然、悪夢に魅入られたみたいに奇怪なものを描きだしたんじゃなくて、彼の絵は、当時のそういう都市文化に裏付けされたものではないかって。文化は滅びたけれど、ヒエロニムス・ボスの絵に文化の片鱗が残った、みたいな」

「なんだかブレーメンの音楽隊を思い起こしますよ」とイアン。

「まあ、祭りとはそういうものですよ」と日野が締めくくり、イアンは日野画廊をあとにして、タクシーに乗り込んだ。

「空港まで」

天気がよかった。

彼はすべてにおいて、満足だった。

ほんの少し睡眠が足りない。
飛行機の中でゆっくり寝よう。

六

段ボール二箱分の現金は、軽ワゴンに積んだままだ。

『少女』のレプリカの代金五億円を積み込んだあと、そのまま隆明会本部の近くで待機して、十一時にはふたたび本部の前に戻っていた。

レプリカを渡して代金をもらうだけだと思っていたので、竹子に金を詰めるのを手伝えと言われたときには慌(あわ)てた。ただ、イアン・ノースウィッグの
「急ぐので、手伝ってくださいとお願いしたら、どうでしょうか」

という声が電話越しに聞こえたので、手伝えばいいのだと了解した。

夜叉(やしゃ)のようになりふりかまわぬ竹子の姿に、章太郎は溜(た)まっていた澱(おり)のようなものが流れ落ちるのを感じた。

その後さらに百一億円を二十六箱の段ボール箱に積み込むのを手伝って、その段ボ

ール箱を空港まで届けた。そしてノースウィッグ卿（きょう）に代わって税関手続きを済ませたので、家に帰ったときには朝になっていた。

昼過ぎに目を覚まし――。

空を見上げた。

飛行機雲が一本、晴れた空にくっきりとのびていった。

あのイギリス人、あれに乗っているのかもしれない。

それにしてもあれが貴族の所業だろうか。この世でもっとも薄汚いと思っていたやつらをいとも簡単に畳んだ。

ティーカップでダージリンを嗜（たしな）みながら、人を踏み潰（つぶ）すときには、こうやってするんですよと微笑（ほほえ）んだ――憎しみにぎらぎらするのではなくてね。

そう言っている気がして、笑えた。

声に出してゲラゲラと笑って、畳の上をごろごろと転げ回った。

転げ回りながら、泣いていた。

おれは確かに復讐（ふくしゅう）を済ませて、大金を手に入れた。

幸せなはずだ。

ものすごく幸せなはずだ。

そう思うと涙が伝う。

座り直して。

父、凡太のことを思った。

あの日野って人と引き合わせてくれた父と祖父のことを。

金に跪(ひざまず)くんじゃないよ。

人生は本当は楽しいんだよ。

妹と母が住んでいるマンションは知っている。まだお堂に住み込んでいたころ、中学の卒業名簿から妹と同学年の兄弟がいるやつを探して、しらみ潰しに連絡して、妹の住所を突き止めた。そこが母の住所でもあるのだ。

小さな、古い、駅からもバス停からも遠いマンションだった。

その前まで何度も行った。

窓の下からその奥を想像するようにじっと見つめた。カーテンがスヌーピーから、かわいいピンクに変わり、さらに南国の絵のような鮮やかな色使いのものに変わっていった。マンションだから、二人が車を持っているのかどうかわからない。自転車を持っているのかもわからない。

でも多分、堅実に暮らしている。

向井章太郎はその日、そのマンションのドアベルを押した。

そうして母と妹に会った。

妹は綺麗(きれい)な娘になっていた。

母は、堅実で賢明な、昔のままの母だった。

「よぉ」

章太郎はそう言った。

妹はぼんやりとしておれの顔を見た。それからおれの肩を力一杯摑(つか)むと、クルリと首だけ向きを変えて、奥に向かって叫んだ。「ママ！　章太郎のバカが帰ってきた、章太郎のバカが帰ってきた！」

なんだか泥棒でも捕まえたみたいだ。

母は出てくると、おれと母はしばらく見合って。

おれは仕方なく会釈(えしゃく)した。

母も丁寧に会釈した。

それで再会の儀式は終わった。

家に上がり込むのは照れくさかった。

近くの喫茶店で向かい合って座って、二人に父の最期(さいご)を語った。

手を取り合って泣いたりはしなかったが、心につかえていたものが取れた。

「パパは家を売ったのよ。そのとき決心した」と母は言った。

「このままでは平和会に全部持っていかれる。子供たちの学費どころか、路頭に迷う。それを聞いた横浜の叔父さんが、すぐ離婚したほうがいいって言ったのよ。ぐずぐずしてたら凡太は洗いざらい平和会に注ぎ込む。離婚したら、財産の半分は妻に権利があるから、それだけでも平和会に吸い上げられるのを阻止できる。考えている暇はなかったの。叔父さんが弁護士も連れてきてくれて、銀行口座からお金を出せないようにした。パパは、離婚にも、あたしがお金の半分を押さえたことにも、なんの不満も言わなかった。どの書類にも淡々と判を押した。あたしも辛いとか悲しいとか考えている余裕はなかった。パパに代わって家族を守らないといけなくなったんだもの。これで章太郎とパパが目が覚めたときになんとかやり直せる。そう思ったの」

章太郎はそのときまで、母親に捨てられたものだと思っていた。

母は妹だけを助けた。

おれのことは、捨てたのだと。

「離婚は財産を守るためだったの？」

「そう。お金がなくなったら、本当に家族全員が平和会に入るしかなくなる。ママの頭にあったのはそれだけ。あのときはあなたはあたしの話なんか聞かないし、そのうえパパにとても感化されていて」

説得された記憶がない。そう言うと、妹が言った。

「ね。聞いてないんだもん」

「覚えてないだろ、お前」

「覚えているよ。あのとき家の中は平和会対反平和会で。ママに、もうこれはダメ、とりあえず離婚って言われた。わかったって答えた。お兄ちゃんはって聞いたら、ママは黙ってた。章太郎と一緒ならパパも無茶はしないからって、ママがそれだけ言った。お兄ちゃんはパパとずっとくっついていたから、仕方がないんだと思った」

妹はもう小学六年生だったから、覚えているんだ。

母は「そうか。おとうさん、死んじゃったのか」と呟いた。

母の目に涙がたまったのを、おれは見た。

「知らせなくて、ごめん」

「ううん。いいの。パパのことはちゃんと覚えているから。死んで、前のパパに戻って、あたしたちのところに戻ってきているんだと思う」

いまなら母のやったことが理解できた。守るべきものに優先順位を付けて、心を鬼にして実行した。母がそうやって「まともな神経」を保っていたのは、やっぱり贔屓目かもしれないけど、父が心理的に母を巻きこんでいなかったからだと思う。母に、母の選択をさせるだけの距離を与えていたというのだろうか。おれが平和会を辞めると言えば、父は引き止めなかっただろうと、いまになると思う。

母は、「親戚筋に知らせを出すわね」と言った。すると妹が、「これでやっと、おじさん、おばさんにも、凡太はうちのパパですって言えるね」と答えた。

これからどうするつもりかと聞かれて、起業するために、しばらく勉強したいと思うと言った。

「金が――ちょっと――入ったんだ」

母の目がすっと厳しくなった。

「なにで入ったのよ」

十一年前に別れた母は、まだあのときの母のままで、優しくて鋭い。

去年の宝くじでちょっと当てて、そのあと、それを元手に競輪と競馬でビギナーズラックで当てて――みたいな作り話をした。

マンションに「余っている」部屋があるから使えばと妹が言ったので、ちょっと考えると答えた。ほんとはすぐにでも越したかったが、そこは兄のプライドだ。

「じいさんが通っていた銀座の画廊、覚えている?」

母は怪訝(けげん)な顔をした。

「最中(もなか)を持って絵を買いにきたって。お洒落(しゃれ)なじいさんだったって、そこの画廊の店主が褒めてくれた」

「――ああ」と母は声を上げた。「そう言えばおじいちゃん、最中を持って出かけてたわ」

母も懐(なつ)かしそうに微笑む。

「そのまま帰りに神田の古本屋街をうろうろするんで、行くたびに本が増えた」

それから章太郎を見た。

「でもなんでそんな話を?」

「まあいろいろ」と章太郎はごまかした。

「でもよく聞いたら、うちの骨董(こっとう)を持ち出して売って、それで帰りに本を買ってたのよ、おじいちゃん」

「日野画廊で?」

母は言った。

「いいえ。湯山古物店」

「おれはじいちゃんが最中を持っていった画廊の話をしているんだよ」

「そうよ。それが湯山古物」

「日野画廊だよ」と、章太郎は正した。

「銀座のさ、八丁目のさ」

すると母が言った。

「湯山古物店は銀座五丁目の角。うちの骨董をこっそりかばんに入れて、最中を持って出かけるのをおばあちゃんがあとをつけて、突き止めて。だから間違いないの。最中を持っていったのは湯山古物店」

「わかった。じゃ、そこから独立した日野さんていう画商の人がいたんだよ」

「そうなの?」

なんだかおかしい。

「銀座八丁目の日野画廊って——」

銀座八丁目の日野画廊って——。

——お祖父さまにはわたしが銀座に画廊を開く前、古物商に勤めていたころから贔屓にしていただき、そのころは壺や茶器をいくつかお取引させていただきました。八丁目に画廊を開いたときには祝儀だと言って絵を一枚お買い上げくださいましたよ。

それからも、近くにおいでのときにはお立ち寄りくださいました。手土産に最中を持ってきてくださいましてね。帽子の似合うお洒落な方で。あなたの手を引いておいでになったこともあるんです。

「ね。その日野画廊がどうしたの」と妹が聞いた。

あれは。

日野は父の凡太を探していたと言った。亡くなったと告げると、ひどく残念そうな顔をした。彼はおれをホテルの喫茶室に誘った。おれにメニューを広げて「ここはアップルパイがおいしいです」と言った彼。「このパフェも一つ」と、餡と栗がのった、大きなパフェを頼んだ彼。

彼はあのとき、どことなく嬉しそうに見えた。

――実はお父さんを探していたんです。亡くなっていたとは残念です。隆明会にも天命平和会にも問い合わせたのですが、お父さんが亡くなったとは教えてくれませんでした。

おやじはかつて隆明会の絵の取引を一手に取り仕切っていたんだ。考えたらここ東京で仕事をする画商なら、隆明会から天命平和会に移った向井凡太が、ゴミ屑みたいに捨てられて死んだことを知らないはずがない。

そう。向井凡太という男が使い捨てにされて死んで、その息子が平和会を憎んで金を摑んで逃げたことぐらい、知らないはずがない。

そうして銀座八丁目で店を開いていた日野が「五丁目の古物店に足しげく通う老人」のことを聞きかじっていたって不思議じゃない。あれは五丁目の古物店に通うじいちゃんの話だったんだ。

でも日野は——なんでじいさんと懇意だっただなんて嘘をついたんだ。

おれはじいさんの話題にほだされて、一緒に父の弔いをしたつもりでいた。

でも日野はじいさんを知らないんだ。

三歳のおれのことだって、知らない。

——お父さんとは特に懇意だったわけではなく、展示会なんかで何度か顔を合わせたことがあるというだけなんです。

もしかしたら。

それが日野の知るすべてだったんじゃないのか。

章太郎はあの日の、寂しげな夕暮れ時をよく覚えている。

あの、西日の当たる部屋にまた帰るのだ——そう思ったとき、日野が言った。実はちょっとお願いしたいことがあるんです、と。

——お父さんの凡太さんが、TAKE美術館のことを一手に引き受けていましたよね。

日野は、あのイギリス紳士の計画に、おれを使えないかと考えたんだ。

——うちの馴染(なじ)みのお客さまが、あの美術館が購入した絵を、買い取りたいというので、交渉したのです。ところが値段交渉どころか、購入したこと自体を認めないのです。どこから手に入れたかを口外しないし詮索(せんさく)もしない。金額については、そちらの了解いただけるものにすると交渉したそうです。すると、こう言うのです。うちにはないが、心当たりがある。聞いてあげてもいいが、値段はかなり厳しいものになると。

それで、その絵を手に入れるためにおれは言われた通りに芝居を打った。

忠国のことも話したし、隆明会がどこに金庫を隠し持っているか、防犯設備はどうなっているか、鍵(かぎ)の管理はどうなっているか。

TAKE美術館の構造も。

知っていることをすべて。

彼らは、おれからそういう話を聞き出して、おれを利用したかったんだ。

だから五丁目の湯山古物店の話を引っ張ってきた。

――もしかして向井さんではありませんか。

あれは、一世一代の芝居。

日野に父のことを話しながら、二人で父の霊を弔っているような気がしたあの日。

章太郎はくすっと笑った。

おれに縁もゆかりもなかったものを。

そう思うと胸のうちからくすくすと笑いが洩れる。

大まじめな顔をして、人の良さそうなふりをして、あの日野のおっさんもやるもんだ。

――窓を開けてくれと言ったのは、ちゃんとお迎えが来ていたからでしょう。ご先祖さまが迷わないように手を引きに来てくださったのだと思いますよ。

でもおれは、彼のあの言葉でふっと視界が広がった。あの男は自分となんの接点もなかったおやじの話を、それでも誠実に聞いたんだ。

あのイギリス人の紳士は最後に言った。

「この取引でずいぶん大きなお金が入ります。それはあなたにプレゼントしましょう」

彼は段ボール箱に詰まった五億の金をそのまま置いていった。

彼らが何者であり、なにを目的としたのかは知らない。でもこれで金に跪かないでいい人生を——人生の選択肢を取り戻した。

十分すぎる報酬だ。

どうしたのお兄ちゃんと、もう一度妹が言った。

章太郎は「なんでもない」と答えた。

やっぱりこれは、おやじとじいさんがおれのことを見かねたんだな。

金なんか紙切れみたいなものなんだと、二人して全力で教えてくれた。

父さん——と、章太郎は心の中で呼びかけた。

すると優しかった父の顔が記憶の中にあふれてきた。一生懸命に数学を解く父であり、休みの日にはホットケーキを焼いてくれた父であり、学生みたいに哲学を語ってくれた父だ。高校野球を力一杯応援して、駅伝を始めから最後まで見続けた。

傷ついた山鳩（やまばと）の手当てをして山へと返した。

釣った小さな魚は海へと返した。

いろんなことが込み上げて、ぽたぽたと、泣いた。

父さん。

わかったよ。

これでこれまでのこと、全部許してやるよ。

もしかして——いまそこに立って、見てる？

妹がハンカチをくれて、おれはそれで思いっきり鼻をかんだ。


ＴＡＫＥ美術館の爆発について、「強引な勧誘と寄付の強要」により、隆明会が恨みを買っていたのではないかともいわれたが、テロ対策本部は、美術館そのものを狙ったテロの可能性を捨てきれないとして本格的な捜査に着手した。

「七月八日は日曜日だったので、昼間に爆発させる予定だったものが、誤って前夜起爆したという疑いもあります。仮にこれが昼間に爆発したものなら、多数の被害者が出た可能性も考えられます」と、夕方のニュースでは短く取り上げられただけだったが、隆明会本部はそれどころでない騒ぎになっていた。

隆明会本部には翌日、捜査員がやってきた。押収された書類からは資金洗浄の痕跡が明白で、その余波は暴力団から政治家まで、どこまで広がるかわからない様相を見せ始めていた。

紙面に「野放し」「黒い金」の文字が躍る。

竹子と中地と前薗は、関与を否定して沈黙を貫いた。

平和会の忠国は、警察沙汰になって慌てた。警察に聞かれたら、竹子と会ったことさえ否定するつもりだ。章太郎からはあれきり連絡はない。あの日「竹子に曰くありげにこの番号を渡してこい」と言われてその通りにした。長台詞は章太郎が持ってきていたメモにあった通り覚えたものだ。あの電話番号が誰のものかも、なにに使われたのかも知らない。あれから連絡を待ち続けたが、結局ぷっつりと途絶えた。章太郎に利用されたとは感じたが、竹子をきりきり舞いさせてやったと思うとそれだけで胸がすっとした。おまけにこれで隆明会が潰れるらしい。テロだって捜査をされて。章太郎の話していた資金洗浄のことが、明るみに出たのだ。これであいつらも、もう終わりだ。

ざまぁ見ろとはこのこと。

向井章太郎に感謝したいぐらいだ。

ルービーズは「メトロポリタン美術館で盗まれたフェルメールの『少女』がイタリアの犯罪組織を経てＴＡＫＥ美術館に買い取られた」という匿名の電話があり、それを受けて自社のキュレイターを日本に行かせたと認めた。そして当のキュレイター、内山信夫はＴＡＫＥ美術館の美術品を見たと証言した。

「あそこにあったのは『少女』のレプリカです。アクリル画の、どちらかと言えば粗悪なものでした」

記者はルービーズの広報官に聞いた。

「では六月二十三日にその匿名の相手が電話で語った話は、嘘だったということですか」

「少なくともTAKE美術館にはなかったということで、結果的にはそういうことになるでしょう」

「どうしてそんな電話をしたと思いますか」

「それはわたくしどもには知るよしもありません」

また、大岩竹子には、スイスで発見された新たな美術品がうちでオークションにかけられることになっていたので、そのカタログができたら渡すという約束をしたと、内山から報告を受けていると言った。

「しかしスイスのメクレンブルク氏が突然姿を消してしまったので、カタログは作られることはありません」

と、その部分に関しては思い入れ深く残念そうに語ったのだった。

七月二十一日、メトロポリタン美術館に郵便物が届いた。

差出人はモンタナ州のトマス・スミスで、宛先は中世西洋絵画部だ。

荷物の中には二枚の絵が丁寧に梱包(こんぽう)されている。大きさはまったく同じだ。一枚をほどくと、中からあのフェルメールの『少女』が出てきた。オフィスに大きなどよめきが走って、みなが駆け寄った。

絵画部長が高揚した顔で受話器を上げた。

「朗報です。『少女』が戻ってきました」

ところがもう一つの梱包から出てきたものを見たとき、オフィスは静まり返った。

そこから出てきたのも、『少女』だったのだ。

秀(ひい)でたひたい。品よく上がった口角。鼻筋から向かって右の頬と口元の筋肉にかけての影の濃淡。顔の輪郭は光を散らしたようにほんのりとぼかされて、光沢のある淡いブルーの衣装の、背中の部分のくっきりとした皺(しわ)から、背景の黒檀色(こくたんいろ)とも紫黒ともいえない空間性のある暗色――絵の左下にある、劣化によるくすみ。ひび。

キュレイターたちは二点の絵画を前に青ざめた。

『真珠の首飾りの少女』は、大きな、真珠のイヤリングをしている。そのイヤリングは貝殻色の光沢をはっきりと見せつけている。『少女』もまた、大きなイヤリングをしているが、それが貝殻色の光沢を持つものか、水晶のようなものかわからない。

『婦人と召使』の女がしている耳飾りもドロップ形で、女が顎に添えている手の親指の第一関節から上よりまだ大きい。『リュートを調弦する女』もまた、大きなドロップ形のイヤリングをしているが、『婦人と召使』にあるイヤリングとほぼ同じ大きさに見える。この『リュートを調弦する女』のイヤリングが、影の中でも貝殻色の輝きを有しているのに比べると、『少女』の耳にあるイヤリングはむしろ水晶のように見える。『手紙を書く女』『赤い帽子の女』ともども、耳にある装飾品は真珠でなく水晶を思わせる。二枚の『少女』は、そういう「存在を主張しないイヤリング」の、中心部分より少し下にある「照り返し」の印象の控えめさまでが一致していた。

二枚の絵が「どっちがあたし？」とこちらを見ている。

絵画部長は受話器を持ったまま、顔から血の気が引いていった。

「待って――これはなにかの間違いだ」

知らせを受けてＣＩＡのマクベインがメトロポリタン美術館に乗り込んだ。

二つのうちどちらが本物かは、彼女を見慣れているメットのキュレイターにもわからなかった。

一方にはサインがあり、一方にはなかった。

メトロポリタン美術館にあった『少女』にはフェルメールのサインがあった。キュレイターの一人がサインのあるほうを摑んだ。一人がそれを止めた。

「サインなんか当てにならない。わかっているだろ。プロなら描くことも消すことも
できる」

「わからなかったらどうなるんだ」

「どちらかが予備になる」

返事をされた男は呆気に取られて相手を見たが、言ったほうは真剣だった。

「全員の意見がどちらかにまとまればいい。でもまとまらなかったら、ずっと論争しないといけない。美術館で判断することは困難だ。判断は美術評論家にゆだねられる。だが、彼らがどれほど計算高く、功名心の固まりで絵を見る目がないか、よく知っているだろう」

美術評論家たちは、金持ちに売り付けた絵の代金から手数料を取って生きている。間違った判断をしたと断定されれば、彼らに手数料を払う顧客はいなくなる。美術展の仕事もこなくなる。彼らは常に潰し合いをしていて、自分が勝ち残るためなら――もしくは相手を潰すためなら――絵の真実なんか平然と糊塗する。

古いキャンバスを使い、古い絵の具を作り、巧妙に焼いて仕上げれば、評論家にはわからない。いまも多くの立派な美術館に詐欺師の絵が飾られている。どれが詐欺師

の絵だか、ほんとうにわからないのだ。

「エックス線写真では——」

「この絵はフェルメールには数少ない、来歴のしっかりした絵です。エックス線写真を撮ったことがありません。比較対象がないでしょう」

もう一人がおずおずと言った。

「角のゴミを調べるっていうのは——」

すると隣のキュレイターが情けなさそうにつぶやいた。

「古い時代のゴミがついていたほうが本物ってことですか」

マクベインは心の中で怒り狂っていた。

メトロポリタン美術館の責任者は青ざめて、マクベインを別室に呼んで詰め寄ったのである。

「わたしたちの大切な財産になにをしてくれましたかな」

マクベインは彼らを待たせると、裏手に回って電話をかけた。

「説明してもらおうか」

彼の怒りはふつふつとたぎって、地の底から聞こえる魔王の声のようだった。

イアンは受話器をちょっと耳から浮かせたぐらいだ。

「あんなかわいい子を、ギャングなんかには渡せないんだよ、それでね。一枚描くことにした」

「そうか――なるほど、それであのとき一か月以上も、ぐずぐずと美術館襲撃の予定を延ばしたんだな」

「本物と見分けがつかない偽物(にせもの)をつくるには、どうがんばってもそれくらいの時間はかかるもんでね」

「偽物をわたしに渡したんだな」

「そういうこと」

「偽物だとバレたら、どういうことになっていたかわかっているのか」

「テロ情報がおじゃんになる。だろ？　わかってるって。あんたらのようなインテリにはギャングの頭の中はわからないのさ。彼らは鑑定なんかしないし、フェルメールでもルノワールでもゴーギャンでも、金に化ければなんだっていい。下っぱのギャングから上のボスに渡され、そのあとはマネーロンダリングのために異国に渡る。そのどの過程で、あの絵が本物である必要があるんだ？　おれは褒めてもらえると思っていたぐらいさ、フェルメールを保護した功労者としてね」

「じゃ、盗んだ本物は――」

「ずっとうちの寝室の壁に掛けていた。おかげでこのくそ忙しく煩雑なプロジェクトにもかかわらず、マリアがそれほど機嫌を悪くしなかったので助かった。毎朝、おはようって声をかけていたみたいだ。ときどきおやすみも言っていた」

「始めから終わりまで、お前の部屋にあったと言うのか」

「そうさ。あんたに渡したときから偽物なんだから。見たんだろ？　で、偽物だとはわからなかった。それぐらいの技術がなきゃ、やらない」

「わかった」それからマクベインは怒鳴った。「じゃ、なんで二枚も返してくるんだ！」

「うん」とイアンは言った。

「手違いだ」

「なんだと」

「手違いっておれは言ったの。絵もメトロポリタン美術館に戻ったことだし。おれはこれでお役御免だから」

　マクベインは電話を持ち直すと、怒りを込めて冷やかに言った。

「美術館のキュレイターたちが、どっちが本物かわからないって言ってるんだ。ヒントを寄越せ」

「おお、いい気分だ。いいように顎で使われたんだから、これくらいのご褒美がないとな」

「この際だから聞くが、日本のＴＡＫＥ美術館で燃えた『少女』はなんなんだ」

「あれはただのアクリル画。素人でも描けるぞ」

「じゃ、三枚じゃないか！」

「まあ、厳密にはそういうことだな」

「爆発した銀の壺は」

「フランドルの田舎に小さな教会がある。そこにはいろんなものがある。なんたって七百年間、いろんなものを溜め込んでいるんだ。年代ものの銀の壺ぐらいごろごろしてる」

そこでイアンは気がついた。

「ちょっと待てよ」

銀の壺は、マスコミだって警察だって、あったことを知らない。着火剤として爆発し、粉々になって消えたはずだ。

「なんでそんなことまで知っているんだ？」

マクベインは怒りを溜めたままだ。

「おれがお前にものを頼んで、そのまま野放しにしておくとでも思ったか」

イアンは一気に頭を巡らせたのだ。

「誰から聞いた」

「さあ、事件の間だけいて、事件のあとに消えた人間を探すことだ」

「ずるいぞ――スパイを仕込んだな」

「当たり前だろう、お前みたいに卑怯(ひきょう)なやつと仕事をするんだ」

イアンはむっとした。

「おれはヘリのガソリン代ももらっていない」

マクベインは怒りをたぎらせた。

「洗いざらいFBIに通報しようか。どっちが本物なんだ！」

イアンはしんみりと言った。

「本当のところ、おれにもわからん」

それから朗らかに付け加えた。「でもわかる必要があるんだろうか。ポケットの中のビスケットをたたいて本当に二枚になって出てきたら、人類はハッピーだぞ」

マクベインは電話を叩き切った。

オフィスに戻ったマクベインと、メットの支配人と理事は、キュレイターたちの歓喜の声を聞いた。

キュレイターたちは、二枚を並べて簡易のエックス線カメラを向けていた。それを囲んで、部屋が沸き立っていたのだ。

「見てください！」

一枚にレンズを向けると、そこに浮かんだ写真には、表絵の少女から色彩を抜いてそのまま骨格化した図が浮かんでいた。線が何本かキャンバスを走っていて、粗い素描ともいえる下絵だ。

もう一枚にカメラを向けたとき、メットの理事は息を呑み、支配人は目眩を起こしたように目をつぶった。

そこに映し出された透視写真は複雑で、崩落した洞窟を白黒写真で撮ったように入り組んでいる。その入り組んだ下書きの上に、見逃しようがないほどくっきりと、大きな文字が浮きでていた。

This is fake

沸き立つ部屋の中で、メットの理事と支配人は呟いた。

「この誠実な贋作者に礼状を送りたい——」

メクレンブルクを名乗ったロシア人は姿を消した。スイスのローザンヌの屋敷には『ニンフと聖女』がただ一枚残されていた。ルービーズの絵画部長のグリムウェードは「メクレンブルク公の代理人の依頼を受けて」絵を競売に掛けた。絵は九〇〇〇万ドルで売買が成立した。

テレビ、雑誌、ネットニュースとも、ルービーズの前には記者が殺到した。買い手は誰かという問いに、グリムウェードは「お答えできません」と答えた。

——それでは、世紀の名画が、どこに消えたかわからないという事態になるんじゃないでしょうか。

——それは、文化財を扱うものとして正しいあり方なんでしょうか。

グリムウェードは答えた。

「落札された絵画は、落札者の意向により、メトロポリタン美術館に寄贈されます。フェルメールの『少女』を強奪されるという痛ましい事件に見舞われ、かかる無法者により破壊を受けたメトロポリタン美術館が、つつがなく修復されますようにとのお志であると承りました」

その瞬間、グリムウェードに向けて一斉にフラッシュが焚(た)かれた。

二か月ほど前、イアンはマクベインから「絵を盗め」と脅されて、メトロポリタン美術館にブツを確認に行った。

小さな額に納まった少女は、利発そうな目でこちらを見ていた。

モデルはフェルメールの娘じゃないかといわれている。画家が死んだあとも、フェルメール家で長い間保存されていたからだ。

彼は自分の娘の肖像画を描いた。それは売るためじゃなかっただろう。この絵を描かせたのは、現代の、娘の愛らしい一瞬を写真に残したいと思う親心と同じだ。

着飾って飾り窓に立ち、金持ちの気を引く絵じゃない。彼女は、箱入り娘なんだ。

彼女が見つめているのは、父親だ。

イアンは思ったのだ。この少女を、ギャングなんかに引き渡すのは忍びないと。

だってこの子はおれをなんの疑いもなく見ているじゃないか。

ちょうどスイスでは、フェルメールの贋作『ニンフと聖女』を制作中だった。

画材のすべてが揃(そろ)っていた。

イアンは、仕事中の修復家ベンシムに頼んだのだ。

「ちょっとついでにもう一枚描いてくれ」と。

ベンシムは、『少女』を、『ニンフと聖女』よりずっと時間をかけ見事に描いた。彼はこう言った。

「このフェルメールには迷いがない。いまでも、彼がなにを思い、なにを大事にしていたのかがよくわかる。だから気持よくあとを追える」と。

そうやってもう一枚の『少女』は、一か月をかけて作られた。丁寧に焼き、古いドロを擦り込み、また焼いて、ひび割れまで見分けがつかない再製をした。

メトロポリタン美術館襲撃に際して、イアンには協力者が必要だった。大型のヘリコプターを完璧に乗りこなす腕のある人間だ。他にもいろいろと条件がある。そういうこもごもを一手にクリアする人間は、世界広しといえども愛すべき相棒のマリアしか見当たらない。

しかしメトロポリタン美術館から絵を盗み出すことには合意したマリアが、盗み出した絵を偽物にすり替えてマクベインに渡すことを了解するだろうか。

ただでさえ「キャンベル神父ワトウ教会の絵を取り戻す大作戦」には莫大な金と手間がかかっている。これ以上話を混乱させることを、あの冷徹無慈悲なマリアが――。

イアンは、相棒の許可を取らないとなにもできない人間ではない。ただ少なくともメトロポリタン美術館襲撃には彼女の協力が必要だし、キャンベルの教会の絵を取り戻すほうについても、彼女がいるといないでは大違いなのだ。マスコミ対策その他を全部自分がやることを考えると、面倒を持ち込んだキャンベルを絞め殺したくなる。

どうあってもマリアの同意を得て、協力を取り付けるのだ。

イアンは強い決心のもと、メトロポリタン美術館で誘拐した『少女』を彼女に見せた。

マリアは「まあねぇ。こんなお嬢さんを素行の悪い男どもの中に置いておけないという男心はわからないでもないけど」と、よくわからない同意をくれた。

そうやって、メトロポリタン美術館から盗んだ『少女』は修復家ベンシムが描いた偽物の『少女』に取り替えられて、マクベインに渡されたのである。

偽物をマクベインに渡すという危ない行為に出た理由は、ただ一つ、『少女』の保護である。

「この絵、どうするの?」とマリアに聞かれて「返す」と答えた。

「今回の騒動は、ワトウの教会の絵がなくなったことに端を発している。絵が元に戻ってきたときには、すべての状態を絵がなくなる前と同じに戻す。ということは、とばっちりを受けたこの『少女』も、メトロポリタン美術館に戻っていないといけないってことさ」

それにはマリアもまったく異論はなかった。

「ついでに言うけど、メトロポリタン美術館の建物被害についても賠償する必要があるわ」

相棒は、犯罪が嫌いである。

とんでもないやつと組んだものだ。

「ガラス一枚割っただけだぞ」

「ガラス一枚割っても、どえらいお金をかけて建物を直すのよ。それに修繕期間中は休館で、入館料収入はなし。そのうえ防犯上の信用は失墜」

「マクベインに言えよ」

「マクベインが補塡（ほてん）なんかしたら情報局絡（がら）みの事件だってバレちゃうじゃない。マクベインは、メットには泣いてもらうって言ってる。そもそも彼には国家の危機に協力しなかったメットに同情する気がないの。だからこちらで賠償するしかないでしょ」

「おれたちはヘリのガソリン代まで自分持ちなんだぞ。そのうえメットのガラス代まで払うのか」

でも相棒はまったく相手にしてくれなかった。

フェルメールの名作である『少女』は、美術館にあるべきである。しかし隆明会の『少女』を回収しないまま本物の『少女』をメトロポリタン美術館に戻したら、『少女』が二枚発生する。下っぱギャングは、イタリアの組織に偽物を売り付けたといわれて、粛清される。マクベインが情報源を失う。するとそれはそれで、おれが責められるというわけだ。ボロクソに言われるのは慣れているからいいが、信用を失うというのはどうにも解せない。

それで隆明会のベンシム作『少女』を取り戻さなくてはならなかったのだ。

まあ正直に言えば、簡単に買い戻せると甘く見ていたのは事実だ。隆明会が何者かは知らないけれど、うさん臭い宗教団体が盗品の絵を売買しているわけで、結局は金で転ぶと思っていた。

彼らが手放すまで根気よく待つという手もなかったではない。

でもメトロポリタン美術館襲撃に関してFBIが動き出した。もちろん証拠は残していない。でもあの田舎捜査官たちは、これと思ったらハエ取り紙みたいに品も節操もなく粘りついてくる。

おれはマリアから「『少女』の方は早めにケリをつけるように」と厳命を受けた。早くメットに返して捜査を打ち切らせろってことだ。

マクベインは底意地の悪い策略家だが、国家の安定にはああいうじいさんも必要なんだろう、だからマクベインの足を引っ張ることはしないつもりでいる。

ということは、イタリアの組織と直に話し合うのもだめってことだ。裏があると勘づかれるのはまずい。あくまであの絵は、下っぱのギャングが盗んで、イタリアの組織に三〇〇〇万ドルで売ったというシナリオを崩してはならない。

おれは、ものすごく浅い溝にはまっただけなのに、どういうわけだか、まったく足が抜けないという事態に陥った。

問題の絵は、日本にあるのだ。そこで日野画廊の日野とルービーズのキュレイター、内山の力を借りることにした。二人は数年前、総額二千億円の絵画を倉庫から強奪したときの協力者だ。

日野には隆明会のことを調べてほしいと頼んだ。

すると日野は向井章太郎の話を聞き込んできた。

内山は微笑んで「できることならなんでもします」と言った。

ルービーズに電話をかけたのはキャンベルだ。

キャンベルは午後二時きっかりに中世西洋絵画部に電話をかける。それを内山が取る。キャンベルは手元のメモを読み、あとは内山が芝居をした。日本人キュレイターは内山だけだ。そこで内山には日本行きが命じられる。電話なんかなくても大丈夫だと内山は言った。でも彼に疑いが向くことがあったら、彼の先々に響くから、急遽キャンベルを駆り出した。

内山が上司に伝え、上司が頭を抱えているところに、絵画部長のグリムウェードが内山を日本に行かせろと命令を下す。これで内山はなんの疑いもなく日本へ旅立てる。

スイスのローザンヌに「美術品を屋根裏にため込んだ屋敷」なんかない。あるのはただの古い大きな家。ポーランド系ロシア人で元貴族のゲオルク・アレキサンダー・ツー・メクレンブルクもいない。ありもしない屋敷、いもしない貴族、そしてありもしない絵画群に付き合ってくれたのがグリムウェード率いるルービーズだ。内山を日本に行かせるぐらい、グリムウェードはふたつ返事で了解したさ。

イアンはルービーズに『ニンフと聖女』をオークションにかけるよう、指示した。それを隆明会から受け取った金で落札、メトロポリタン美術館に寄贈した。

フェルメールの幻の宗教画が手に入ったんだ、メトロポリタン美術館には、建物の修復費なんか霞んで見えるような経済効果があるだろう。

優れた犯罪者は人に憎まれてはいけない。

もちろん、ブリューゲルを救ってくれた画材屋には五〇万ドルを支払った。一家はとても喜んでくれた。

ではメトロポリタン美術館が『ニンフと聖女』を寄贈されて、画材屋と同じように喜んだかといえば、それはそれで微妙な話だった。

『ニンフと聖女』がフェルメールの宗教画としてメトロポリタン美術館に寄贈されたとき、キュレイターたちは頭を抱えたのである。あのあと二枚の『少女』をよく調べたが、二枚は透視写真で見えた鉛の文字がなければ見分ける決め手はなかった。彼らはこの一件で、自分たちに見分けのつかないものは存在するということを十二分に理解した。そしてこの『ニンフと聖女』はどうなのだろうと言葉にできない不安を感じていた。

当然のことながらマクベインには事の次第がいろいろ不可解だったようだ。万事うまくいったわけで、だから問題はないと思うのだが、それでは済ませられないらしい。それでマクベインから呼び出しを受けた。歩いているとすっと男が寄ってきて、「ついてきて下さい」と言われた。気がつくとまわりを似たような男たちに囲まれている。それで、これはマクベインだと当たりがついた。

つれていかれたのはゴミ箱が並んでいる裏路地だ。古びた赤いレンガの通りに倉庫があって、倉庫の中には空のビール瓶を逆さに突っ込んだコンテナが放置されている。

いまにも猫がつつっと駆けていきそうだ。そこにマクベインが待っていた。ハゲた碧眼の小柄なじいさんがきりっと立っていた。

そこでおれを拉致したやつらは姿を消した。おおかた表に停めた車で待機しているのだろう。

電話で高圧的に言われるのが常なので、顔を見るのはちょっとうれしい。それにしてもコンテナがゴロゴロあるんだから、どこにでも座れるというのに、マクベインは立ったまま。それでおれも立ったまま。文字通り立ち話だ。

「わからないんだが」とマクベインは言った。

「『ニンフと聖女』の科学的解析はアムステルダム大学で行なわれた。いかに一六〇〇年代の絵に加筆したとしても、アムステルダム大学を欺く(あざむく)ことができるのか」

イアンは「簡単なことだ」と言った。

「あの絵は本物のレンブラントなんだ」

「本物の――レンブラント？」

「ルーブルの知り合いに頼んで、倉庫に放置されている未完のレンブラントの絵を一枚もらったのさ。ルーブルにはレンブラントのサインのある絵なんか腐るほどあって、未完のものまでありがたがる余裕がない。一枚なくなってもなんの問題もない。それでも天下のレンブラント。修復家のベンシムは筆を入れるのを嫌がったほどだ。そのレンブラントにちょんちょんと絵を足して仕上げて、フェルメールのサインを入れた。サインはサイン屋というのがいて、彼らはそれだけで食っているプロだ。大学の学者なんかには見分けはつかない」

それを聞いたマクベインは、また考えた。

「『ニンフと聖女』にはフェルメールの絵の下絵があった。それはどう説明するんだ。エックス線写真でフェルメールの『窓辺で手紙を読む女』そっくりの下絵が出てきた。そんなものまで偽造できるのか」

「あれにはおれも驚いた。なんでレンブラントの絵の下に、フェルメールの下絵があるのか。フェルメールが描き損じたキャンバスを、その後でレンブラントが使ったと考えれば筋は通る。だが、当時売れっ子だったレンブラントが、わざわざ中古のキャンバスを使うとは思えない」

「謎だな」とマクベイン。

イアンは言った。

「でも、こう考えたらすっきりするんだ。そもそも『窓辺で手紙を読む女』が、フェルメールが描いたものではなく、レンブラントの作品だったとしたら？」

マクベインはぼんやりとイアンを見た。

「フェルメールは光を描く画家として売り出したが、レンブラントは『光の魔術師』と呼ばれたオランダの画家で、時代も、その特徴も被る。売れっ子だったレンブラントのほうは、作品数は千点を超えるといわれている。もちろん、フェルメールは当時人気だったレンブラントの模写をしただろうな。

そもそも『窓辺で手紙を読む女』は、長い間作者が特定されていなかったんだ。ホーホじゃないかといわれていた時期もあったが、十九世紀の終わりにフェルメールってことになった。自らフェルメールを再発見したと公言したフランス人研究家、トレ・ビュルガーが、フェルメールを世に売り出した十四年後のことだ。そうして、ビュルガーがフェルメールに光を当てる前には『窓辺で手紙を読む女』は、レンブラントの作品てことになっていたのさ」

マクベインは呆れた。

「相変わらず魑魅魍魎が跋扈してるな」

メトロポリタン美術館が『ニンフと聖女』をフェルメールの真作とみようが贋作とみようが、興味はなかった。あの絵は、レンブラントが描いたものだ。

『ニンフと聖女』をフェルメールの真作でないと見破る者がいれば、偽フェルメールになったレンブラントの絵画が一枚、ジャンクショップに売られるだけのこと。

フェルメールの真作ということになっても、繰り返された無知とご都合主義が発動されたというだけのこと。

なんとでもするがいい。

「魑魅魍魎で思い出した。お前が送り込んだスパイは誰だ。いくら考えてもおれのまわりには日本人しかいなかった」

マクベインはちょっと笑った。その嘲笑するような——勝ち誇ったとも取れる笑みはまったく可愛げがない。

「碧眼のたどたどしい日本語を話すやつを送り込んだとでも思っているのか」

それからマクベインは言った。

「今回のブリューゲル奪還には、お前になんの得も見いだせないのだが、どういうことなんだ」

「なんの得もない」

マクベインはじっと考えた。

「ずいぶん金も時間も使っただろう。不思議だ」

「説明してもわかんないさ」

「スパイの正体と引き換えだ」

おれは考えた。どうごまかそうかというのではなく、なんと説明したものかと考えたのだ。

「簡単に言えば、マリアが惚れた。キャンベルが持ってきた絵の写真にな。こう——ほれぼれとしたのさ」

「なるほど。じゃあこれで帰らせてもらう」

とマクベインが手に持っていた帽子をかぶろうとしたので、イアンは慌てた。

「わかった。でもごまかしたんじゃない。かなりの部分、本当だ。盗まれたのがブリューゲルだったからだ」

マクベインはがらにもなく真面目に聞く姿勢を見せていた。おれが義侠心をもつことがそんなに不思議か。

「蠢いているんだよ。なにかが。亡霊というのか、魂というのか。欲とか、喜びとか。太陽の光、小麦の輝き。細密画だからだと思う。この世でただ一人の絵を残してやると言われれば、おれならブリューゲルを選ぶ。うまい画家はたくさんいても、怖いと思う絵を描く画家は少ない。彼の絵は内に籠もっているんだ。自然は細密に描くのに、人は全体に雑なんだ」

マクベインは奇妙な顔をした。

人が人を殺す時代に生きたブリューゲルの絵画では、人間は汚く、自然は完璧で美しい。

宗教改革と、それに伴う無残な人殺しは、ゆっくりと回る歴史の中で、きしみながら動く歯車と歯車のすき間に人が潰（つぶ）されていくように起きている。

民衆が文字が読めなかったころ、聖職者は説教で教えを説いた。信者はその言葉をひたすら信じ、教会の権威は膨れ上がり、そうして聖職者は傲慢（ごうまん）になり肥え太った。

やがて都市が栄え、教育を受けた人が発生して印刷技術が生まれると、人は自ら聖書を読みたいと思った。プロテスタントとは、抗議という意味だ。彼らはいままでのあり方に抗議をし、ゆえに迫害された。迫害はすさまじく、アントウェルペンでは毎日、カトリック教徒の密告により多くの人間が殺された。男は斬首（ざんしゅ）、女は生き埋めである。

それでも異端者と呼ばれる者たちがひるむことはなかった。プロテスタントのカルヴァン派の説教師は公然と野外布教をし、それを聞きに貴族が隊列を成して街を行進する。もちろん、そういう説法を聞きにいけば死刑になる。それでもやめない。説教師は「自分を殺してもすぐにもっといい説教師がやってくる」と気炎を吐いた。当時の支配者であるスペインは、軍隊に対し説教者と傍聴者を逮捕するように命令を出すが、兵隊たちが説法を聞きにいっているのでどうすることもできない。

強烈な怒りは、理性に裏打ちされたとき、我が命などくれてやるという気持になる。

「それが人間の、人間たる所以。命を投げ出しても不条理と戦うのが人間。怒るということを知ってこそ人間」

とマリアは言う。

民衆は異端を支持し、ネーデルラントには異端迫害に反対するビラと異端者のクビが舞い、やがてネーデルラントはカルヴァン主義を掲げて反スペイン支配で団結していく。それはオランダ独立運動へと繋がっていく。

ブリューゲルはその時代のネーデルラントの画家だ。

その時代に身を置き、その時代を描き残した。

輸出品として絵画が作られていたネーデルラントでは、画家はイタリアに修業に行った。当時のイタリアでは「誇張」と「演出」がもてはやされ、修業に行った者は荘厳ともいえる宗教的な芸術性に圧倒された。そして、ネーデルラントに戻ってきた彼らはその画法をなぞった。そういう絵がいまでも高く評価される。

しかし同じくイタリアで修業したブリューゲルは、それらに影響されることはなかった。そして、自然主義のもと写実を重視した初期ネーデルラント絵画の最後の人となった。

アルプスを越えたときに見た、人知を超越した自然美が、彼の感性を守ったのだろう。だから彼の描く自然は絶対的なのだ。

「彼の絵は現世の都合で扱っちゃいけない。絵があったところが、あるべきところなんだ。あの絵がワトウの教会にあったというなら、そこにあるべきなんだ」

マクベインはまだ考え込んでいた。

しかたがない。

「ブリューゲルの絵に、農婦を描いたものがあるんだ」と、イアンは説明した。

「それがとんでもないバカ面でな——」

長い鷲鼻の、老いて見えるが三十代ではないだろうか。薄汚れた白い頭巾をかぶった女で、目はどこか一点を見つめて、見ることに集中して口はぼんやりと開いている。鼻先と頬は日に焼けて赤黒くなり、弛緩したように開いた口は鼻の下がたらんと垂れて、その口は受け口で、上唇より前にせりだした下唇から、ちびた下の歯が二つ、覗いている。目尻は垂れ下がり、目の下はくぼんで、口の横の乾いた皮膚には皺が刻まれている。間抜け面の女だ。

間抜け面をした農婦は、善良な人民であり、民衆の一人だ。

ブリューゲルは、テーマのために愚鈍にしたり清廉にしたりすることなく、民衆を無学で誠実なままの姿で、群衆にした。

彼は自らの仕事を聖域と見なして「聖なる芸術のために人間を道具にした」のでなく、むしろ愚直なる人を本来あるべきもの――侵さざるもの――すなわち「聖」として扱った。

この間抜け面の農婦が「聖」だ。

弛んだ首、焼けて柔らかさを失った肌、そういうものすべてが「聖」。ブリューゲルの絵は、簡単に踏み潰すことができる、金も神通力も持たない「聖」の集合体として群衆を描いた。

群衆は愚かだ。ブリューゲルは愚かに生きることが「聖」だと思っていたんじゃないだろうか。

彼の時代には正義は「実り」だ。ブリューゲルが自然を完璧な美として描いているのは、自然が実りの母体だからだ。そこに住まう人間の営みなど、そもそもが自然にかじりついた汚れ。なにも生み出さず、臆面もなく実りを食らうだけのごくつぶしが人間だ。そしてブリューゲルは自身と同じ、ごくつぶしとしてこの世に生まれ出でた人間をあるがままに描いた。その切なさ、悲しみ、喜びは、同じごくつぶしとして理解している。我が儘さも傲慢さも無関心も。

間抜け面の農婦がその目の先に見据えているものはなんだろうか。

神の降臨ではなく、ネズミに荒らされた棚の上のパンじゃないかと思う。

『サウルの自殺』に見る自殺するサウルの描き方のなんと小さくて惨めなことか。闘う兵士は人ではなく、無数の兜と槍として表され、それは針鼠のからだを覆う針のようで、個人の意志などなく、集合体は偉大なる山に吸い込まれている。その奥を大きな河がうねり、遥か彼方で都市の脇を悠然と流れ、やがて都市の向こうに広がる海へと繋がっていく。森と岩は、針を振り回している小さな兜の群れなど岩に付いた汚れほどにしか思っておらず、うねる河とその向こうに輝き広がる海には、彼らなどないに等しい。

ブリューゲルの目に歴史はそう映っていたのではないだろうか。

そうして学のない、四季に追われながら働く人びとにもまた、戦いはそのようなものではなかったか。彼らに大切なことは、牛を追うことであり刈り入れをすることであり、それに優る義はない。暗い森の中に牛を追い込み、途中で糞をする。ブリューゲルの絵では、人の瞳も牛の瞳も同じだ。

「彼は誰のために描いたのか。王のためでも教会のためでもない。彼は同じ宗教の下で人が人を考えつく限りの残虐(ざんぎゃく)さで殺す時代に、それも人間としての知能があるからこその殺し合いをする時代に生まれた。彼は誰のために、なんのために描いたのか。あたしは、『天にまします我らの神へ』の厭味(いやみ)に描いたんじゃないかと思うの。天に愛される民は実りを生む民。天に憎まれる民は神の御名(みな)の下に傍若無人に生きる民。彼には、自然に溶け込む愚直さを持つものこそが愛されるべきであり、すなわちあの、がちょうみたいな顔をした農婦の姿を慈(いつく)しんでいたんじゃないかと思う――そう、マリアは言ったのさ。

フェルメールとは全く別の世界にいたんだよ。バブル経済で豊かな街の片隅で、幸せな日常を描き出したフェルメールとは時代が違う。でもじつは、二人は同じネーデルラントの民なんだ。ブリューゲルの時代の苦しみの上に、フェルメールの住んだ街、デルフトの街の平安と栄華がある。それで今回、先輩画家のために、フェルメールに出張(でば)ってもらったってこと。縁もゆかりもない二人じゃないからね」

じっとイアンを見つめていたマクベインが、ゆっくりと口を開いた。

「ブリューゲルの絵が細密画なのは知っている。時代背景も大体は把握していた。ブリューゲルが、ヴァン・エイクに始まりルーベンス、デューラーに次ぐ、初期ネーデルラント絵画の大家であることも。でも」

とマクベインは厳格な面持ちで尋ねた。

「彼は絵の中で、人が野糞をする様子を描いているのか」

イアンは目を輝かすと、それだけは間違いのないことだと言わんばかりに頷いた。

「描いている。それも一つや二つじゃないぞ。ずいぶん描いているんだ」

二人はしばらく見合っていたが、マクベインは、さっと帽子を取り上げた。

「勉強になった。スパイは日野画廊の若いアシスタントの女だ」

イアンは一瞬息を止めて頭を巡らせた。

「彼女は盗聴器も仕掛けて、聞き及んだことを全部報告していた」

そして斉藤真央に行き当たったとき、思わず「ああっ」と声を出していた。マクベインは意に介さず頭をきゅっと帽子に沈める。「お前は色気で勝負しない女を疑わないと踏んだ。読みに間違いがなかったようだ」

それから倉庫を出るときに、ちょっと足を止め、振り返った。

「巨匠、ブリューゲルのダシに使われたんだ、フェルメールも仕方がないと得心するさ」

八月四日、夏の日差しがまぶしい。尖った六角形の塔はおもちゃのように愛らしかった。腰ほどの高さの木が囲んでいるその敷地には、いろんな形の墓石がぎっしりと並んでいた。家々はみんな背が低くて、屋根の高さが壁の二倍ほどある、童話の挿絵そのままだ。

二階建ての建物は、教会のある広場を取り囲むように作られたレストランやホテル、商店ぐらいだ。家々の外壁はレンガを積んでセメントで塗り固めてあり、ドアと窓枠は木製だ。窓には花を吊るして、レンガや石を敷きつめた道は綺麗に掃き清められ塵一つない。しかしそんな店や建物があるのも中心部だけだ。

教会のある中心部を外れると、あとは耕作地と牧草地が見渡す限り続く。そこには牛が悠然と歩き、山も高い建物もないところにずっと薄紫色の花が咲いていたりする。遥か遠くに糸杉がすっくと立ち上がっているだけ。空は高くて青く、その広さを遮るものはない。

時間が止まったような村だ。村の住人は耕作地で育てた野菜と庭でとれたハーブで朝食をとり、勤めに出るものは車で目的地に向かう。だから村に人気はない。ビヤ樽のような腰回りをした老夫婦が仲良さそうに朝の散歩をしているのを、一組見ただけだ。

教会の古さは中世を思わせる。

そのワトウの教会で、壁から、縦一メートル、横一・六メートルのねずみ色の汚い布が外された。

現れたのは一枚の古い絵画だ。

そこに納まった絵をキャンベルは涙ぐむように見つめて、感極まったのか跪いた。

キリストの復活を描いた宗教画である。キリストが墓に埋められた三日後、三人の女が墓を訪れる。すると墓を塞いでいた石が砕け散り、天使が現れて、もうここにイエスはいないと告げるという話だ。この劇的な逸話は、宗教画のテーマとして好まれた。三人の美しい娘と、輝くように美しい天使――もしくは白い衣装を着た美しい若者。

『キリストを詣でる三人のマリア』。

その絵はずっと、聖書の場面を描いたものだとは思われていなかった。ブリューゲルの絵は、言われないとわからないほど主題が小さく描かれるのだ。それが彼の魅力でもある。大切なのは生きている人の日常であり、宗教的な大事は、その日常の一コマとして、まったく省みられない状態で押し込まれる。

十字架を背負い、刑場まで歩かされるキリストは、その途中で力尽きて倒れ込む。

ゴルゴタはキリストが磔になった地であり、『ゴルゴタの丘への行進』は自らが磔にされる十字架を背負って刑場まで歩くキリストを描いた宗教画だ。ところが絵は、物見遊山の人々と、その物見遊山の人々を当て込んだ行商人とで埋めつくされていて、肝心のキリストがどこにいるのかわからない。遥か彼方に刑場が描かれているが、そこもまた人であふれて、彼らは「今日は誰が死刑になるのだろう」と刑場を取り囲んでいる物見遊山の野次馬だ。刑死など花見における桜みたいなもの。今日も明日も、誰かが処刑されるのさ——そんな感じだ。『イカロスの墜落のある風景』は、文字通り、イカロスが墜落した瞬間の風景を描いたもの。誰も墜落に気がつかず、描かれているイカロスは、溺れかけて暴れる足が二本だけ。これも教えられないと、まったく気づかない。この絵に関しては第三者による模写という説もあるので出来はさておき、構図はブリューゲルのものであるはずだ。キリストの生誕を描いた『雪中の東方三博士の礼拝』でも、雪の中で右往左往する村の日常があるだけだ。左下にある、絵の端の部分に貧相な小屋があり、そこに、言われればわかるという程度に、赤ん坊を抱いた女が見える。

キャンベルの教会にあった『キリストを詣でる三人のマリア』も、石の上に座った貧相な男と彼の前に座る三人の女は、絵の左端に、すべての雑踏の中の一つというように描き込まれている。キャンベルをはじめワトウの人々が、「それほどの絵だとは思わなかった」、ましてや「宗教画だとは思わなかった」のは道理なのだ。十字架さえない。右手にはそびえ立つ山があり、中央を抜いて、向こうに湖面のように広がるのは『雪景色の狩人（かりゅうど）たち』『洗礼者ヨハネの説教』『ネーデルラントの諺（ことわざ）』——あらゆる絵に出てくる、アントウェルペンの湾から遥かむこうに続く海だ。

そう——キャンベルの、古い携帯端末の中の写真に、そのアントウェルペンの港を見たとき、マリアが呟（つぶや）いたのだ。これはブリューゲルだと。

荘厳な風景の中に、エキストラがなにかやっているというように、固まっている四人の人影。背後の森は深く、木は高くそびえ、その森は「洗礼者ヨハネ」が説教したあの森に違いないと思わせる。深く暗く恵み多きヨーロッパの森だ。四人はまるで、歩き疲れて座り込んでいる旅行者にも見える。キャンベルが、それが新約聖書の『キリストを詣でる三人のマリア』の図だと気がついたのは、その中の一人が、真っ白の着流しの衣を着ていたからだ。

それは、おそらく、神になったばかりのキリスト——降臨した彼の初めての姿だ。

アントウェルペンの森に、本当に彼がいたみたいだ。ああ、おれはこれから神になるんだよと、三人の娘に話している、二千年前のキリスト。それが四百五十年前のネ

―デルラントの森にいる。

　教会の壁に掛けられた絵を前にして、イアンはマリアの耳元に顔を寄せてささやいた。

「いまさらなんなんだけど、これ、宗教画ってことで間違いないんだよな」

「ええ」とマリアもイアンの耳元に口を寄せてささやき返した。「森の端っこに若い男と三人の女がいて、だからキャンベルは『キリストを詣でる三人のマリア』って言ったのよ」

「思うんだけど、『歩き疲れて休む四人』じゃだめなのか。なんで男はキリストで、女はマリアなんだ。なにを根拠にしているんだ」

「男がキリストっぽい恰好(かっこう)をしていて、女もそれらしい恰好をしているから」

「男の頭には冠はないぞ」

「ブリューゲルはそういうのを描くのが嫌いな人。彼の年代別の絵の傾向を分析すればわかる。間違いなく新約聖書のマルコによる福音書第十六章にある逸話」

「ね」とイアンは聞いた。

「売りに出したらどれぐらいになると思う？」

「値段は天井知らず。最後はベルギーの国王がキリスト教国の恩賜(おんし)から寄付を募って、力ずくで買い上げると思う」

「なんで？」

「まったく手が入っていない。洗浄も、補修も。絵もすばらしいけど、研究価値はとんでもなく高い。そこに、小さな村の教会に誰にも知られることなくあったというエピソードがついたら怖いものなし」

イアンはにやっと笑った。

「惜しいことしたかな」

そこでキャンベルの大きな声がした。

「ありがとうよ、ありがとうよ、フィリアス・フォッグ！」

感極まったキャンベルの声は大きい。

「もうお前のこと、詐欺師（さぎし）だのヨタ者だの、女ったらしだのとは言わない。誓うよ。ついた嘘（うそ）を片っ端から忘れる男だとか、取り柄は逃げ足の速さだとか。なぁ、フィリアス・フォッグ！　おれはもう、金輪際、言わないぞ！」

「わかった」イアンはあわててキャンベルの隣に行って、膝（ひざ）を折った。

「わかったから、頼むからおれの名前をフルネームで叫ぶのはやめてくれ」それから、教会の窓から外を見た。

「ほら。そろそろ村の人が集まってくるじゃないか。おれの——」

トマス・キャンベルは聞いてはいない。

「本当だ、フィリアス・フォッグ！　お前には神のご加護があるぞ、おれになにかをしてほしいか、なんかおれにしてほしいこと、ないか！」

「ない。いや、ある、おれの名前を叫ぶのを——」

イアンはキャンベルを黙らせる——いや落ち着かせるために背中を撫(な)でた。

「絵は返ってきたんだ、もう泣くな」

キャンベルはいまやむせび泣いていた。そうしてイアンに、その、涙と鼻水でどろどろになった顔を上げた。「とりあえず村祭りのバザーでいくらかは集まるから、遠慮しないで受け取ってくれ」

マリアは絵に近づいた。

明るい日ざしをあびたブリューゲル。

彼の絵に何度も現れる、そそり立つ山とうねる平野、その間を右から左へと流れる河にそこから広がる輝く海。

それは古代ローマ人が麗(うるわ)しい風景としたもの。

彼がイタリアに行っても失わなかった、受け継がれた美意識だ。

「絵に『不屈』って文字が描いてあるみたい」

そう、マリアが呟いた。

「レースを編む女」1669-1670 ルーブル美術館

Pictures Now / Alamy Stock Photo

「手紙を書く女」1665-1666 ワシントン・ナショナル・ギャラリー

「合奏」1665-1666 イザベラ・スチュワート・ガードナー美術館

dec925 / Alamy Stock Photo

「真珠の耳飾りの少女」1665-1666 マウリッツハイス美術館

IanDagnall Computing / Alamy Stock Photo

「フルートを持つ女」1669/1675 ワシントン・ナショナル・ギャラリー

「絵画芸術」1666-1668 ウィーン美術史美術館

GL Archive / Alamy Stock Photo

「赤い帽子の女」1665-1666 ワシントン・ナショナル・ギャラリー

「天文学者」1668 ルーブル美術館

The Picture Art Collection / Alamy Stock Photo

「地理学者」1669 シュテーデル美術館

「婦人と召使」1667-1668 フリック・コレクション

CBW / Alamy Stock Photo

「兵士と笑う娘」1658-1659 フリック・コレクション

Pictures Now / Alamy Stock Photo

「手紙を書く婦人と召使」1670 アイルランド・ナショナル・ギャラリー

Heritage Image Partnership Ltd / Alamy Stock Photo

「ギターを弾く女」1673-1674 ケンウッド・ハウス

World History Archive / Alamy Stock Photo

「信仰の寓意」1673-1675 メトロポリタン美術館

「恋文」1669-1671 アムステルダム国立美術館

「ヴァージナルの前に座る若い女」1670 個人蔵

Peter Horree / Alamy Stock Photo

「ヴァージナルの前に座る女」1675 ロンドン・ナショナル・ギャラリー

IanDagnall Computing / Alamy Stock Photo

「ヴァージナルの前に立つ女」1669-1671 ロンドン・ナショナル・ギャラリー

Uwe Deffner / Alamy Stock Photo

口絵図版

「少女」1668-1669 メトロポリタン美術館
「マリアとマルタの家のキリスト」1655
　スコットランド・ナショナル・ギャラリー Artepics / Alamy Stock Photo
「ディアナとニンフたち」1655-1656 マウリッツハイス美術館
incamerastock / Alamy Stock Photo
「聖プラクセディス」1655 個人蔵（国立西洋美術館に寄託）
Artefact / Alamy Stock Photo
「窓辺で手紙を読む女」1658-1659 ドレスデン国立絵画館
Archivart / Alamy Stock Photo
「牛乳を注ぐ女」1658-1659 アムステルダム国立美術館
「取り持ち女」1656 ドレスデン国立絵画館
incamerastock / Alamy Stock Photo
「眠る女」1656-1657 メトロポリタン美術館
「デルフトの眺望」1659-1660 マウリッツハイス美術館
IanDagnall Computing / Alamy Stock Photo
「小路」1658-1660 アムステルダム国立美術館
「紳士とワインを飲む女」1658-1659 ベルリン国立美術館
「ワイングラスを持つ娘」1659-1660 アントン・ウルリッヒ公美術館
Album / Alamy Stock Photo
「中断された音楽の稽古」1660-1661 フリック・コレクション
Antiquarian Images / Alamy Stock Photo
「青衣の女」1662-1665 アムステルダム国立美術館
「水差しを持つ女」1662-1665 メトロポリタン美術館
「天秤を持つ女」1662-1665 ワシントン・ナショナル・ギャラリー
「音楽の稽古」1662 バッキンガム宮殿ステート・ルーム
Albert Knapp / Alamy Stock Photo
「リュートを調弦する女」1663-1665 メトロポリタン美術館
「真珠の首飾りの女」1662-1665 ベルリン国立美術館

参考図書

『土方定一著作集3　ブリューゲルとその時代』土方定一著（平凡社）
『ブリューゲルへの旅』中野孝次著（文春文庫）
『ナチの絵画略奪作戦』エクトール・フェリシアーノ著・宇京頼三訳（平凡社）
『迷宮の美術史　名画贋作』岡部昌幸監修（青春新書インテリジェンス）
『消えた略奪美術品』コンスタンチン・アキンシャ、グレゴリイ・コズロフ著・木原武一訳（新潮社）
『フェルメール光の王国』福岡伸一著（木楽舎）
『日本の10大新宗教』島田裕巳著（幻冬舎新書）
『盗まれたフェルメール』朽木ゆり子著（新潮選書）
『もっと知りたいフェルメール　生涯と作品　改訂版』小林頼子著（東京美術）
『フェルメールへの招待』朝日新聞出版編（朝日新聞出版）

解説――優れた犯罪者は人に憎まれてはいけない

西上心太

美術業界を舞台にしたコン・ゲーム小説。それが『大絵画展』、本書『フェルメールの憂鬱(ゆううつ)』、『嗤(わら)う北斎』と続く望月諒子の美術ミステリーシリーズである。

『大絵画展』はゴッホ最晩年の作品『医師ガシェの肖像』をめぐり、幾重にも罠(わな)が仕掛けられた騙(だま)し合いの物語だった。プロローグがバブル時代の一九九〇年、ロンドンで行われたオークションから始まる。このオークションでゴッホの『医師ガシェの肖像』が、一億二千万ドル（当時の換算で百八十億円）というとんでもない価格で、日本人バイヤーによって落札されるのだ。もちろんその金はバブルマネーである。一九八〇年代後半から始まったバブル景気。土地や株が投機の対象となり、値上がりが続いていた時代である。金融機関もそれらの資産を担保に、いくらでも融資の都合をつけたのだ。やがて投機の対象は絵画などの美術品にも及んでいく。

現実でも一九八七年に日本の損保会社が、ゴッホの『ひまわり』を、当時の美術品オークション最高額の五十八億円で落札したことは大きなニュースとなった。しかしバブルが弾けた結果、マネーゲームは終焉を迎え、多額の債務を抱えた企業の倒産が続いた。金融機関は融資した金を回収できず、担保にしていた土地や絵画を押収する。だがその資産価値は著しく減少していたため、処分して現金にすると大幅な損金が生じてしまう。「損切り」ができない金融機関は押収した絵画を「塩漬け」にして長期間保管するしかなかったのだ。

オークションから十二年後の二〇〇二年に物語は動きだす。この「塩漬け」された絵画が眠る倉庫を襲い、『医師ガシェの肖像』を奪うというのが『大絵画展』の前半から中盤にかけての進行だ。そして終盤は一転、奪われた美術品をめぐる騙し合いが連鎖するコン・ゲーム小説の本領が発揮されていく。実行犯を引き込むための小さな騙し。倉庫侵入という計画犯罪、そして真の敵に対する大がかりな騙し。三冊分の魅力を持った作品だった。

ちなみに二〇一一年に初刊行された『大絵画展』は、第十四回日本ミステリー文学大賞新人賞の受賞作である。二〇〇一年に『神の手』を電子書籍で刊行、その後文庫化され数作発表したものの、作家の道をあきらめかけたという作者が公募新人賞に応募し、見事に受賞することで復活の狼煙を上げた作品だったのだ。この作品がなかったら、十六万部を突破したベストセラー『蟻の棲み家』の誕生も難しかったかもしれない。

コン・ゲーム（con game）とは取込み詐欺・信用詐欺を意味する俗語である。コン・ゲーム小説とはその狭い意味だけにとどまらず、詐欺をテーマにした騙し合いの小説を指す。暴力的な手段を用いず、知能と機略だけで相手を騙す。そのような作品がスマートといえるだろう。当然のことながら詐欺師やペテン師が主人公であることが多いのだが、彼らが騙す相手は、今日のなりすまし詐欺の被害者のような社会的弱者ではなく、それまで甘い汁をすすってきた反社会的存在の巨悪であるのが望ましい。そうでなければ読者は快哉を叫べないからだ。

コン・ゲーム小説の傑作を思いつくまま挙げれば、翻訳物ではドナルド・E・ウエストレイクの『我輩はカモである』、ジェフリー・アーチャー『百万ドルを取り返せ！』、ロビン・ムーア『ペテン師どもに乾杯』、パーシヴァル・ワイルド『悪党どものお楽しみ』などが思い浮かぶ。国内物では小林信彦『紳士同盟』、真保裕一『奪取』、東野圭吾『ゲームの名は誘拐』、楡周平『フェイク』、道尾秀介『カラスの親指』など、こちらも枚挙にいとまがない。

前作でキーになったのはゴッホの絵画だったが、本書で詐欺師たちが獲物をひっかける餌（えさ）として利用するのがフェルメールの絵画だ。顔料に高価な半貴石ラピスラズリ（瑠璃（るり））に含まれるウルトラマリンを使用した、フェルメール・ブルーと呼ばれる鮮やかな青色が使われているのが大きな特徴で、世界中で人気が高い画家である。

前作と共通する人物も登場するが、独立した作品であるので本書からお読みになっても興が削（そ）がれることはないだろう。ただプロローグ部分のやりとりは、前作をお読みになった方へのサプライズサービスかもしれない。

キャンベルという神父が旧知の人物――イアン・ノースウィッグ――に助けを依頼、というより助けを強要する電話で物語の幕が開く。ノースウィッグは前作で『医師ガシェの肖像』のオークションに敗れた美術愛好家の大富豪である。ところがキャンベルの次の台詞（せりふ）に目を白黒させられた。

「助けてくれなかったら、お前のこと洗いざらいどこかに暴露してやる。イアン・ノースウィッグを名乗る金持ちは本当はフィリアス・フォッグという泥棒で、人の金をちょろまかすことにかけては天才的な詐欺師だって」

なんと、彼は（も）、詐欺師だったのか！

その驚きが覚めやらぬまま、一気に物語に引き込まれていく。キャンベル神父——どうやらこの人物もあまり大っぴらにできない前歴らしい——の教会はフランス国境に近い、ベルギー西フランドル州の小さな村ワトウにある。築七百年を超えるという古い教会だ。その礼拝堂から板絵（木の板に直接描かれた絵画）が盗まれた。古くからある絵は汚れ放題だったが、キャンベル神父は前任者のルクー神父からその絵の作者を聞いていた。十六世紀フランドル派の巨匠ブリューゲルが描いたものだという。盗難を公にすると絵が戻ってても、これまで通り教会の壁に掛けておくことはできない。ということでキャンベルは美術業界の裏の裏を知るノースウィッグに絵の探索を依頼したのだ。

一方、スイスのメクレンブルクという投資家の屋敷の屋根裏から、フェルメールの宗教画が発見されたという報せが世界をかけめぐる。さらにニューヨークのメトロポリタン美術館から、展示されていたフェルメールの『少女』が盗まれる。ガラス天板を破り、ヘリコプターから降下した賊が絵を奪い去るという大胆な犯行だった。

その十日後、日本のカルト宗教である隆明会会長大岩竹子のもとに『少女』が届いた。さらにその二日後、ロンドンの美術品競売会社ルービーズに、盗まれた『少女』の行き先を知っているという電話が入る。電話を受けたキュレーターの内山信夫は上司の命令で東京に飛ぶ。そして銀座の画廊主日野にメクレンブルクの代理人からフェルメールの真作と認定され『ニンフと聖女』と命名された絵を売りたいという連絡が入る。

イアン・ノースウィッグ、内山信夫、そして日野智則。ゴッホの事件に関わった者たちが再び東京に集結する。

絵画に関する蘊蓄（うんちく）がたっぷりと語られるのがこのシリーズの魅力の一つだ。もちろんそれは単なる蘊蓄ではなく、作品のテーマと密接に関わっている。今回は前述したようにフェルメールである。彼はフランドル派と呼ばれる十七世紀の画家であるが、真作とされる作品は三十数点といわれている。

だが静謐（せいひつ）で美しい画面とは裏腹に、その作品は欲まみれの世俗の波にさらされてきた。まず真贋（しんがん）問題である。十九世紀のフェルメール研究家がお墨付きとした七十点余りの作品は、後の研究でその多くが他の作家の作品であることが判明したという。続いて二十世紀になると贋作の横行が始まった。その代表がハン・ファン・メーヘレンという贋作者で、ナチスまで騙した顛末（てんまつ）は多くの本や映画になっているほどだ。

作品の中で詳しく語られているが、当時の画家たちは互いを模倣したり、より売れている作家のサインを入れることもあったという。本書では真作、贋作が入り乱れるが、「真作」という評価のフェルメール作品も、はたして本当に彼自身の手になるものなのだろうか。フェルメール自身が描きながら、他の画家のサインを記した作品には価値がないのだろうか。そんな美術界の危うさや、画家の名前と価格でしか絵画を見ない姿勢に対する疑問も語られるので興味が尽きない。

そもそもフェルメールは人気が高く作品数が少ないのであるから、「真作」や新たに発見された作品が市場に出れば、世界中の美術関係者やコレクターの注目を集め、取引価格が高騰することは自明である。

絵画は土地と違って動産であり登記の必要もなく、譲渡しやすいという利点がある。その利点を生かして、賄賂のため現金代わりに贈られたり、マネーロンダリングの道具として利用されてきた。バブル時代にジャパンマネーが湯水のごとく注ぎ込まれたのも、そのような利点があったためであろう。

カルト宗教をめぐる問題は闇が深い。現実でも数十年前から問題視されている団体がいまだに存続しているだけではなく、政権与党と深く結びついていることが明らかになった。本書に登場する宗教法人隆明会は、絵画を介してイタリアのマフィアとマネーロンダリングを行っている。非合法組織と取引して汚れた金を税金のかからない「浄財」に替えているのであるから腹立たしい。また隆明会から分派した天命平和会も、あわよくば儲け話に食い込みたいと思っている。信者になった父親に連れられて、多感な少年時代を平和会の施設で暮らした男も登場し重要な役割を負う。宗教にはまり教団の論理で他人に信仰を強要する父の姿を見てきたこの男の半生も、物語に厚みを加えている。

前作では塩漬けにされた名画を世間に再登場させることで獲物を釣り上げた。今回は絵画をマネーロンダリングに利用するカルト宗教団体が獲物である。相手にとって不足はないし、このような相手だからこそ、読者は詐欺師側の肩を持ちたくなるに違いない。

フェルメールの『ニンフと聖女』と『少女』、古い教会にひっそりと掲げられていたブリューゲルの板絵。はたして読者の前に現れたのは真作なのか贋作なのか。カルト宗教団体からどのような手段で金を騙し取るのか。絵図を書いたのは、そして協力者は誰なのか。「人に憎まれてはいけない」とうそぶく、「優れた犯罪者」の見事な手腕をたっぷりと味わっていただきたい。

（二〇二四年四月、ミステリー評論家）

この物語はフィクションです。実在の人物や団体、場所などとは一切関係ありません。

本作は二〇一六年六月光文社より『フェルメールの憂鬱 大絵画展』として刊行され、二〇一八年十一月光文社文庫に収録されました。新潮文庫に収録するにあたりタイトルを『フェルメールの憂鬱』と変更し、大幅に加筆修正し、新たに口絵を加えました。

望月諒子著 大絵画展 日本ミステリー文学大賞新人賞受賞

180億円で落札されたゴッホ『医師ガシェの肖像』。膨大な借金を負った荘介と茜は、絵画強奪を持ちかけられ……傑作美術ミステリー。

望月諒子著 蟻の棲み家

売春をしていた二人の女性が殺された。三人目の殺害予告をした犯人からは、「身代金」が要求され……木部美智子の謎解きが始まる。

望月諒子著 殺人者

相次ぐ猟奇殺人。警察に先んじ「謎の女」へと迫る木部美智子を待っていたのは⁉ 承認欲求、毒親など心の闇を描く傑作ミステリー。

中野京子著 画家とモデル ―宿命の出会い―

画家の前に立った素朴な人妻は変貌を遂げ、青年のヌードは封印された――。画布に刻まれた濃密にして深遠な関係を読み解く論集。

小林秀雄著 近代絵画 野間文芸賞受賞

モネ、セザンヌ、ゴッホ、ゴーガン、ルノアール、ドガ、ピカソ等、絵画に新時代をもたらした天才達の魂の軌跡を描く歴史的大著。

小林秀雄著 ゴッホの手紙 読売文学賞受賞

ゴッホの絵の前で、「巨きな眼」に射竦められて立てなくなった小林。作品と手紙から生涯をたどり、ゴッホの精神の至純に迫る名著。

原田マハ著　楽園のカンヴァス
山本周五郎賞受賞

ルソーの名画に酷似した一枚の絵。秘められた真実の究明に、二人の男女が挑む！　興奮と感動のアートミステリ。

原田マハ著　暗幕のゲルニカ

「ゲルニカ」を消したのは、誰だ？　世紀の衝撃作を巡る陰謀とピカソが筆に託したただ一つの真実とは。怒濤のアートサスペンス！

原田マハ著　デトロイト美術館の奇跡

ゴッホやセザンヌを誇る美術館の存続危機。大切な〈友だち〉を守ろうと、人々は立ち上がる。実話を基に描く、感動のアート小説！

伊坂幸太郎著　オーデュボンの祈り

卓越したイメージ喚起力、洒脱な会話、気の利いた警句、抑えようのない才気がほとばしる！　伝説のデビュー作、待望の文庫化！

伊坂幸太郎著　ラッシュライフ

未来を決めるのは、神の恩寵か、偶然の連鎖か。リンクして並走する4つの人生にバラバラ死体が乱入。巧緻な騙し絵のごとき物語。

伊坂幸太郎著　クジラアタマの王様

どう考えても絶体絶命だ。製菓会社に勤める岸が遭遇する不祥事、猛獣、そして——。現実の正体を看破するスリリングな長編小説！

宮部みゆき著
魔術はささやく
日本推理サスペンス大賞受賞

それぞれ無関係に見えた三つの死。さらに魔の手は四人めに伸びていた。しかし知らず知らず事件の真相に迫っていく少年がいた。

宮部みゆき著
レベル7（セブン）

レベル7まで行ったら戻れない。謎の言葉を残して失踪した少女を探すカウンセラーと記憶を失った男女の追跡行は……緊迫の四日間。

宮部みゆき著
理由
直木賞受賞

被害者だったはずの家族は、実は見ず知らずの他人同士だった……。斬新な手法で現代社会の悲劇を浮き彫りにした、新たなる古典！

今野敏著
リオ
—警視庁強行犯係・樋口顕—

捜査本部は間違っている！火曜日の連続殺人を捜査する樋口警部補。彼の直感がそう告げた。刑事たちの真実を描く本格警察小説。

今野敏著
隠蔽捜査
吉川英治文学新人賞受賞

東大卒、警視長、竜崎伸也。ただのキャリアではない。彼は信じる正義のため、警察組織という迷宮に挑む。ミステリ史に輝く長篇。

今野敏著
果断
—隠蔽捜査2—
山本周五郎賞・日本推理作家協会賞受賞

本庁から大森署署長へと左遷されたキャリア、竜崎伸也。着任早々、彼は拳銃犯立てこもり事件に直面する。これが本物の警察小説だ！

乃南アサ著

女刑事音道貴子
凍える牙
直木賞受賞

凶悪な獣の牙——。警視庁機動捜査隊員・音道貴子が連続殺人事件に挑む。女性刑事の孤独な闘いが圧倒的共感を集めた超ベストセラー。

乃南アサ著

幸福な朝食
日本推理サスペンス大賞優秀作受賞

なぜ忘れていたのだろう。あの夏から、私は妊娠しているのだ。そう、何年も、何年も……。直木賞作家のデビュー作、待望の文庫化。

乃南アサ著

しゃぼん玉

通り魔を繰り返す卑劣な青年が山村に逃げ込んだ。正体を知らぬ村人達は彼を歓待するが。涙なくしては読めぬ心理サスペンスの傑作。

道尾秀介著

向日葵の咲かない夏

終業式の日に自殺したはずのS君の声が聞こえる。「僕は殺されたんだ」。夏の冒険の結末は。最注目の新鋭作家が描く、新たな神話。

道尾秀介著

貘（ばく）の檻（おり）

離婚した辰男は息子との面会の帰り、32年前に死んだと思っていた女の姿を見かける——。昏い迷宮を彷徨う最驚の長編ミステリー！

道尾秀介著

龍神の雨

血のつながらない父を憎む蓮。実母を殺したのは自分だと秘かに苦しむ圭介。降りやまぬ雨、ひとつの死が幾重にも波紋を広げてゆく。

湊かなえ著　母性

中庭で倒れていた娘。母は嘆く。「愛能う限り、大切に育ててきたのに」——これは事故か、自殺か。圧倒的に新しい〝母と娘〟の物語(ミステリー)。

湊かなえ著　豆の上で眠る

幼い頃に失踪した姉が「別人」になって帰ってきた——妹だけが追い続ける違和感の正体とは。足元から頽(くずお)れる衝撃の姉妹ミステリー！

湊かなえ著　絶唱

誰にも言えない秘密を抱え、四人が辿り着いた南洋の島。ここからまた、物語は動き始める——。喪失と再生を描く号泣ミステリー！

芦沢央著　許されようとは思いません

入社三年目、いつも最下位だった営業成績が大きく上がった修哉。だが、何かがおかしい。どんでん返し100%のミステリー短編集。

芦沢央著　火のないところに煙は
静岡書店大賞受賞

神楽坂を舞台に怪談を書きませんか——。作家に届いた突然の依頼が、過去の怪異を呼び覚ます。ミステリと実話怪談の奇跡的融合！

芦沢央著　神の悪手

棋士を目指し奨励会で足掻く啓一を、翌日の対局相手・村尾が訪ねてくる。彼の目的は一体。切ないどんでん返しを放つミステリ五編。

恩田陸著　六番目の小夜子

ツムラサヨコ。奇妙なゲームが受け継がれる高校に、謎めいた生徒が転校してきた。青春のきらめきを放つ、伝説のモダン・ホラー。

恩田陸著　中庭の出来事
山本周五郎賞受賞

瀟洒なホテルの中庭で、気鋭の脚本家が謎の死を遂げた。容疑は三人の女優に掛かるが。芝居とミステリが見事に融合した著者の新境地。

恩田陸著　私と踊って

孤独だけど、独りじゃないわ――稀代の舞踏家をモチーフにした表題作ほかミステリ、SF、ホラーなど味わい異なる珠玉の十九編。

松本清張著　点と線

一見ありふれた心中事件に隠された奸計！列車時刻表を駆使してリアリスティックな状況を設定し、推理小説界に新風を送った秀作。

松本清張著　天才画の女

彗星のように現われた新人女流画家。その作品が放つ謎めいた魅力――。画壇に巧妙にめぐらされた策謀を暴くサスペンス長編。

松本清張著　黒革の手帖（上・下）

横領金を資本に銀座のママに転身したベテラン女子行員。夜の紳士を相手に、次の獲物をねらう彼女の前にたちふさがるものは――。

北村薫著　スキップ

目覚めた時、17歳の一ノ瀬真理子は、25年を飛んで、42歳の桜木真理子になっていた。人生の時間の謎に果敢に挑む、強く輝く心を描く。

北村薫著　飲めば都

本に酔い、酒に酔う文芸編集者「都」の恋の行方は？　本好き、酒好き女子必読、酔っぱらい体験もリアルな、ワーキングガール小説。

黒川博行著　大博打

なんと身代金として金塊二トンを要求する誘拐事件が発生。驚愕する大阪府警だが、犯行計画は緻密を極めた。驚天動地のサスペンス。

黒川博行著　疫病神

建設コンサルタントと現役ヤクザが、産廃処理場の巨大な利権をめぐる闇の構図に挑んだ。欲望と暴力の世界を描き切る圧倒的長編！

小池真理子著　モンローが死んだ日

突然、姿を消した四歳年下の精神科医。私が愛した男は誰だったのか？　現代人の心の奥底に潜む謎を追う、濃密な心理サスペンス。

小池真理子著　神よ憐れみたまえ

戦後事件史に残る「魔の土曜日」と同日、少女の両親は惨殺された――。一人の女性の数奇な生涯を描ききった、著者畢生の大河小説。

佐々木譲著　制服捜査

十三年前、夏祭の夜に起きてしまった少女失踪事件。新任の駐在警官は封印された禁忌に迫ってゆく――。絶賛を浴びた警察小説集。

佐々木譲著　沈黙法廷

六十代独居男性の連続不審死事件！　無罪を主張しながら突如黙秘に転じる疑惑の女。貧困と孤独の闇を抉る法廷ミステリーの傑作。

中山七里著　月光のスティグマ

十五年ぶりに現れた初恋の人に重なる、兄殺しの疑惑。あまりにも悲しい真実に息もできない、怒濤のサバイバル・サスペンス！

中山七里著　死にゆく者の祈り

何故、お前が死刑囚に――。無実の友を救えるか。人気沸騰中〝どんでん返しの帝王〟による、究極のタイムリミット・サスペンス。

横山秀夫著　深追い

地方の所轄に勤務する七人の男たち。彼らの人生を変えた七つの事件。骨太な人間ドラマと魅惑的な謎が織りなす警察小説の最高峰！

横山秀夫著　ノースライト

誰にも住まれることなく放棄されたＹ邸。設計を担った青瀬は憑かれたようにその謎を追う。横山作品史上、最も美しいミステリ。

米澤穂信著　ボトルネック

自分が「生まれなかった世界」にスリップした僕。そこには死んだはずの「彼女」が生きていた。青春ミステリの新旗手が放つ衝撃作。

米澤穂信著　満願　山本周五郎賞受賞

磨かれた文体と冴えわたる技巧。この短篇集は、もはや完璧としか言いようがない――。驚異のミステリー3冠を制覇した名作。

岡嶋二人著　クラインの壺

僕の見ている世界は本当の世界なのだろうか、それとも……。疑似体験ゲームの制作に関わった青年が仮想現実の世界に囚われていく。

荻原浩著　噂

女子高生の口コミを利用した、香水の販売戦略のはずだった。だが、流された噂が現実となり、足首のない少女の遺体が発見された――。

加納朋子著　カーテンコール！

閉校する私立女子大で落ちこぼれたちを救済するべく特別合宿が始まった！　不器用な女の子たちの成長に励まされる青春連作短編集。

篠田節子著　仮想儀礼（上・下）　柴田錬三郎賞受賞

金儲け目的で創設されたインチキ教団。金と信者を集めて膨れ上がり、カルト化して暴走する――。現代のモンスター「宗教」の虚実。

真保裕一著　ホワイトアウト
吉川英治文学新人賞受賞

吹雪が荒れ狂う厳寒期の巨大ダムを、武装グループが占拠した。敢然と立ち向かう孤独なヒーロー！　冒険サスペンス小説の最高峰。

長江俊和著　出版禁止

女はなぜ〝心中〟から生還したのか。封印された謎の「ルポ」とは。おぞましい展開と、息を呑むどんでん返し。戦慄のミステリー。

本城雅人著　傍流の記者

組織の中で権力と闘え!!　大手新聞社社会部を舞台に、鎬を削る黄金世代同期六人の男たちの熱い闘いを描く、痛快無比な企業小説。

松嶋智左著　女副署長

全ての署員が容疑対象！　所轄署内で警部補の刺殺体、副署長の捜査を阻む壁とは。元女性白バイ隊員の著者が警察官の矜持を描く！

宿野かほる著　ルビンの壺が割れた

SNSで偶然再会した男女。ぎこちないやりとりは、徐々に変容を見せ始め……。前代未聞の読書体験を味わえる、衝撃の問題作！

矢樹純著　妻は忘れない

私はいずれ、夫に殺されるかもしれない。配偶者、息子、姉。家族が抱える秘密が白日のもとにさらされるとき。オリジナル・ミステリ集。

フェルメールの憂鬱(ゆううつ)

新潮文庫　も－47－21

令和六年六月一日発行

著者　望月(もちづき)諒子(りょうこ)

発行者　佐藤隆信

発行所　株式会社新潮社

郵便番号　一六二―八七一一
東京都新宿区矢来町七一
電話　編集部(〇三)三二六六―五四四〇
　　　読者係(〇三)三二六六―五一一一
https://www.shinchosha.co.jp

価格はカバーに表示してあります。

乱丁・落丁本は、ご面倒ですが小社読者係宛ご送付ください。送料小社負担にてお取替えいたします。

印刷・株式会社光邦　製本・株式会社大進堂

© Ryoko Mochizuki 2016　Printed in Japan

ISBN978-4-10-103344-0 C0193